Hassan M.M. Tabib

Flucht aus dem Gottesstaat

Hassan M.M. Tabib

Flucht aus dem Gottesstaaten

𝔉ür 𝒟arian

Die Deutsche Bibliothek – CIP-Einheitsaufnahme
Ein Titeldatensatz für diese Publikation ist bei
der Deutschen Bibliothek erhältlich (http:// www.ddb.de).

Dieses Werk
und alle seine Teile
sind urheberrechtlich geschützt.
Nachdruck, Vervielfältigung in jeder Form,
Speicherung, Sendung und Übertragung des Werkes
ganz oder teilweise auf Papier, Film, Daten- oder Tonträger usw. sind
ohne schriftliche Zustimmung des Autors unzulässig und strafbar.

hassanmmtabib@t-online.de

Bemerkung:
Die meisten Namen (ohne prominenten Politiker, Religionsführer, etc.) wurden geändert. Ähnlichkeiten mit realen Personen sind rein zufällig.

1. Auflage 2017, Books on Demand GmbH.

Illustration: Nasir-Ol-Molk Moschee, Shiraz – Iran, Baujahr: 1888

Herstellung und Verlag: BoD – Books on Demand, Norderstedt

ISBN: 978.3743196193

Prolog

Als mir im November 2015 mein Neffe Cyrus eine Einladung zu seiner Hochzeit am 15. Januar 2016 in Sydney, Australien, schickte, war ich heilfroh, dass der Junge endlich sein planloses und leichtsinniges Leben in Australien beenden wollte.

Wie er in einem außergewöhnlich langen Brief schrieb, hatte er die Absicht, mit seiner Lebensgefährtin und ihrem gemeinsamen zweijährigen Sohn ein neues und „normales" Leben zu beginnen.

Er betonte stolz, dass er seit ein paar Monaten in der Firma seines zukünftigen Schwiegervaters arbeite und mit seinem Job äußerst zufrieden sei.

2011 hatte Cyrus gerade sein Studium abgeschlossen, als seine Eltern bei einem Autounfall starben. Nach diesem schmerzlichen Schicksalsschlag war er monatelang niedergeschlagen. Die ganze Familie bemühte sich, ihm beizustehen, aber es half nichts.

Er schloss sich zu Hause ein und vermied jeden Kontakt mit der Familie und Freunden. Niemandem gelang es, ihn auch nur eine kurze Zeit abzulenken und seine Stimmung aufzuhellen. Der Junge litt unter akuter Depression.

Eines Tages besuchte er mich in meinem Büro und mit drei kurzen Sätzen kündigte er an, dass er nach Australien auswandern wolle.

Er bat mich, keine Widerrede zu leisten, keine Ratschläge abzugeben. Er habe bereits das Haus, das Auto und den gesamten Haushalt verkauft, sein Visum und die Reise organisiert. Er wolle sich lediglich bei mir verabschieden.

Im ersten Jahre seines Aufenthalts in Australien hörten wir von ihm überhaupt nichts.

Im September 2013 schickte er aus Anlass meines Geburtstags eine Glückwunschkarte und ein Bild von seiner Freundin, einer hübschen, blonden Australierin, die unverkennbar schwanger war.

Da er ständig auf Reisen war, hatte er keine feste Anschrift. Ich konnte daher nicht mit ihm kommunizieren und herausfinden, was er eigentlich nach einem so langen planlosen Leben unternehmen wollte. Zumal seine Freundin ein Kind erwartete.

Im Jahr 2014 erfuhr ich von einer Bekannten in Sydney, dass seine Freundin einen Sohn auf die Welt gebracht hatte. Sie lebte mit ihrer Familie zusammen, aber Cyrus wanderte nach wie vor durch diesen riesigen Kontinent.

Fast ein Jahr später hatte er die Wanderschaft scheinbar satt und wollte sich endlich um seine Lebensgefährtin und den gemeinsamen Sohn kümmern.

Ich entschied mich, seinen sensationellen Plan zu honorieren und an seiner Hochzeitsfeier teilzunehmen.

Eigentlich hatte ich schon immer vorgehabt, Australien zu besuchen. Gerade dieses Ereignis war die beste Gelegenheit, meinen immer zurückgestellten Wunsch zu erfüllen. Aber meine Frau machte nicht mit. Sie konnte leider wegen ihres schwachen Kreislaufs eine Flugzeit von über zwanzig Stunden nicht verkraften. Sie ermutigte mich jedoch, allein zu reisen und meinen Neffen bei diesem wichtigen Abschnitt seines Lebens moralisch und, wenn nötig, finanziell zu unterstützen. Anschließend sollte ich vierzehn Tage einen Hauch von 7,7 Millionen Quadratkilometern Staatsfläche dieses grandiosen Kontinents kennenlernen. Eine fast zwanzigstündige Flugreise von Frankfurt nach Sydney mit drei Stunden Aufenthalt in

Dubai ist in der Tat kein Vergnügen. Wegen des Zeitunterschieds verliert man bei der Hinreise zusätzlich noch einen vollen Tag und gerät mit dem Datum ziemlich durcheinander. Um diese unendlichen Reisezeiten zu überwinden, braucht man ein dickes, spannendes Buch, jede Menge Geduld und, wenn man Glück hat, einen redseligen Mitreisenden.

Ein interessantes Buch hatte ich leider nicht dabei, aber Gott sei Dank war der Herr, der im Flugzeug neben mir saß, der beste Reisepartner, den man sich wünschen konnte. Er war nicht nur mein Landsmann und sprach leidenschaftlich Farsi, er war eine freundliche und aufgeschlossene Persönlichkeit. Sein Name war Kamran Shahriyar.

Wir begegneten uns in dem Transit-Warteraum auf dem Flughafen Dubai. Von dort bis Sydney waren wir unzertrennlich.

Schon in Dubai erzählte er mir, dass er vor sechs Monaten seine Frau nach langer Krankheit an den Krebs verloren habe. Beruflich arbeite er als Rechtsanwalt. Zunächst nahm ich an, er sei auf einer Dienstreise. Aber schnell bemerkte ich meinen Irrtum und erfuhr, dass er noch eine längere Reise vor sich hatte.

Er wollte von Sydney nach Südaustralien weiterreisen, um einen Freund zu besuchen.

»Er muss ein wahrer Freund sein, dass Sie die halbe Erdkugel umrunden, um ihn zu besuchen«, sagte ich, während wir im Flugzeug nebeneinander saßen. Er nickte lächelnd und erwiderte:

»Oh ja, er ist nicht nur ein wahrer Freund, er ist meine Zwillingsseele.«

Er blieb eine Weile nachdenklich und fügte hinzu: »Mein Freund ist ein außergewöhnlicher Mann.

Ich kenne keinen Menschen, der in seinem Leben so viele furchtbare Ereignisse erlebt hat wie er. Er bezeichnet sich selbst als das *geduldigste Versuchskaninchen des Schicksals*. Theoretisch könnte er bis heute mehrere Male gestorben sein. Aber ich bin froh, dass er lebt, und zwar gut - wie ein König in Frankreich lebt er mit seiner Familie im Barossa Valley, Südaustralien.«

»Das hört sich ungemein interessant an. Wer ist er? Was macht er? Ich bin so neugierig, etwas von seinem Leben zu erfahren«, sagte ich voller Begeisterung.

»Gern würde ich seine imposante Lebensgeschichte erzählen. Denn es tut mir auch gut, mit Ihnen einen geistigen Ausflug in die Vergangenheit zu unternehmen. Seine Lebensgeschichte ist in der Tat so anregend, so kompliziert, ja abenteuerlich, dass ich nicht weiß, wo ich anfangen soll.« Er überlegte eine Weile, dann sagte er weiter: »Am besten beginne ich an dem Tag, als ich meinen Freund Shapor Baastan nach vierundzwanzig Jahren Trennung wiedersah. Das war am 19. Juni 2008 in Zürich. Es war eine unvergessliche Begebenheit in meinem Leben.«

Er hatte recht, die Lebensgeschichte seines Freundes Shapor Baastan war nicht nur außergewöhnlich, sie war spannend, oft beängstigend, aber auch bewundernswert. Obwohl der größte Teil dieser Geschichte ihm erzählt worden war, berichtete er von den Vorkommnissen so lebhaft, so bildhaft, dass ich mit Ausnahme einiger Stunden Schlaf während dieses langen Fluges fasziniert blieb. Ich war wie an meinen Platz gefesselt und bemerkte überhaupt nicht, als wir in Sydney landeten.

Ich hoffe, es gelingt mir, diese imposante Erzählung authentisch wiederzugeben.

Kapitel 1

»Die unerwartete Begegnung mit Shapor nach 24 Jahren Trennung ereignete sich im Juni 2008 in Zürich«, begann Kamran zu erzählen. Um den Grund meines Aufenthaltes in Zürich zu verstehen, muss ich etwas von mir selbst erzählen. Ich bin neben meiner Tätigkeit als Rechtsanwalt ein aktives Mitglied der Organisation Widerstand gegen die Islamische Republik Iran.
Meine Kameraden und ich bekämpfen diese undemokratische Regierung und streben die Wiedererrichtung eines monarchischen Systems auf einer demokratischen Grundlage – Trennung des Staates von der Religion – unter Führung von Reza Pahlavi, dem Sohn des verstorbenen Schahs, an. Wir organisieren Demonstrationen, veröffentlichen informative Berichte über Verbrechen dieser korrupten und fanatischen Regierung in den sozialen Netzwerken und wollen die jungen Iraner für unsere politische Ideologie gewinnen.
Einmal im Jahr treffen wir uns in einer europäischen oder amerikanischen Großstadt.
Die Jahresversammlung 2008 fand in Zürich statt. Ziel unseres Zusammentreffens war eine kritische Analyse unserer bisherigen Aktivitäten, die Festlegung neuer Projekte, die Etatplanung und die Verteilung neuer Aufgaben auf die Mitglieder des Vereins.
Die Schweizer Stadt als Veranstaltungsort 2008 war für mich ein glücklicher Zufall. Denn ich konnte diese Gelegenheit nutzen, um nach dem Meeting noch eine Woche mit meiner Frau in unserem Ferienhaus in Horgen Urlaub zu machen.

Wissen Sie, wegen meines Berufs war ich in der letzten Zeit sehr angespannt, ja erschöpft gewesen und hatte das starke Bedürfnis, einige Tage abzuschalten und einfach zu relaxen.

Außerdem wünschte sich meine Frau, in dieser multikulturellen Stadt Theater oder Museen zu besuchen, in den noblen Bars und Restaurants einzukehren und vor allem viel Zeit mit mir zu verbringen.

Während wir in der dreitägigen Veranstaltung alle Punkte der Tagesordnung durcharbeiteten, konnte sie die gesamte Zeit zum Shoppen nutzen.

Ich erinnere mich, dass am letzten Tag der Sitzung unter dem Punkt „Verschiedenes" ein Genosse über seine Aktivitäten in 2007 berichtete.

Er hatte es endlich geschafft, ausreichend Spendengelder zu sammeln, um ein neues, würdiges Grab für den in 1991 ermordeten Ferydun Farrokhzad zu errichten.

Sie kennen Ferydun Farrokhzad bestimmt. Er war einer der berühmtesten Sänger und Entertainer der modernen iranischen Musikgeschichte.

Zugleich war er einer der bekanntesten Gegner der Islamischen Republik Iran. Im Jahr 1979, nach der sogenannten islamischen Revolution, war er gezwungen worden, das Land zu verlassen und war ins Exil nach Deutschland gegangen.

Er hatte des Öfteren in seinen Shows in Europa und in den USA Khomeinis Buch ‚*Handlung nach den Grundsätzen des islamischen Rechts – Fatwa*' auf eine witzige Weise, aber auch zutreffend, kommentiert, so dass sein Publikum nach und nach danach verlangte, von ihm mehr politisches Kabarett als Musik zu hören.

Offenbar machte es ihm Spaß, mit humorvollen Kommentaren, aber auch einer intelligenten Interpretation das *Fatwa* von Khomeini auseinanderzunehmen und sein Publikum zum tobenden Lachen zu bringen. Alle seine Shows waren gut besucht und fast ausverkauft.
In diesem Zusammenhang beauftragte Ayatollah Khomeini Anfang 1990 Mohsen Rezai, Chef des Pasdaran[1] Geheimdienstes, dafür zu sorgen, dass keine negativen Kommentare oder Demonstrationen gegen sein Regime in europäischen Staaten stattfinden. Er gab ihm eine Vollmacht und ausreichende finanzielle Mittel, um alle erforderlichen Maßnahmen zu ergreifen.
Innerhalb von zwei Monaten richtete Mohsen Rezai in jeder iranischen Botschaft in Europa eine Zweigstelle des Geheimdienstes ein. Er sandete 25 ausgebildete Killer, getarnt als Diplomaten, in die jeweiligen Auslandsvertretungen und setzte einen Herrn Kamal Nouri als Vorgesetzten dieses Netzwerkes ein.
Ab Juli 1990 begann der Pasdaran Geheimdienst in Europa mit seinen sogenannten Kettenmorden die Dissidenten systematisch zu liquidieren. Zu den praktizierten Mordarten gehörten unter anderem Messerstechereien, inszenierte Autounfälle, Raubüberfälle mit Schießereien, Hinrichtungen durch Erdrosselungen, Giftspritzen etc.
Einer ihrer spektakulärsten Morde in Deutschland geschah am 6. August 1991 in Bonn. Sie stachen mehrfach auf Ferydun Farrokhzad in seinem Bonner Haus ein und köpften ihn anschließend. Seine Leiche wurde erst drei Tage nach der Tat aufgefunden.

---

[1] Die **Iranische Revolutionsgarde**

Angesichts der zeitlichen Befristung der traditionellen iranischen Beerdigung wurde er zunächst in einem einfachen Grab beigesetzt.

Seit diesem schockierenden Ereignis hat unser Verein in seinen Jahresversammlungen des Öfteren darüber debattiert, dass Farrokhzad eine würdige Ruhestätte verdiente. Gemäß dem Bericht unseres Kollegen konnte er mit seiner Spendenaktion die finanziellen Mittel zur Errichtung eines neuen Grabes auf demselben Friedhof organisieren. Ferydun Farrokhzad bekam einen imposanten Grabstein aus schwarzem Marmor. Viele seiner Lieblingsblumen schmückten sein Grab.

Mit einer Minute Standing Ovation honorierten alle Teilnehmer diese ehrwürdige Aktion.

Am Ende der Veranstaltung berichtete ein weiteres Mitglied, dass es vor ein paar Tagen Kamal Nouri in Begleitung mehrerer Iraner in der Nähe des Züricher Hauptbahnhofs gesehen habe. Er fürchtete, dass Kamal Nouri und seine Mitstreiter entweder von unserer Versammlung in Zürich erfahren hatten und etwas gegen Mitglieder unseres Vereins unternehmen könnten oder dass sie in Zürich gerade ein anderes Opfer verfolgten. Er empfahl, dass wir vorsichtig sein und versuchen
sollten, ihnen aus dem Weg zu gehen.

Er hatte recht, er redete von dem furchterregenden Todesengel Kamal Nouri, dem Leiter des Pasdaran
Geheimdienstes in Europa. Ein Rohling, der für die Morde mehrerer iranischer Dissidenten in Deutschland, Frankreich und Holland verantwortlich war.

Trotz dieser beängstigenden Warnung wollte ich meinen Plan, eine Woche mit meiner Frau in der Schweiz Urlaub zu machen, nicht verwerfen.

Ich ging davon aus, dass er und seine Leute nicht meinetwegen in Zürich waren.
Allerdings hatte ich keine blasse Ahnung, dass sie meinen Freund Shapor Baastan dort suchten.
Unmittelbar nach dem Abschluss unserer Sitzung traf ich meine Frau in der Stadt und wir fuhren nach Horgen, einem kleinen, schönen Ort, etwa eine halbe Stunde Autofahrt von Zürich entfernt.
Wir hatten geplant, am 19. Juni wieder nach Zürich zurückzukehren und das Museum Rietberg zu besuchen, wie wir es seit Monaten gespannt erwarteten.

Kapitel 2

Donnerstag, der 19. Juni 2008, war ein herrlicher sonniger Sommertag in Zürich.
Nach einem kurzen Stadtbummel besuchten meine Frau und ich das Museum Rietberg.
Vor einigen Monaten hatten wir erfahren, dass ein privater Kunstsammler dort mehrere Bilder aus dem 16. Jahrhundert ausstellen wollte. Als große Liebhaber der Renaissance-Malerei wollten meine Frau und ich gern diese prachtvollen Bilder sehen.
Wir standen fasziniert vor dem Bild „*Gewitter*" von Giorgio Barbarelli, als plötzlich der grelle Blitz einer Kamera uns erschreckte. Hinter uns stand ein Mann, bewaffnet mit einer alten japanischen Kamera und einer offenen Sporttasche, die mit Zoomobjektiven, Studioblitz etc. gefüllt war.
»Hier dürfen Sie nicht fotografieren«, protestierte meine Frau ziemlich wütend.
Ich glaube, sie ging diesen Mann nicht unbedingt wegen seines Regelverstoßes an, sondern weil der plötzliche helle Blitz der Kamera sie unangenehm hatte zusammenzucken lassen. Der Mann entschuldigte sich verlegen:
»I'm sorry, Madame.« Zum Entsetzen meiner Frau passierte dann etwas Unfassbares: Der Mann mit der Kamera schaute mich mit einem breiten Lächeln an, richtete seinen Zeigefinger in meine Richtung und sagte in persischer Sprache: »Das darf nicht wahr sein, das ist die Überraschung des Jahrhunderts!«

Im Gegensatz zu ihm dauerte es bei mir fast eine Minute, bis ich ihn erkannte. Vielleicht lag es daran, dass er sich sehr verändert hatte.
Früher hatte er ein durchschaubares kindliches Gesicht, wirkte naiv und schüchtern.
Jetzt machte er den Eindruck eines unbesorgten, starken Machos.
Sein legeres Outfit, die frech dreinblickenden Augen, das unrasierte und von der Sonne gebräunte Gesicht sowie sein schwarzer, buschiger Schnurrbart verliehen ihm einen völlig unbesonnenen Eindruck.
Im Gegensatz zu seinen langen Haaren damals in Teheran, hatte er jetzt gar keine Haare mehr auf dem Kopf. Später erklärte er mir, dass er seinen Kopf regelmäßig rasiere, da in der letzten Zeit der Haarwuchs immer weniger geworden sei.
Theoretisch hätte ich an diesem Donnerstag jeden Freund oder Bekannten in Zürich treffen können, aber nicht Shapor. Das war für mich nicht vorstellbar, ja ausgeschlossen gewesen. Dennoch war ich nach so vielen Jahren der Trennung überglücklich, ihn wiederzusehen. Das war in der Tat eine angenehme Überraschung.
Die ganze Zeit schaute er mich mit seinen leuchtenden Augen an, dann ließ er seine Tasche auf den Boden fallen, umarmte mich überschwänglich und murmelte unseren alten Spruch:
»Ich schrieb auf die Stirn des Himmels: Wo bist du?
Eine Stimme brauste durch den Wind ...«
Ich wisperte:
»Horchst du deinem Herzen.«
Er ließ mich los und, ungeachtet der scharfen Blicke anderer Museumsbesucher, sagte er laut und voller Freude:

»Ich kann es nicht fassen! Was machst du hier, du verdammter Anarchist?«
Ich war immer noch sprachlos. Mehr als 24 Jahre hatte ich auf eine solche Begegnung gewartet ... und jetzt, ausgerechnet jetzt in diesem Museum stand er mir völlig unerwartet gegenüber.
Endlich machte ich meinen Mund auf und sagte:
»Ich bin so froh, dich zu sehen.« Dann klopfte ich auf seine Schulter und fügte hinzu: »Wir wollten heute in aller Ruhe diese wunderbaren Bilder anschauen, aber jetzt nicht mehr. Wir können uns unmöglich hier miteinander unterhalten. Gehen wir, dort ist der Ausgang.«
Ich hatte sehr wohl bemerkt, dass meine Frau mit meiner spontanen Entscheidung nicht einverstanden war. Sie hatte sogar ihren Protest mit einem heimlichen Kneifer in mein Bein signalisiert. Aber nichts in aller Welt würde meinen ungeduldigen und brennenden Wunsch, mit ihm zu reden, bändigen. Außerdem waren wir beide sehr aufgeregt und nicht in der Lage, die Bilder weiter konzentriert anzuschauen.
Draußen stellte ich ihm meine Frau vor. Er schüttelte ihre Hand, ohne sie interessiert anzublicken, sondern sagte einfach leise: »Guten Tag, Madame.« Dann schlug er vor, in ein Café oder Restaurant zu gehen, wo wir uns unterhalten könnten.
Einen Häuserblock vom Museum entfernt zeigte er plötzlich auf ein schickes, italienisches Restaurant und schlug vor, dass wir dort einkehren sollten.
»Ich glaube, ohne Reservierung bekommt man in diesem Restaurant keinen Platz«, sagte meine Frau unüberhörbar unwirsch.
Lächelnd schüttelte er seinen Kopf und deutete an, dass wir ihm folgen sollten.

Er öffnete die Tür. Als ein Ober vor ihm erschien, drückte er ihm einen großen Schein in die Hand und fragte auf Englisch:
»Haben Sie für uns einen ruhigen Platz, um etwas zu essen und uns ungestört zu unterhalten?«
Zu meiner Überraschung führte der Ober uns mit übertriebener Höflichkeit in einen kleinen Raum mit einem runden Tisch und vier Stühlen, während er auf Italienisch sagte etwas wie: „Per un ospite onorevole ho sempre un posto libero."
Etwa zehn Minuten lang blickten wir uns nur sprachlos an. Wir tauschten Blicke miteinander aus, kosteten den bestellten Wein und versuchten, uns ein bisschen zu beruhigen. Plötzlich ergriff Shapor ungeduldig das Wort:
»Rede endlich! Wie geht es dir, mein Freund? Was machst du in Zürich?«
»Wie du siehst, geht es mir sehr gut. Wir sind auch in der Schweiz zu Hause. Ich habe ein Ferienhaus in Horgen, ca. eine halbe Stunde entfernt von hier.«
Er unterbrach mich impulsiv:
»Das ist mir aber neu ... Ich dachte, du wohnst in Deutschland. Mein Plan war, nächste Woche nach Deutschland zu reisen und dich zu besuchen.«
»Ja, wir wohnen hauptsächlich in Deutschland. Aber wenn wir eine Woche Zeit finden, kommen wir in die Schweiz und genießen die schweizerische Gastronomie, das schöne Wetter und das angenehme Flair. Wenn wir eines Tages in Rente gehen, wollen wir hierher umsiedeln.«
»Das heißt, du wirst nicht mehr in den Iran zurückkehren«, schlussfolgerte er unverkennbar zynisch.
»Ich bin nicht lebensmüde. Du hast selbst mit diesen Fanatikern schmerzliche Erfahrungen gemacht.

Und das Schicksal meiner Mutter war nicht besser als das deines Vaters. Beide wurden gnadenlos hingerichtet. Eine wegen ihrer freien Meinung über die islamischen Gesetze und der andere wegen das Besitzes von drei Fässern Wein.« Er nickte mit ernster Miene und ich fuhr fort:
»Vor einigen Jahren warnte mein Vater mich davor, in den Iran zurückzugehen. Er war sich sicher, man würde mich wegen meiner politischen Aktivitäten gegen die iranische Regierung verhaften und hart bestrafen. Merkwürdigerweise bekam ich im letzten Monat einen anonymen Brief aus der Schweiz. Man warnte mich ebenfalls davor, in den Iran zu reisen, weil ich auf der schwarzen Liste von Pasdaran stünde.«
»Ich bin der „man". Der Brief war von mir«, sagte er kühl, ohne mich direkt anzuschauen. Er erklärte weiter: »Tatsächlich stehst du auf der schwarzen Liste von Pasdaran. Mir war allerdings nicht bekannt, was du in Deutschland getrieben hast.
Weißt du, ich hatte einmal die Gelegenheit, auf die Pasdaran Datenbank zuzugreifen. Rein zufällig habe ich deinen Namen gesehen. Du bist als Feind der Islamischen Republik Iran eingestuft. Ja, der anonyme Brief kam von mir.«
Mit aufgerissenen Augen starrte ich ihn an und erwiderte:
»Das verstehe ich nicht. Der Brief kam aus der Schweiz. Ich dachte, du bist auf deiner ersten Europareise.« Eine Weile blickte ich ihn verwirrt an und fragte dann: »Oder bist du schon des Öfteren in Europa gewesen?« Er sagte nichts, blieb minutenlang schweigsam. Ich sprach weiter: »Ach natürlich, du warst schon oft hier, sonst würde der italienische Ober dich nicht als „hoch angesehenen Stammgast" bezeichnen.

Wenn meine Vermutung richtig ist, dass du einige Male in Europa warst, warum hast du mich nicht besucht?«
Zum ersten Mal sah er meine Frau an – Hilfe suchend. Es schien, als sei ihm bewusst geworden, dass er die ganze Zeit nur mit mir gesprochen und ihre Anwesenheit nicht sonderlich beachtet hatte. Jetzt brauchte er sie. Ärgerlich fragte ich ihn: »Was ist aus dir geworden, Shapor? Wie konntest du mehrere Male in Europa sein und mich nicht besuchen? Nicht einmal ein kurzes Telefonat. Das kann nicht wahr sein, so kenne ich dich nicht. Du hast dich schrecklich verändert; du bist so interessenlos, gefühllos geworden und wirkst einfach fremdartig.«
Er schluckte schweigsam alle meine verletzenden Worte. Doch dann zuckte ein bitteres Lächeln um seine Mundwinkel und er sagte zu meiner Frau:
»Er hat recht, ich bin nicht mehr der emotionale Junge von früher, der Tag und Nacht seine Träume mit ihm teilte. Ich weiß, ich strahle keine Wärme mehr aus, ich bin kalt, verbittert, misstrauisch und die meiste Zeit unhöflich. Auch Ihnen gegenüber, Madame, benahm ich mich schroff. Bitte entschuldigen Sie mein unanständiges Benehmen.
Vielleicht ist es für Sie schwierig, sich vorzustellen, dass ich einmal ein anständiger Mensch gewesen bin.
Wissen Sie, dieser Kerl, dieser unbarmherzige Richter – ich meine Ihren Mann – er ist der einzige Freund in meinem Leben, der mir viel bedeutet; er ist sogar mein Stiefbruder. Wussten Sie das?
Vielleicht hat er Ihnen erzählt, dass wir zusammen aufgewachsen sind, zwölf Jahre besuchten wir dieselbe Schule und genossen gemeinsam eine traumhaft schöne Kindheit.

Ich denke immer noch mit großem Enthusiasmus an die Zeiten zurück, als wir zusammen Pläne für unsere Zukunft schmiedeten.
Aber leider ist aus unseren schönen Träumen nichts geworden, es waren alles bunte Seifenblasen; jedenfalls für mich war es so.
Eines Tages flog er nach Europa und ich blieb zwangsweise in einer kranken Welt zurück, wo das Wort Menschlichkeit nach und nach seinen Wert und seine Bedeutung verlor.
Ein sehr schwieriges Leben liegt hinter mir; mehrere Jahre musste ich als Soldat an einem unsinnigen Krieg zwischen Iran und Irak teilnehmen und danach unter Führung eines Haufens religiöser Betonköpfe leben und arbeiten. Dieser Zustand hat bewirkt, dass ich, wie Kamran sagte, rücksichtslos, gefühllos, ja egoistisch geworden bin.
Ich will mich nicht rechtfertigen, aber ich behaupte, dass die giftige Atmosphäre im Iran schuld daran ist. Sie werden bei den meisten Menschen in diesem Land kaum die feine orientalische Mentalität spüren, die Sie erwarten. Ob es an der wirtschaftlichen Situation liegt oder an den gesellschaftlichen Repressionen, kann ich nicht beurteilen. Ich weiß nur, jeder ist gezwungen, an sich zu denken und sich anzustrengen, um sich über Wasser zu halten. Man erfährt selten Mitgefühl, Rücksichtnahme oder Solidarität von seinen Nachbarn, Kollegen oder sogar Verwandten.
In den letzten Jahrzehnten haben die Mullahs systematisch versucht, das iranische Volk seiner Freude am Leben zu berauben. Man darf nicht feiern, man darf nicht lachen, keine heitere Musik hören – man muss sich immer islamisch benehmen und Tag und Nacht um die

verdammten verstorbenen Heiligen trauern.
Ja, im Iran herrscht eine Friedhofsatmosphäre ... und ich komme gerade von dort.
Was erwartet ihr also von mir?« Dann blickte er mich kalt an und sprach mit ernster Stimme weiter: »Deine Vermutung ist richtig, ich war schon einmal in der Schweiz und zwar letzten Monat. Aber leider hatte ich keine Zeit, dich zu besuchen.
Anrufen wollte ich auch nicht, weil ich die Frage nach dem Grund, warum ich dich nicht besuchen kann, nicht ehrlich hätte beantworten können. Kannst du mich verstehen?«
»Nein, ich verstehe dich überhaupt nicht«, antwortete ich scharf. »Nach meiner Information ist eine Europareise für Iraner nicht unproblematisch. Man braucht eine amtliche Einladung, um ein Visum zu bekommen. Ich kann mir nicht vorstellen, dass du diesen Aufwand nur für ein paar Tage Aufenthalt in der Schweiz betrieben hast. Was hast du hier überhaupt gemacht?«
Er blieb wieder schweigsam. Irgendetwas stimmte nicht mit ihm. Offensichtlich wollte er nicht darüber reden, jedenfalls nicht vor meiner Frau. Nach kurzer Überlegung sagte er:
»Das ist eine lange Geschichte. Vielleicht werde ich später von meinem Leben, meinem Job bei dem Öl-Ministerium, dem Grund meines Besuches in der Schweiz sowie meinen Zukunftsplänen erzählen. Allerdings bin ich nicht sicher, ob du davon begeistert sein wirst.«
»Wenn ich dich richtig verstanden habe, wolltest du mich nächste Woche in Deutschland besuchen. Das heißt, dieses Mal bleibst du mehr als ein paar Tage in Europa.

Wenn du nichts dagegen hast, machen wir hier Schluss, fahren zu deinem Hotel, holen dein Gepäck und dann fahren wir zu meinem Ferienhaus.
Dort können wir einige Tage miteinander verbringen und mehr vom Leben des Anderen erfahren.«
»Ich komme gern zu euch. Schreib mir die Adresse eures Ferienhauses auf. Ich habe einen Mietwagen und werde versuchen, gegen 19:00 Uhr bei euch zu sein.
Heute kann ich allerdings noch nicht aus meinem Hotelzimmer auschecken, weil ich so viele Sachen für meine Frau und mich gekauft habe, die erst ordentlich in zwei große Koffer eingepackt werden müssen. Vielleicht checke ich morgen aus und ziehe zu euch, damit wir, wie du gesagt hast, einige Tage zusammen verbringen können.«
»Okay, einverstanden. Bist du sicher, dass du unser Haus finden kannst?«
»Ich verlasse mich auf die Funktionsfähigkeit des Navigationsgerätes in meinem Mietwagen. Sonst werde ich auf die Stirn des Himmels schreiben: *Wo bist du?*«
Lachend erwiderte ich: »Mach' dir keine Sorgen, du hast deinen Humor noch nicht verloren.«

Kapitel 3

Wie gesagt, Shapor war jahrelang mein bester Freund, mein Schulkamerad. Kaum zu glauben, seit knapp achtzehn Jahren war er auch mein Stiefbruder. Eigentlich waren wir im Iran wie Zwillingsbrüder, fast unzertrennlich. Wir hatten unterschiedliche Hobbys – er war ein begeisterter Hobbyfotograf, ich interessierte mich mehr für Musik. Dennoch hatten wir den gleichen Geschmack, gleiche Ziele und dafür hatten wir zusammen tausende Pläne geschmiedet. Nach dem Abitur wollten wir den Iran verlassen, zuerst per Anhalter in Asien, Europa und Amerika herumreisen, dann irgendwo in einem fernen Land uns niederlassen und mit einem Leben nach unserer Vorstellung beginnen. Unser Motto: Wir sind nicht auf der Welt, um so zu sein, wie andere uns haben wollen.

Shapor wohnte mit seiner Mutter und Großmutter in Teheran, einen Block entfernt von unserem Haus. Sein Vater war ein bekannter Weinbauer und lebte die meiste Zeit in Shiraz. Er besaß mehrere Hektar Weinplantagen und produzierte den meisten Rotwein im Iran. Wenn er in Teheran war, besuchte er uns und brachte für meinen Vater seinen besten Tropfen mit.

In den Sommerferien reiste ich mit Shapor nach Shiraz. Seine Familie hatte neben ihrem Weinberg ein schönes Bauernhaus. Wir blieben dort sechs bis acht Wochen und genossen die wunderbare Atmosphäre in dieser traumhaften Region.

Zu unserer dortigen Clique gehörte auch Golineh. Sie war ein paar Jahre jünger als wir und ein bezauberndes, intelligentes Mädchen. Sie lebte mit ihrem Bruder und ihrer Großmutter zusammen.

Ihre Eltern hatten bei einem schrecklichen Erdbeben ihr Leben verloren. Die Familie von Golineh war Anhänger von Zarathustra, der ersten Religion in Persien.

Während der Epoche des Schahs genossen die Anhänger von Zarathustra einen besonderen Respekt, da diese Religion Bestandteil von tausenden Jahren iranischer Kultur ist. (Der Islam wurde mit Gewalt im Iran eingeführt und weiterverbreitet.)

Ihre selbstbewusste Haltung, ihre Schlagfertigkeit, aber auch ihre romantische Denkweise hatten mich an Golineh immer beeindruckt. Sie liebte Poesie und konnte stundenlang die Gedichte von Sadi, Hafez, Omar Khayam und weiterer berühmter iranischer Dichter gefühlvoll rezitieren.

In diesen unvergesslichen Sommerzeiten verbrachten wir jeden Tag gemeinsam. Wir spielten Karten, schwammen stundenlang in einem See, bummelten in der Stadt oder setzten uns einfach unter den Schatten eines Baumes und hörten fasziniert, wie Golineh die Texte eines Dichters gefühlvoll vortrug.

Ich freute mich immer auf unsere Sommerferien in Shiraz. Am Anfang unseres Zusammenseins war es eine einfache freundschaftliche Beziehung. Aber nach und nach war Golineh unsere gemeinsame große Liebe geworden. Ja, wir beide liebten sie sehr, und wenn wir nach Teheran zurückkamen, träumten wir von der unvergesslichen Zeit mit diesem fantastischen Mädchen.

Im Laufe der Zeit erkannte ich neidlos, dass Golineh Shapor mehr liebte als mich. Ich muss zugeben, dass er sich mehr um sie kümmerte.
Fast jeden Tag schrieb er einen Brief an sie und schickte wertvolle Geschenke nach Shiraz.
Ich glaube, ich war schon dreizehn oder vierzehn Jahre alt, als ich mich von dieser Dreierbeziehung zurückzog und ihnen zu verstehen gab, dass ich bei ihren Treffen nicht immer dabei sein wollte. Wir blieben aber weiterhin gute Freunde.
Golineh wusste von unseren Zukunftsplänen. Einmal sagte sie während meiner Anwesenheit zu Shapor: „Wenn du irgendwo in der Welt dein Paradies gefunden hast und mich noch haben willst, schreib mir die Adresse, ich werde sofort zu dir kommen."
Damals wusste aber keiner von uns, dass das Schicksal völlig andere Pläne für uns vorsah.
Als wir gerade vierzehn Jahre alt waren, wurde das Regime des Schahs aufgelöst und Khomeini übernahm die Regierungsmacht.
Ich erinnere mich, dass unmittelbar nach der Machtübernahme von Khomeini Golinehs Bruder nach Australien emigrierte. Er war davon überzeugt, dass die Mullahs bald keine andere Religion im Iran dulden würden. Wer sich nicht an islamische Gesetze halte, müsse um sein Leben bangen. Einige Monate später wurde seine These bestätigt. Man versuchte systematisch, aber auch mit Gewalt, die Anhänger jeder anderen Religion zu bekämpfen und sogar zu vernichten.
Golineh blieb aber bei ihrer Großmutter und bemühte sich, die neue Situation zu erdulden und sich einigermaßen anzupassen.

Ich kann mich noch daran erinnern, dass es, als der Schah den Iran verließ und das Flugzeug von Khomeini in Teheran landete, großen Jubel und optimistische Erwartungen gab.

Denn Khomeini versprach dem iranischen Volk, alles sofort zu verwirklichen, was der Schah über Jahre versprochen, aber nicht realisiert hatte.

Er stellte sogar in Aussicht, dass der Gewinn der Ölindustrie unter den Iranern verteilt würde. Der Strom sollte kostenlos sein und Lebensmittel viel billiger.

Später, viel später hat man erkannt, dass nicht nur seine Versprechungen Lügenmärchen waren, sondern dass dieser Regierungswechsel eine große Katastrophe in der iranischen Geschichte bedeutete; noch schlimmer als die Attacke von Dschingis Khan im zwölften Jahrhundert.

Während der Regierungszeit des Schahs gab es gewisse gesellschaftliche Freiheiten, jedoch musste man mit kritischen Äußerungen gegenüber dem Schah und seiner Regierung vorsichtig sein. Jede negative Bemerkung gegen seine Majestät oder seine Regierungsmitglieder wurde hart bestraft.

Unter Khomeini (und ebenfalls unter seinem Nachfolger Khamenei) wurden kritische Meinungen gegenüber den neuen Machthabern nicht nur hart bestraft, sondern man riskierte sein Leben, wenn man eine argwöhnische Frage bezüglich der Leitlinie der islamischen Religion stellte.

Diese politischen und gesellschaftlichen Veränderungen nahmen ständig negativen Einfluss auf unsere Stimmung. Noch schlimmer, sie raubten uns unsere Jugendzeit.

Das war besonders schmerzlich für Shapor, weil er nicht wie früher Hand in Hand mit Golineh spazieren gehen oder zusammen mit ihr schwimmen konnte.

Der Gottesstaat verlangte eine strenge Trennung zwischen einem nicht verheirateten Mann und einer nicht verheirateten Frau. Golineh musste sich außerdem islamisch verhalten und den Tschador tragen.

Damals hatte der Ausbruch des Krieges zwischen Iran und Irak Shapor und mich sehr beunruhigt.

Wir hatten Angst, dass man uns während unseres Abiturs wie mehrere tausend andere junge Iraner an die Front schicken würde.

Niemand konnte den Sinn dieses Krieges richtig begreifen. Eigentlich erkannte das iranische Volk erst sehr spät, dass acht Jahre Krieg mit dem Irak ein Teil von Khomeinis Strategie war. Er bezeichnete den Iran-Irak-Krieg als *„Geschenk des Himmels"*.

Ein Geschenk, das ihm ermöglichte, die Verfassung des Landes nach seiner Vorstellung zu ändern und innenpolitische Ziele zu verwirklichen, die sonst nie erreichbar gewesen wären.

Während der Kriegszeit, in der eine Million junge und alte Menschen gefallen und eine weitere halbe Million verletzt worden waren, hatte er genug Zeit gehabt, die Medien zu zensieren und die Opposition im Iran als Verräter zu verfolgen.

Bürgerrechte wurden eingeschränkt, die islamischen Gerichte und Revolutionsgarden (Pasdaran) gewannen an Bedeutung. Außerdem rechtfertigte sich Khomeini für die Nichteinhaltung vieler Versprechungen aus der Zeit vor der Revolution mit den Kosten des Krieges.

Mein Vater sagte mir des Öfteren, dass ich mich für eine Auslandsreise vorbereiten solle. Spätestens unmittelbar nach dem Abitur solle ich so schnell wie möglich das Land verlassen.

Als bekannter Notar und Anwalt war er mit einigen einflussreichen Beamten der alten und der neuen Regierung befreundet und hatte es relativ schnell geschafft, einen Reisepass für mich zu besorgen.

Aber ich lehnte es ab. Ich betonte wiederholt, dass ich ohne Shapor nirgendwohin gehen würde.

Jeder in der Familie wusste, dass man uns nicht auseinanderreißen könnte.

Einmal lud mein Vater die Eltern von Shapor zu uns nach Hause ein. In einer langen Diskussion versuchte er, dessen Eltern dazu zu motivieren, ihren Sohn mit mir ins Ausland zu schicken.

Shapors Vater war von diesem Vorschlag nicht sonderlich begeistert, weil es ihm finanziell nicht gut ging und er sich die Auslandsreise und mehrere Jahre Aufenthaltskosten seines Sohnes nicht leisten konnte. Denn seit Beginn der sogenannten Revolution war er arbeitslos. Kurz nach dem Regimewechsel musste er mit seiner Arbeit aufhören und seine Weinfelder einfach austrocknen lassen.

Nach der Machtübernahme von Khomeini wurden alle Betriebe von Weinbauern, Bierbrauereien und Schnapsbrennereien geschlossen und ihre Besitzer meistens verhaftet.

Er hatte Glück gehabt, dass man ihn wegen seiner unislamischen Tätigkeit nicht zur Verantwortung gezogen hatte, zumindest bis zu diesem Zeitpunkt.

Am Ende dieses Gespräches wurde vereinbart, dass mein Vater die Kosten für das Ticket nach Europa sowie die Beschaffung eines Reisepasses für Shapor übernehmen und Shapors Vater lediglich seinem Sohn einige Tausend Dollar für den Lebensunterhalt zur Verfügung stellen würde.

Der Krieg gegen den Irak spitzte sich in der Zwischenzeit zu; jeden Tag erreichten Raketen von Saddam Hussein den Süden Teherans. Wir hatten Angst, dass bald eine dieser furchterregenden Raketen den Flughafen zerstören würde und wir unseren Reisetraum aufgeben müssten.
Aber Gott sei Dank war der Flughafen noch in Betrieb, allerdings trauten sich nur noch wenige Fluggesellschaften, nach Teheran zu fliegen.
Im Juni 1984, eine Woche nach dem Abschluss unseres Abiturs, waren wir soweit. Wir hatten bereits unser Visum für Deutschland, zwei Tickets nach Frankfurt und mehrere tausend Dollar in bar.
Am 17. Juni 1984 wollte meine Familie Shapor und mich zum Mehrabad Flughafen bringen. Wir hatten den ganzen Tag auf die Eltern von Shapor gewartet. Seit einer Woche waren sie in Shiraz, um ihr Haus und die Weinfelder zu verkaufen. Sie wollten von Shiraz direkt zu unserem Haus kommen und Shapor und mich zum Flughafen begleiten.
Shapor rief seinen Onkel in Shiraz an und erkundigte sich, wo seine Eltern blieben. Sein Onkel versicherte ihm, dass sie vor zwölf Stunden aufgebrochen seien und längst in Teheran sein müssten.
Wir standen alle nervös und ungeduldig am Fenster unseres Hauses und warteten auf sie - vergeblich. Um 18:00 Uhr konnten wir nicht länger warten. Wir mussten mindestens drei Stunden vor dem Flug für das Einchecken, die Abfertigung sowie die polizeiliche Kontrolle, die viel Zeit in Anspruch nehmen konnte, am International Mehrabad Airport sein.
Mein Onkel blieb zu Hause, um Shapors Eltern, sobald sie kommen würden, zum Flughafen zu bringen.

Ich erinnere mich, dass wir die ganze Strecke zum Flughafen stumm und unruhig waren. Überall herrschte eine beängstigende Atmosphäre. Man sah nur Militärfahrzeuge und Soldaten auf den Straßen. Fast alle Teheraner versteckten sich in ihren Kellern.
Während der Fahrt zum Flughafen hielten Shapor und ich uns an den Händen fest und versuchten, uns ab und zu mit Blicken gegenseitig Hoffnung zu machen. Im Flughafen war der Teufel los.
Mehr als tausend Personen standen angespannt und nervös herum und versuchten, entweder ihren Flug einzuchecken oder ihre Reisenden zu verabschieden.
Während meine Eltern ihre Blicke auf den Eingang fixierten, standen wir in der langen Schlange der Swissair. Nach einer Stunde hatten wir endlich unsere Bordkarten. Es blieb nur noch wenig Zeit, um auf Shapors Eltern zu warten. Über Lautsprecher wurden alle Passagiere von Swissair aufgefordert, sich unverzüglich in den Warteraum zu begeben.
Gerade in diesem Moment sah ich meinen Onkel, der krampfhaft versuchte, durch diese Menschenmassen zu uns zu kommen. Er wirkte traurig und aufgeregt. Ich sah, wie er rücksichtslos die Leute zur Seite schob, um schnell zu uns zu gelangen. Als er endlich vor uns stand, hatte er Schwierigkeiten, sich richtig zu artikulieren. Er sagte:
»Es tut mir leid … sie haben … sie haben ihn verhaftet.«
»Wer ist verhaftet?«, unterbrach ich ihn scharf.
»Sie haben Shapors Vater verhaftet und ins Ewin-Gefängnis gebracht. Nilufar, Shapors Mutter, ist bei uns zu Hause. Sie ist völlig aufgeregt und durcheinander.«
Das war für uns alle ein schmerzlicher Schlag. Verdammt, warum gerade jetzt?

Minutenlang standen wir entsetzt und sprachlos da, bis Shapor leise, aber mit fester Stimme sagte:
»Ich komme nicht mit. Ich wünsche dir viel Erfolg in Europa.«
»Was erzählst du da? Natürlich kommst du mit. Du kannst für deinen Vater gar nichts tun.«
»Das weiß ich, aber meine Mutter braucht mich jetzt. Ich kann sie unmöglich allein lassen.«
Er bemerkte meine verzweifelten Gesichtszüge, umarmte mich fest und sprach weiter: »Jetzt musst du dich beeilen, sonst verpasst du deinen Flug. Ich komme irgendwann nach. Es tut mir leid, ich muss hierbleiben. Bitte versuche, zu verstehen, ich kann in dieser schrecklichen Situation meine Mutter nicht allein lassen.«
»Nein, nein, wir fliegen zusammen nach Deutschland. Wenn du hierbleibst, fliege ich auch nicht. Es ist ausgeschlossen, ich werde ohne dich nicht reisen.«
»Sei nicht kindisch. Du weißt ganz genau, wenn du hierbleibst, bist du in Gefahr. Du würdest zum Militär eingezogen werden. Rette dein Leben, geh ... bitte geh jetzt.«
Inzwischen ertönte die letzte Aufforderung von Swissair durch die Lautsprecher.
Shapor schubste mich in die Richtung der Passkontrolle und sagte:
»Geh ... verschwinde! Ich verspreche, ich schwöre, sobald ich alles geregelt habe, komme ich zu dir. Wir werden unsere Pläne realisieren. Du würdest genauso handeln, wenn dein Vater verhaftet worden wäre, da bin ich mir sicher.«
Meine Eltern waren gleicher Meinung und drängten mich, zum Schalter der Passkontrolle zu gehen.
Mein Vater versprach, er würde sich für die Freilassung von Shapors Vater einsetzen. Er versicherte mir, dafür zu

sorgen, dass Shapor zu mir käme, sobald dessen Vater frei sei.

Alle umarmten mich voller Zuneigung und wünschten mir viel Glück.

Ich schaute Shapor verzweifelt an, er hatte Tränen in den Augen und ein bitteres Lächeln auf den Lippen. Er sagte: »Sei unbesorgt. Alles wird gut, bald komme ich zu dir und wir beginnen, unseren Plan zu verwirklichen, das verspreche ich dir. Bitte, jetzt beeil dich, sonst verpasst du deinen Flug.«

Plötzlich stand ich vor dem Schalter der Polizei. Die Beamten prüften meinen Pass, meine Bordkarte und ohne Beanstandung ließen sie mich den Flugwarteraum betreten.

Bald stand ich vor dem Gate von Swissair, saß dann auf meinem reservierten Platz im Flugzeug und flog schließlich durch den dunklen Himmel von Teheran – allein, ohne Shapor.

Kapitel 4

Am Frankfurter Flughafen wartete mein Cousin auf Shapor und mich. Er hatte in seinem großen Haus ein Zimmer für uns eingerichtet. Ich brauchte ihm nicht ein Wort von meinem bitteren Erlebnis zu berichten, an meinem traurigen und verzweifelten Gesicht hatte er schon abgelesen, dass Shapor nicht hatte mitfliegen können.
Mein Cousin ist ein gütiger und gefälliger Mensch und versuchte mich zu trösten, ich solle mir keine Sorgen machen. Er war zuversichtlich, dass Shapors Vater bald freikommen und Shapor nach Deutschland nachkommen werde. Das war gut gemeint und beruhigend, aber leider lief alles in eine völlig andere Richtung, als ich gehofft hatte.
Eine Woche nach meiner Ankunft in Deutschland hatte man Shapors Vater wegen seiner unislamischen Tätigkeiten nach einem kurzen Prozess hingerichtet. Das berichtete mein Vater mir in einem langen Telefongespräch. Er erklärte mir, dass die Pasdaran bei einer Hausdurchsuchung in Shiraz noch drei Fässer Rotwein in einem Geheimkeller gefunden hatten, obwohl Shapors Vater behauptet hatte, dass er unmittelbar nach der Revolution alle Weinbestände vernichtet habe. Er hatte dem Richter erklärt, dass er unmöglich diese edlen Tropfen vernichten könne, das sei eine große Sünde. Als ein passionierter Weinbauer war das ein ehrliches Statement, doch diese Aufrichtigkeit war sein Todesurteil.

Es ging das Gerücht um, dass die Leute, die sein Haus und seine Grundstücke in Shiraz hatten kaufen wollen, Mitarbeiter der Pasdaran gewesen waren.
Glücklicherweise konnte man Shapor, da er die ganze Zeit in Teheran gewohnt hatte, nicht wegen des Verstoßes seines Vaters gegen die islamische Verordnung zur Verantwortung ziehen, praktisch wusste er von nichts.
Aber es kam für ihn noch schlimmer; man hatte ihm drei Wochen Zeit eingeräumt, um sich beim Militär zu melden. Er müsse – wie alle anderen jugendlichen Iraner – seinen Militärdienst absolvieren.
Mein Vater versicherte mir, er werde alles daran setzen, damit ihn seine Einheit nicht an die Front schicken würde, sondern er eine leichte Aufgabe in der Verwaltung bekäme.
Für mich waren in dem fernen fremden Land diese furchtbaren Ereignisse sehr bedrückend. Der Gedanke, dass schon kurz vor der ersten Etappe unseres Ziels alle unsere fantastischen Träume wie Seifenblasen zerplatzten, machte mich sehr traurig.
Die ersten vier Wochen meines Aufenthalts in Frankfurt sperrte ich mich in meinem Zimmer ein und telefonierte jeden Abend mit meinem Vater.
Meine Bemühungen, mit Shapor zu sprechen, waren vergeblich. Er war unerreichbar. Er musste die Beerdigung seines Vaters organisieren. Außerdem versuchte er zusammen mit seiner Mutter, endlich einen seriösen Käufer für ihr Eigentum in Shiraz zu finden. Sie hatten Angst, dass die Mullahs ihr Besitztum konfiszieren könnten. Dann meldete er sich pflichtgemäß beim Militär.
Allmählich begriff ich meine düstere Situation in Deutschland.

Ich verstand, dass die illusorischen Pläne, die ich mit Shapor geschmiedet hatte, jetzt weder realistisch noch ihre Durchführung auf eigene Faust möglich waren.

Doch sah ich ein, dass ich nicht mit hängendem Kopf herumsitzen und die ganze Zeit mein Schicksal verfluchen dürfe.

Ich musste vor Ablauf meines Visums eine einfache und realistische Lösung für mein Leben in Deutschland finden. Sonst müsste ich wieder zurück in die Hölle.

Anfang 1985 stellte ich bei den deutschen Behörden einen Antrag für eine Aufenthaltserlaubnis. Glücklicherweise gab es keine Bedenken und ich erhielt ein Bleiberecht für drei Jahre.

Zunächst lernte ich ein Jahr lang die deutsche Sprache und begann anschließend, an der Universität von Frankfurt Jura zu studieren.

Von Shapor hörte ich kaum etwas Positives. Ich wusste, dass er in der Stadt Ahwaz stationiert war. Er wurde jedoch, wie man meinem Vater versprochen hatte, nicht an die Front geschickt, sondern er arbeitete in der Abteilung Personallogistik.

Einmal bekam ich von ihm einen Brief. Aus der Beschreibung seiner Gefühle und der allgemeinen Zustände entnahm ich, dass er mit seinen Nerven und seiner Geduld am Ende war.

Er schrieb, dass seine Aufgabe unter anderem darin bestand, die Namen und die Todesursachen der gefallenen Soldaten an die Hauptverwaltung in Teheran zu melden. Diese Aufgabe machte ihn krank. Denn jeden Tag musste er eine ausführliche Liste von mehr als 1.000 getöteten Soldaten, meistens unter 18 Jahren, an die zuständige Behörde schicken.

Er berichtete, dass er manchmal überlege, einen seiner Kommandanten zu bitten, ihn doch an die Front zu schicken, da er diese trübsinnige Tätigkeit nicht mehr ertragen könne.

Am Ende seines Briefes hegte er jedoch die Hoffnung, dass unser gemeinsamer Plan eines Tages realisiert werden würde.

Doch vom Klang seiner enttäuschten Worte bekam ich den Eindruck, dass er selbst nicht daran glaubte. Denn abgesehen von seiner Zwangsarbeit beim Militär fühlte er sich verpflichtet, in der Nähe seiner Mutter zu bleiben.

Auch ich hatte keine Hoffnung, dass wir jemals unsere Pläne verwirklichen würden. Ich musste daher umdenken, die fantasievolle Weltreise-Datei in meinem Kopf löschen und mit ganzer Kraft und Motivation in mein Studium eintauchen.

Das Resultat dieser Zielstrebigkeit war sehr gut; ich absolvierte jedes Semester mit guten und häufig sogar mit sehr guten Noten. Ich integrierte mich in die deutsche Gesellschaft und benahm mich entsprechend. Nach und nach baute ich mir einen Freundeskreis auf.

Aber dann passierte wieder etwas Schreckliches. Ich war noch im achten Semester meines Studiums, als ich eines Tages einen langen Brief von meinem Vater erhielt, der mich monatelang in einen Schockzustand versetzte.

Er schrieb, dass meine Mutter schon vor drei Monaten verhaftet und ins Gefängnis gesteckt worden war. Er hatte Himmel und Hölle in Bewegung gesetzt, um sie aus der Haft zu befreien. Aber trotz seiner großen Bemühungen hatte man sie im Gefängnis mehrfach gefoltert und dann ohne Vorwarnung hingerichtet. Er schrieb, er sei seelisch am Ende und wolle am liebsten nicht mehr leben.

Ich musste seinen Brief mehrere Male lesen, um richtig zu begreifen, was man meiner Mutter angetan hatte.

Das war der schlimmste Schock in meinem Leben und der Hauptgrund, dass ich dieses Semester wiederholen musste. Ich blieb die meiste Zeit depressiv in meinem Bett und konnte nicht fassen, dass meine Mutter nicht mehr lebte.

Längst hatte ich geahnt, dass etwas in meiner Familie nicht stimmte. Die Telefonate mit meinem Vater waren immer kürzer geworden, ja oft verwirrend. Immer, wenn ich am Telefon verlangte, mit Mutter zu sprechen, tat er so, als ob die Leitung nicht funktionierte.

Mein Vater wollte mich mitten in meinem Studium nicht beunruhigen. Er meinte, aus der Entfernung könne ich sowieso nichts machen.

Eigentlich wusste ich, dass meine Mutter niemals mit den Gesetzen der Islamischen Republik Iran zurechtkommen würde. Sie war eine moderne, ja, emanzipierte Frau. Schon in der Zeit des Schahs war sie Professorin an der Universität von Teheran gewesen, hatte ihr Studium in Paris absolviert und war Verfasserin von zwei Sachbüchern.

Später erfuhr ich, dass man sie immer wieder unter Druck gesetzt hatte, damit sie ihre Stellung an der Universität quittierte, da sie ganz bewusst die islamischen Vorschriften missachtete.

Fast alle ihre Kollegen wussten, dass sie die islamischen Verhaltensregeln für Frauen verabscheute. Sie sagte mit voller Überzeugung, dass jede Frau für sich entscheiden sollte, wie sie in der Gesellschaft auftreten möchte – mit oder ohne Tschador. Sie selbst achtete kaum darauf, dass ihre Haare vorschriftsgemäß verhüllt waren.

Noch schlimmer, sie sagte immer offen ihre Meinung und was sie sagte, war nicht ungefährlich.
Dann kam das, was alle in unserer Familie befürchtet hatten – ihre Verhaftung.
Nach gründlicher Recherche meines Vaters war der Hauptgrund ihrer Verhaftung eine lange und lebhafte Diskussion über den Koran mit mehreren Kollegen an der Universität von Teheran.
Bei dieser Diskussion bezog sie sich auf Sure 2 und 4[2] des Korans und vertrat die Ansicht, dass diese Regeln im Prinzip eine Richtlinie für Gewalt in der Ehe und eine Verherrlichung der Bigamie seien.
Ihre Kollegen versuchten sie zu besänftigen und weigerten sich, mit ihr weiter darüber zu diskutieren.

---

[2] Sure 2:
Eure Frauen sind euch ein Saatfeld; darum bestellt euer Saatfeld, wo immer ihr wollt.
Das heißt, der Mann hat das Recht, an jedem beliebigen Ort und zu jeder beliebigen Zeit (außer in Zeiten ihrer Unreinheit) mit seiner Frau geschlechtlich zu verkehren, ohne sie um ihre Einwilligung fragen zu müssen.
Und wenn ihr fürchtet, ihr würdet nicht gerecht gegen die Waisen handeln, dann heiratet Frauen, die euch genehm dünken, zwei oder drei oder vier.

Sure 4:
„Die Männer sind die Verantwortlichen über die Frauen, weil Allah die einen vor den andern ausgezeichnet hat und weil sie von ihrem Vermögen hingeben. Darum sind tugendhafte Frauen die Gehorsamen und die (ihrer Gatten) Geheimnisse mit Allahs Hilfe wahren. Und jene, von denen ihr Widerspenstigkeit befürchtet, ermahnt sie, lasst sie allein in den Betten und schlagt sie."

Aber sie beharrte auf ihrem Standpunkt und fragte sich, wer noch in der iranischen Gesellschaft darüber reden solle, wenn selbst die Professoren einer renommierten Universität mit ihrem Schweigen solche Verfahren einfach hinnehmen.

Meine Mutter wurde schon auf dem Nachhauseweg verhaftet und in das Ewin-Gefängnis gesteckt. Offenbar hatte jemand die Diskussion mitgehört und gleich das „islamische Komitee" informiert.

Trotz täglicher Folterung sowie eindringlicher Ratschläge ihres Anwalts, dass sie Reue zeigen und ihre Aussage zurücknehmen solle, blieb sie bei ihrer Meinung und war nicht gewillt, sich einen Millimeter von ihrem Standpunkt zu distanzieren. Sie beharrte darauf, dass irgendjemand in diesem Land endlich den Mund aufmachen und gegen dieses frauenfeindliche Verfahren protestieren müsse.

Offenbar wollte sie nicht wahrhaben, dass das Fundament der neuen iranischen Verfassung der Koran war. Und zwar nicht nur Sure 4, sondern auch weitere Kapitel dieses heiligen Buches. Mit den neuen islamischen Verfassungsgesetzen wurden nicht nur die Rechte von Frauen beschnitten. Mit Sure 3 (85)[3] wurde zum Beispiel auch das normale Leben für die nicht muslimische Bevölkerung wie Christen, Juden, und Anhängern von Zarathustra oder Bahai erheblich eingeschränkt. Sie durften keine Beamtentätigkeiten ausführen, nicht studieren und unter Umständen auch kein Eigentum besitzen.

---

[3] Sure 3, 85
Und wer eine andere Glaubenslehre sucht als den Islam: nimmer soll sie von ihm angenommen werden, und im zukünftigen Leben soll er unter den Verlierenden sein.

Ein weiterer Grund, dass mein Vater mich absichtlich erst spät über dieses Desaster informiert hatte, war meine mögliche irrationale Reaktion. Er hatte Angst, dass ich zur Beerdigung in den Iran reisen würde und die Regierung mich bei dieser Gelegenheit zum Militärdienst verpflichten und gleich an die Front schicken würde.

Er schrieb am Ende seines Briefes: *„Mein Junge, solange diese Barbaren an der Macht sind, komm' nicht in deine Heimat zurück!"*

Die Zeit schritt schnell voran, von Shapor hörte ich nur selten. Es war mir bekannt, dass er nach Ende des Krieges die Armee verlassen hatte. Ich schrieb ihm einen Brief und bat ihn, endlich zu mir zu kommen. Aber seine Ablehnung gründete wieder auf der Tatsache, dass er seine Mutter nicht allein lassen könne. Doch ich hatte das Gefühl, dass es noch einen weiteren Grund gab, im Iran zu bleiben - er war nach wie vor in Golineh verliebt.

Aber sein altes Problem – die Unterstützung der Mutter – wurde auf einmal doch gelöst, und zwar viel besser, als er erwartet hatte.

Ab 1989 arbeitete ich neben meinem Studium als Praktikant in einer Anwaltskanzlei.

Eines Tages, als ich nach Hause kam, erlebte ich eine angenehme Überraschung: Mein Vater stand vor der Haustür. Nach mehreren Jahren der Trennung war es eine große Freude, ihn zu sehen und umarmen zu können. Der alte Herr hatte sich unglaublich verändert. Er sah mager, blass und nicht gesund aus.

Ich wusste bereits, dass er nicht mehr arbeitete.

Aber was er mir dann erzählte, war ganz neu für mich, ja – es war eine Sensation. Er sagte, dass er vorhabe Nilufar, Shapors Mutter, zu heiraten.
Beide waren seit mehreren Jahren allein und hatten einen ähnlichen Schicksalsschlag erlitten. Außerdem waren beide in einem Alter, in dem sie gegenseitige Hilfe gut gebrauchen konnten. Er wollte von mir keine Erlaubnis, sondern moralische Unterstützung. Shapor wisse von ihrer Absicht und habe seine Mutter sogar dazu ermutigt. Schließlich könne er sich dann endlich auf sein eigenes Leben konzentrieren.
Ich hielt dies für eine ausgezeichnete Idee und sagte das auch meinem Vater. Allerdings fand ich es ein wenig eigenartig, dass Shapor nun auch mein Stiefbruder wurde.
Ein Jahr nach diesem Ereignis schrieb Shapor mir einen langen Brief, den er mit der Anrede *„Mein lieber Bruder"* begann. Er berichtete, dass er begonnen habe, an der Universität von Teheran Informatik zu studieren. Er schrieb ganz stolz, dass er in meinem Zimmer wohne und alle meine Sachen wie Schreibtisch, Bücher und mein Bett benutze. Dann versprach mein Freund mir, mich im nächsten Sommer in Frankfurt zu besuchen.
Doch das Schicksal hatte etwas gegen unser Wiedersehen. Den ganzen nächsten Sommer musste er im Krankenhaus verbringen, weil er beim Bergsteigen mit seinen Freunden das Gleichgewicht verloren hatte und ins Tal gestürzt war. Er hatte sich mehrere Verletzungen an Beinen, Händen und im Gesicht zugezogen.
1992, als ich meine Schweizer Freundin Sabrina heiratete, kamen mein Vater und seine Frau Nilufar nach Deutschland und nahmen an meiner Hochzeitsfeier teil.

Nur Shapor konnte nicht kommen. Nicht wegen seiner schweren Verletzungen, sondern weil er keine Auslandsreisegenehmigung bekommen hatte.
Ausgerechnet bei diesem einmaligen Ereignis in meinem Leben, bei dem ich ihn unbedingt in meiner Nähe haben wollte, weigerte man sich, ihm eine Reiseerlaubnis zu erteilen. Angeblich war der Fall seines Vaters noch nicht abgeschlossen.
Ein Jahr später schrieb er mir einen Brief, in dem er feststellte, dass er der letzte Idiot auf der Welt sei. Er hatte damals bei der Überreichung seines Antrages für eine Auslandsreise die wichtigste Regel in der iranischen Administration vergessen:
Er hätte den zuständigen Beamten bestechen müssen.
Denn ein paar Monate später erfuhr er über seinen Anwalt, dass es gar keine Vorwürfe gegen ihn gegeben hatte, der Fall seines Vaters war längst abgeschlossen gewesen.
Im Jahr 1996, unmittelbar nach der Beendigung seines Studiums, bekam er einen interessanten Job beim Öl-Ministerium in Teheran.
1998 heiratete er endlich seine große Liebe Golineh. Dieses Mal hatte ich keine Chance, dabei zu sein. Wegen meiner politischen Aktivitäten gegen die iranische Regierung und trotz meiner deutschen Staatsangehörigkeit war es mir nicht möglich, ohne Probleme ins Land einzureisen. Ich war sicher, sie hätten mich schon am Flughafen verhaftet und dann hart bestraft.
Drei Jahre später verkaufte mein Vater sein Haus und verließ mit seiner Frau Nilufar den Iran für immer. Zuerst lebten sie ein Jahr in Dubai, danach emigrierten sie mit einer Green Card nach Florida, USA.
Shapor und Golineh blieben im Iran. Sie wohnten jetzt im Haus seiner Großmutter.

Bei einem Telefongespräch mit Nilufar in Miami erwähnte sie einmal, dass es gesundheitliche Probleme bei ihrer Schwiegertochter Golineh gegeben habe. Shapor wolle nicht darüber sprechen. Sie riet mir, in meinem Brief keine Andeutungen darüber zu machen.
Ich entschied daher, keinen weiteren Brief an ihn zu schicken, bis er sich wieder meldete. Damals ahnte ich jedoch nicht, dass dieses Schweigen mehrere Jahre dauern würde. Ja, wir beide, die besten Freunde und Verwandten, waren uns nach und nach ungewollt fremd geworden. Aber jetzt, nach vierundzwanzig Jahren Trennung, konnten wir nachholen, was wir versäumt hatten.

Kapitel 5

Pünktlich um neunzehn Uhr parkte Shapor seinen Mietwagen vor unserem Haus. Aus dem Kofferraum des Autos holte er mühevoll einen großen Rosenbaum hervor und stellte ihn vorsichtig vor die Haustür. Das war ein Geschenk für meine Frau, eine Wiedergutmachung für sein unanständiges Benehmen in dem Museum, wie er ernsthaft betonte.

Meine Frau küsste ihn auf die Wange und versicherte ihm, dass sie ihm sein konfuses Verhalten nicht übel genommen habe und sich über das Geschenk sehr freue.

Nach dem Abendessen ließ meine Frau uns allein, damit Shapor und ich uns frei unterhalten konnten. Sie hatte schon bald bemerkt, dass er meine Fragen nicht eindeutig beantworten wollte und versuchte, mit einem anderen Thema abzulenken. Als wir allein waren, sagte ich:

»Du kannst dir vorstellen, wie ungeduldig ich bin, zu erfahren, was du in den letzten 24 Jahren getrieben hast. Meine bisherigen Informationen über dein Leben sind sehr lückenhaft.

Ich weiß allerdings, dass man dich kurz nach unserer Trennung in die Armee eingezogen hat und dass du nach Beendigung des Krieges begonnen hast, zu studieren. Auch habe ich mit großer Begeisterung zur Kenntnis genommen, dass du ein paar Jahre später unsere große Liebe Golineh geheiratet hast und seit einigen Jahren im Öl-Ministerium arbeitest. Mehr weiß ich nicht. Erzählst du mir ausführlich von dem Tag an, als du mich allein nach Europa fliegen ließest?«

Er war zuerst einige Minuten schweigsam und nachdenklich.

Ich merkte schon, dass er gern sein Herz ausschütten und seine Lebensgeschichte ausführlich erzählen wollte, aber offensichtlich wusste er nicht, womit er beginnen sollte. Aber dann begann er mit ernster Stimme:
»Du hast von Golineh, unserer großen Liebe, ja, meiner Frau gesprochen. Ich nehme an, du weißt nicht, dass wir seit vier Jahren getrennt leben.
Seit 2004 lebt sie in Melbourne, Australien. Zusammen mit ihrem Bruder Kambiz.«
»Was? Seid ihr geschieden?«
»Nein, um Gottes Willen. Wir sind zwangsweise getrennt. Sie konnte unmöglich im Iran weiterleben. Sie war mehrere Jahre depressiv, beinahe lebensmüde.«
»Ich habe Silvester das letzte Mal mit deiner Mutter gesprochen. Sie hat kein Wort darüber verloren.«
»Das weiß ich. Ich habe Mutter ausdrücklich gebeten, niemandem davon zu erzählen. Das war für Golineh und mich sehr peinlich.«
»Aber warum? Warum ist sie weggegangen?«
»Du kennst sie doch. Eine emanzipierte und intelligente Frau wie Golineh mit ihrer kulturellen und religiösen Erziehung konnte unmöglich mit diesen absurden Gesetzen der Mullahs zurechtkommen.
Während der sechs Jahre unserer Ehe wurde sie im Iran mehrere Male verhaftet, geschlagen und gedemütigt. Sie kam nicht mit dem Tschador, dem Kopftuch und den islamischen Vorschriften zurecht. Und wenn sie mit ihrem unislamischen Outfit in der Stadt erwischt wurde, wollte sie ihr Verhalten nicht bereuen, sich nicht entschuldigen und sich so von der harten Strafe befreien. Im Gegenteil, sie wurde immer aggressiver und beschimpfte die Mitarbeiter des Komitees.

Ich kann nicht sagen, wie oft ich wegen ihres unislamischen Verhaltens und folglich ihrer Verhaftung zum Komitee gehen musste, um die zuständige Behörde reichlich zu bestechen, damit sie wieder nach Hause gehen konnte. Dann auf einmal resignierte sie, sie wollte von den Entwicklungen außerhalb unserer vier Wände nichts mehr wissen; kein Arztbesuch, keine Stadtbummel, keine Einkäufe, kein Kino- oder Restaurant-Besuch, nichts. Sie blieb die ganze Zeit traurig und verdrossen zu Hause.
Entgegen unserer ursprünglichen Planung wollte sie kein Kind mehr haben. Sie sagte: *„Ich will nicht einem unschuldigen Kind zumuten, in einem Land groß zu werden, wo Fanatismus und steinzeitliche Gesetze der Mullahs das Leben der Menschen bestimmen."*
Du kannst dir vorstellen, wie mich ihr seelischer Zustand besorgte. Unser Leben war geprägt von Missmut und Traurigkeit.
Die Hoffnung, dass bald das Mullah-Regime verschwinden und eine demokratische Regierung an die Macht kommen würde, blieb immer eine Wunschvorstellung.
Ich musste eine Lösung für diese aussichtslose Situation finden. In einem langen Telefongespräch mit ihrem Bruder schlug er mir vor, sie solle nach Australien reisen.
Er würde sie offiziell nach Melbourne einladen. Mit dieser Einladung sollte ich für sie ein Visum beim australischen Konsulat beantragen. Er war sich sicher, sie würde dort wieder zu ihren geistigen Kräften zurückfinden. Auch ich sollte überlegen, ob ich dorthin emigrieren wollte.
Ich selbst konnte aber nicht nach Australien reisen. Abgesehen davon, dass ich kaum eine Chance hatte, ein dauerhaftes Visum zu bekommen, gab es noch ein weiteres

Problem, das mich daran hinderte, den Iran ohne gründliche Vorbereitung zu verlassen.

Laut iranischem Gesetz darf man bei einer Auslandsreise nicht mehr als zehntausend Dollar mitnehmen. Ich besaß mehr; allein durch den Verkauf der riesigen Weinfelder meines Vaters und des Hauses in Shiraz blieben mir nach Tilgung aller unserer Schulden und Steuern etwas mehr als eine halbe Million Dollar, die ich an einem sicheren Platz in meiner Wohnung aufbewahrte.

Es war zu riskant, mit so viel Geld durch den iranischen Zoll zu marschieren. Eine illegale Reise aus dem Iran durch Schleuser wollte ich auch nicht riskieren. Denn es gab schreckliche Berichte von Überfällen auf illegale Flüchtlinge. Die meisten von ihnen wurden in der Wüste ausgeraubt und einige bei Widerstand getötet.

Ich wollte auf eine passende Gelegenheit warten, um meine Reise ins Ausland ordentlich zu organisieren.

Die Beschaffung eines Touristenvisums für Golineh verlief problemlos, aber für mich persönlich war es eine traurige Angelegenheit. Ich wollte nicht, dass sie mich verließ und ich dort allein zurückblieb. Andererseits konnte ich nicht mit ansehen, wie sie jeden Tag dünner, depressiver, völlig unglücklich wurde.

Im April 2004 flog Golineh nach Australien. Die Frau von Kambiz ist Psychotherapeutin. Nach ein paar Monaten intensiver Behandlung war Golineh wieder wie früher: stark, selbstständig und voller Energie. Meine Frau sagte am Telefon, sie fühle sich in ihrer neuen Heimat sehr wohl und wolle mithilfe eines Rechtsanwalts eine dauerhafte Aufenthaltserlaubnis beantragen. Sie sagte, dass ich, wenn es mit der permanenten Aufenthaltserlaubnis klappen würde, so schnell wie möglich versuchen sollte, den Iran zu verlassen, um zu ihr zu kommen.

Es dauerte lange, bis sie ihr Touristenvisum verlängern konnte. Dann vergingen zwei Jahre, bis sie sogar australische Staatsbürgerin wurde. Schließlich rief sie mich voller Freude an und sagte:
»Wenn du mich noch haben willst, musst du versuchen, nach Australien zu kommen. Wir sollten hier gemeinsam eine neue Existenz aufbauen. Ich werde alles daransetzen, dich auf diesem fantastischen Kontinent glücklich zu machen.«
Inzwischen hatte ich einen Plan, wie ich nach Australien emigrieren und mein gesamtes Vermögen mitnehmen konnte.
Als mein Vater noch lebte, hatte er schriftlichen Kontakt mit mehreren Winzern in Frankreich, Italien, USA, aber auch in Australien. Er pflegte mit ihnen eine geschäftliche und fachliche Beziehung. Einer dieser Kollegen, Mr. Rosenberg, ist ein erfolgreicher Weinbauer im Barossa Valley, Südaustralien. Unmittelbar nach Golinehs Anruf nahm ich mit ihm Kontakt auf.
Ich berichtete ihm, was mit meinem Vater geschehen war, wo meine Frau steckte und was ich vorhatte. Ich betonte, dass ich den Beruf meines Vaters ausüben wollte und fragte, ob ich bei ihm als Partner arbeiten dürfte.
Seine schnelle und positive Antwort war ermutigend. Er schrieb zurück, dass er vorhabe, neben seinen Weinfeldern einige weitere Hektar Land zu kaufen und sein Geschäft zu expandieren. Mit meiner halben Million Dollar Kapital könnte ich in sein Geschäft einsteigen und als Partner mit ihm zusammenarbeiten.
Ich antwortete ihm wiederum, dass ich an seinem Angebot sehr interessiert sei, jedoch für eine Reise nach Australien etwas Zeit bräuchte.

Außerdem wäre es hilfreich, wenn er sich als mein zukünftiger Partner bei der australischen Immigrationsbehörde für mich einsetzen würde, damit ich rechtzeitig eine Aufenthalts- und Arbeitserlaubnis bekommen könnte. Er hatte keine Einwände.
Fast monatlich kommunizierten wir miteinander per Internet und versuchten, gemeinsam alle erforderlichen Unterlagen für die Immigrationsbehörde zusammenzustellen. Es war ein aufwändiger und komplizierter Vorgang. Doch mit Geduld und Beharrlichkeit konnte ich die erste Etappe meines Ziels erreichen.
Im letzten Dezember besuchte ich das australische Konsulat in Teheran und bekam zunächst ein dreijähriges Visum. Man stellte mir in Aussicht, dass ich, wenn die geplante geschäftliche Beziehung mit Mr. Rosenberg zustande käme, genau wie meine Frau australischer Staatsbürger werden könnte.
Um diese Geschichte abzuschließen: Ich werde in zehn Tagen von Frankfurt aus in meine neue Heimat Australien reisen, endlich meine liebe Frau Golineh in den Arm nehmen und gemeinsam mit ihr nach Südaustralien reisen. Ja, ich werde mit großer Freude die Tätigkeit meines Vaters ausüben. Ich werde dort Shiraz produzieren.«
»Das ist großartig, das ist die beste Entscheidung in deinem Leben«, sagte ich begeistert und fügte hinzu, »doch egoistisch gesehen bin ich traurig, dass du nach so vielen Jahren Trennung, nachdem ich dich endlich wiedergefunden habe, ans andere Ende der Welt reisen und dortbleiben wirst.
Ich hatte gehofft, dass du dich in Europa niederlässt und wir uns öfter sehen können. Aber wie es aussieht, müssen wir bald wieder auseinandergehen.«
Er sah mich vorwurfsvoll an und erwiderte:

»Was hat man mit dir in Deutschland gemacht, Junge? Früher hast du von fernen Ländern und einem abenteuerlichen Leben gesprochen. Australien ist sehr weit weg, aber mit dem Flugzeug ist man in weniger als zwanzig Stunden dort. Ich kann keine Ausreden mehr hören. Wir sollten uns gegenseitig öfter besuchen.«
Ich klopfte auf seine Schulter und sagte:
»Ja, das werden wir bestimmt tun. Wir sind frei und es liegen keine großen Hindernisse mehr vor uns.«
Wir waren an diesem Abend beide müde und ziemlich alkoholisiert. Meinen Vorschlag, schlafen zu gehen, nahm er gern an. Ich zeigte ihm sein Zimmer und wünschte ihm eine gute Nacht.
Ich war so glücklich, endlich eine Nacht mit meinem Freund Shapor unter einem Dach verbringen zu können.

Kapitel 6

Am nächsten Tag packte ich nach dem Frühstück einen Korb mit etwas Obst und Getränken, setzte mich mit Shapor ins Auto und wir fuhren in Richtung Zimmerberg.
Ich kenne in dieser Hügelkette einen ruhigen Picknickplatz mit einem traumhaften Blick auf den Zürichsee. Dort wollte ich mich mit ihm in aller Ruhe unterhalten. Es gab noch mehr Ereignisse in seinem Leben, von denen ich erfahren wollte.
Wir vereinbarten, am Nachmittag zu seinem Hotel zu fahren, um seine Sachen zu holen. Solange er in der Schweiz bleiben konnte, würde er in unserem Ferienhaus wohnen.
Das Wetter war angenehm warm, blauer Himmel und überall ein angenehmer Duft von wilden Blumen und Kräutern. Es herrschte eine herrliche Stimmung.
Ich öffnete eine Flasche Prosecco und schenkte ihm ein Glas ein. Zuerst erzählte ich von meiner Arbeit, meinem guten Verhältnis zu meiner Frau und den Kindern und schließlich einiges über meine Arbeit in der Anwaltskanzlei sowie meine ehrenamtliche Tätigkeit in dem Verein und vom Kampf gegen die Islamische Republik Iran.
Er sah mich die ganze Zeit mit großem Interesse und Aufmerksamkeit an. Als ich mit meiner Erzählung endete, sagte er:
»Es hört sich wie ein perfektes Leben an. Ich gratuliere dir. Offensichtlich ist das Schicksal mit dir sehr freundlich umgegangen. Das kann ich von meinem bisherigen Leben nicht behaupten.

Der Verlauf meines Lebens in den letzten 24 Jahren war in der Tat außergewöhnlich. Die Ereignisse reichen weit über dein Vorstellungsvermögen hinaus. Ich habe ein merkwürdiges Gefühl, irgendeine Macht im Universum wollte meine seelische Belastbarkeit gründlich prüfen.

Am schlimmsten war mein Einsatz im Krieg zwischen Iran und Irak. Diese schrecklichen Zeiten werde ich wohl niemals vergessen.

Wie du weißt, war ich im Bereich Personallogistik tätig und brauchte nicht eine Waffe in die Hand nehmen und gegen Iraker kämpfen. Dennoch war meine Aufgabe deprimierend und geprägt von tiefer Traurigkeit.

Jeden Tag brachten mehrere Lastzüge tausende neue Soldaten, meistens jünger als achtzehn Jahre, in die Kaserne. Sie mussten in einem schnellen Verfahren von uns betreut werden, um danach auf dem Schießübungsplatz zu erscheinen.

Wir prüften ihre Personalien, erledigten alle erforderlichen Maßnahmen hinsichtlich ihrer Uniform und Militärausrüstung und ordneten sie ihrer Einheit zu. Während dieser unruhigen Betriebsamkeit standen diese unerfahrenen, ja unmotivierten jungen Menschen mit sorgenvollem Gesicht auf dem Hof nebeneinander und vermittelten einen verängstigten Eindruck, als ob sie ahnten, dass ihre Tage schon gezählt waren.

In meinem mehrjährigen Einsatz in diesem Bereich habe ich kaum einen dieser Soldaten lebend oder unverletzt wiedergesehen.

Nach der Erledigung dieser Aufgaben kamen mehrere Mitglieder des Militärpersonals und einige Mullahs, um die neuen Soldaten für ihren Kampfeinsatz militärisch, aber auch psychisch vorzubereiten.

Das Programm bestand aus achtzig Stunden Schießübung, Lagebeschreibung und 20 Stunden religiösem Unterricht.

Ich war neugierig zu wissen, was der Sinn und Inhalt des Religionsunterrichts in einem Kampfgebiet war. Deshalb folgte ich den Soldaten einmal unauffällig zu dem Unterricht in der Kaserne.

Ein Mullah mit exzellenter Rhetorik las einige ausgesuchte Suren aus dem Koran und interpretierte die Heilige Schrift entsprechend ihrem bevorstehenden Kampfeinsatz.

Er zitierte aus der Sure 47, Teil 4, wie sie mit den Ungläubigen umgehen müssten. Er bezeichnete die Iraker als Ungläubige. Er meinte, es sei unsere Pflicht, das gesamte irakische Volk zu vernichten. Sie würden gegen einen Gottesstaat kämpfen, daher müssten sie gemäß Sure 47 getötet werden.

Es war für mich nicht zu verstehen, wie ein Muslim andere Muslime als Feinde des Islams bezeichnen konnte.

Die Aufgabe der Geistlichen beschränkte sich nicht nur auf den religiösen Unterricht vor dem Kampfeinsatz. Sie führten auch durch weitere Motivationsprogramme, die direkt an der Front stattfanden.

Bei einem dieser Programme hatte ich auch jede Menge Verwaltungstätigkeiten zu übernehmen.

Jeden Donnerstagabend gegen zwanzig Uhr gab es eine schaudererregende Veranstaltung direkt in mehreren Gefechtslinien. Eine unglaublich manipulative, jedoch bewegende, ja rührende Show.

Der Mehdi kam, um die Soldaten zu besuchen und ihnen zu versichern, dass er auf sie aufpassen werde.

Der Auftritt des Mehdi, der verborgene zwölfte Imam, der Nachfolger von Mohammad, der angeblich nicht gestorben war und nie sterben würde, komme, um die Erde mit Gerechtigkeit zu erfüllen.

Ich habe gehört, dass diese makabre Idee – der Auftritt von Mehdi – ein Einfall von Khomeini persönlich war; eine Art moralische Unterstützung.

Man hatte mehrere große Männer mit breiten Schultern und möglicherweise Adlernase ausgesucht und für diese absurde Show trainiert.

Ich hatte die Aufgabe, die gesamte Logistik zu organisieren und die erforderliche Maskerade, zum Beispiel Kleidung, ein Pferd etc. zu beschaffen.

In einer dunklen Nacht ritt der sogenannte Mehdi in schwarzer Robe auf einem weißen Pferd an den Soldaten vorbei, während aus mehreren Lautsprechern eine leise, jedoch durchgreifende, weibliche Stimme sagte:

„Soldaten, ihr braucht keine Angst zu haben, Imam Mehdi wird euch uneingeschränkt unterstützen. Wenn ihr an die Gerechtigkeit des Imam Mehdi glaubt, sagt laut ‚Allah o Akbar'". Alle Soldaten schrien aus tiefster Seele:

„Allah o Akbar."

Ich weiß nicht, ob die Soldaten diese gespenstische Show durchblickten. Waren sie überrascht, glücklich oder hatten sie doch das Gefühl, dass die Mullahs sie an der Nase herumführen wollten?

Ich weiß auch nicht, ob das eine Motivationsmaßnahme oder eine Art von Gehirnwäsche oder möglicherweise beides war.

Aber was auch immer die Mullahs mit dieser Masche erreichen wollten, es funktionierte nicht immer.

Denn dummerweise wurden die meisten dieser Mehdi-Doubles während ihrer Aufführung vor den Augen traumatisierter Soldaten von respektlosen Irakern niedergeschossen. Es starb also Imam Mehdi, der angeblich niemals sterben würde.

Am nächsten Tag mussten wir wieder einen neuen Mehdi mit dem gleichen Outfit ausstatten und an die Front schicken.

Während meiner Tätigkeiten als Soldat in Ahwaz schickten wir insgesamt 75 Mehdis an die Front und nur zwölf davon kamen lebend, einige verletzt, zurück.

Es gehörte auch zu meinen Aufgaben, den Transport der Leichen der Mehdis nach Teheran zu organisieren und die zustehenden Gagen an deren Mutter oder Ehefrau zu überweisen. Verwendungszweck: Auftritt als Imam Mehdi.

Es war damals bekannt, dass viele inhaftierte ehemalige hohe Offiziere des Schah-Regimes von Khomeini die Erlaubnis erbaten, bei diesem Krieg mitzuwirken. Die meisten von ihnen hatten ausreichende Militärerfahrung. Ihre Wünsche wurden kategorisch abgelehnt und nach und nach wurden sie sogar hingerichtet. Stattdessen wurden Kinder ab 13 Jahren überall im Iran gekidnappt und ohne Zustimmung ihrer Eltern nach Ahwaz geschickt, um für Khomeinis Land zu kämpfen.

Eigentlich war vom ersten Tag an der Umgang von Khomeinis Regierung mit der Bevölkerung nicht ehrlich, sondern geprägt von Lügen und Täuschungen. Bei diesem Krieg redete er nicht von der Rettung des Heimatlandes, sondern er erklärte, dass gegen Ungläubige gekämpft werden würde.

Allein die lächerliche Show mit dem Imam Mehdi an der Front zeigt, mit welcher Verdummungsstrategie er versuchte, die gesamten Streitkräfte zu manipulieren.
Ich kann mir gut vorstellen, dass Khomeini, der große Manipulator, selbst nicht an Mehdis Märchen glaubte.
Denn dieses Theater, das er jeden Donnerstag veranstalten ließ, bewies, dass der Mythos nur Mittel zum Zweck war.«
Plötzlich verstummte Shapor, sein Ausdruck wurde trüb und verschlossen. Er war spürbar wütend. Ob er die Szene der Ereignisse in Ahwaz noch vor seinem geistigen Auge hatte? Ich füllte sein Glas und sagte:
»Es ist bemerkenswert, dass du nach mehr als zwanzig Jahren wegen der Manipulation der jungen iranischen Soldaten immer noch Wutanfälle bekommst.
Was hattest du erwartet? Sollten sie eine Show mit Lady Gaga veranstalten? Wir reden vom System eines Gottesstaates. Das ist noch schlimmer als ein faschistisches System.
Um die Bevölkerung richtig im Griff zu haben, müssen die Menschen mit allen Mitteln manipuliert werden.
Ich denke, auch nach dem Krieg änderte sich die Situation im Iran nicht, im Gegenteil.
Die Iraner wurden ständig massiv unter Druck gesetzt. Mit seiner fanatischen und primitiven Politik vertrieb das Regime nicht nur Millionen Mitglieder des persischen Volkes als Asylanten in die Welt, es isolierte dieses Land in der Welt und ruinierte es dadurch vollkommen.«
Shapor war immer noch ziemlich mürrisch. Um ihn etwas aufzulockern, sprach ich weiter: »Erinnerst du dich daran, was einmal deine Mutter sagte? Sie meinte *„Die Religion ist doch nichts als der Schatten, den das Universum auf die menschliche Intelligenz wirft."*«

Zuerst schaute er mich verwirrt an, aber dann flog ein amüsiertes Lächeln über sein Gesicht. Nach einer Weile erzählte er seine Geschichte weiter:
»Als ich meinen Militärdienst beendet hatte, war ich völlig erschöpft, ja seelisch gelähmt.
Ich war lustlos, traumatisiert und wusste nicht, wie es mit meinem Leben weitergehen sollte. Aber Gott sei Dank half Golineh mir jeden Tag. Ohne ihre Unterstützung wäre ich nicht in der Lage gewesen, wieder in einem normalen Leben Fuß zu fassen.
Die Idee mit dem Studium kam auch von ihr. Im ersten Jahr war sie sogar mein großer Motivator. Langsam war ich wieder intakt. Ich schloss mein Studium erfolgreich ab und, wie du weißt, bekam ich einen interessanten Job bei dem Öl-Ministerium.
Dann heiratete ich Golineh und wir bauten uns zunächst ein recht gutes Leben auf. Aber wie ich gestern erzählte, wurde sie nach und nach ein Sorgenkind und konnte nicht mit der gesellschaftlichen Situation im Iran umgehen. Daher blieb ihr nichts anderes übrig als das Land zu verlassen.
Ich hatte keine Ahnung, wie schlimm mein Leben nach ihrer Abreise sein würde. Auf einmal war alles leer, unbelebt und mein Leben erschien mir sinnlos.
Einerseits war ich froh, dass sie sich mit dem unerträglichen Leben im Iran nicht mehr quälen musste, andererseits war ich ohne sie unglücklich. Das Haus bekam plötzlich die Atmosphäre eines Friedhofs: still, traurig und bedrückend.
Bis spät abends arbeitete ich im Büro, um diese unerträgliche Einsamkeit zu überwinden.

Ich rief sie fast jeden Abend an und nahm mit großer Erleichterung zur Kenntnis, dass sie sich in Australien besser fühlte. Sie konnte zeitweise in der Praxis ihrer Schwägerin arbeiten.

Eines Tages erfuhr ich, dass es eine interessante Stelle in der Hauptverwaltung des Öl-Ministeriums in Ahwaz gab. Man suchte einen erfahrenen Informatiker als Stellvertreter des Leiters der Finanzabteilung.

Ich konnte dort umgerechnet fünfhundert Dollar mehr verdienen.

Schon kurz nach meiner Bewerbung bekam ich eine Zusage. Es gab für mich einen weiteren wichtigen Grund, diese Stelle zu übernehmen und dorthin umzusiedeln: In Ahwaz gab es ein seriöses arabisches Finanzdienstleistungs-Unternehmen, das gegen eine angemessene Provision Geld ins Ausland transferieren konnte.

Ich stellte mir vor, dass ich, sobald ich mein Geld nach Melbourne überwiesen hätte, sofort meinen Job quittieren, den Iran verlassen und nach Australien auswandern würde.

Also zog ich nach Ahwaz, wo ich einige Jahre als Soldat gedient hatte, doch kannte mich dort kaum jemand. Im Sommer herrschten Temperaturen von über 45 Grad.

Ich mietete ein kleines Haus am Rand der Stadt und richtete es bescheiden ein.

Die neue Aufgabe war ziemlich schwierig und herausfordernd. Natürlich war ich dort genauso einsam wie in Teheran. Aber dieser Ortswechsel und die neuen Aufgaben waren die beste Ablenkung, um meine düstere Situation einigermaßen zu ertragen.

Es dauerte fast einen Monat, bis ich Zeit fand, das arabische Geldinstitut unter die Lupe zu nehmen.

Nach meinen gründlichen Recherchen hatte die Firma einen guten Ruf und war im Gegensatz zu vielen Geldstuben in Teheran seriös und zuverlässig. Dennoch war ihre Leistung sehr teuer. Sie verlangte für ihre illegale Tätigkeit fünf Prozent Gebühr des gesamten Betrages.
Die Betreiber nahmen das Geld in Ahwaz entgegen und transferierten es über ihre Filiale in Dubai zu jedem beliebigen Ort.
Trotz der Bearbeitungsgebühr – in meinem Fall mehr als 25.000 Dollar – entschied ich, diese Möglichkeit zu nutzen, um mich so schnell wie möglich aus diesem unerträglichen Zustand zu befreien.
Aber wie schon in den vorherigen Jahren meines Lebens verhinderte irgendeine unheimliche Macht mein Vorhaben.
An dem Tag, als ich mit einem Koffer voll US-Dollar-Scheinen dieses private Geldinstitut besuchen wollte, musste ich zehn Meter vor dem Haus schockiert und enttäuscht stehen bleiben. Es lief gerade eine Razzia gegen die Wechselstube; mehrere Polizisten und Mitarbeiter der Pasdaran bewachten das Gebäude. Offensichtlich durchsuchten sie die Firma. Sie beschlagnahmten Hunderte von Akten sowie Computern und schließlich führten sie alle Mitarbeiter dieses Geldinstituts in Handschellen ab.
Ich wusste nicht, wie ich dieses erschütternde Ereignis einordnen sollte: Glück, dass ich mein Geld noch besaß oder Unglück, dass ich noch mit meiner Ausreise warten musste. Ja, wie es aussah, war ich dazu verdammt, für unbestimmte Zeit im Iran zu bleiben.
Ich arbeitete jeden Tag fast zwölf Stunden und ging abends erschöpft und traurig direkt nach Hause.

Später besuchte ich, um mich von meinem langweiligen Leben ein bisschen abzulenken, nach Dienstschluss ein Sportcenter für Selbstverteidigungstechniken - Judo und Karate.
Fragst du mich nicht, warum gerade diese Sportart?
Ich glaube, ich hatte das starke Bedürfnis, etwas Dampf abzulassen; zu schlagen und geschlagen zu werden. Jedes Mal, wenn ein Sportpartner mich mit voller Wucht auf den Boden warf, fühlte ich mich erheblich besser.
In diesem Klub lernte ich einen außergewöhnlichen Mann kennen, der noch einen größeren Plan hatte als ich. Sein Name war Ebrahim Ashkani.
In Sachen Judo oder Karate war er unbesiegbar. Obwohl er knapp sechzig Jahre alt war, hatte er schon zweimal den schwarzen Gürtel im Judo erworben. Man nannte ihn Mr. Doppelherz. Nicht, weil er sich herzhaft benahm, sondern weil er unter dem rechten Ohr ein ungewöhnliches Muttermal hatte; ein rotes Pigmentmal, das wie zwei kleine Herzen aussah.
Er war Diplomingenieur, verwitwet und kinderlos.
Eigentlich hatte er zwei Söhne; diese waren aber bei einer Feuerkatastrophe im Cinema Rex, Abadan, ums Leben gekommen.
Ebrahim hatte eine Werkstatt für Klimaanlagen im Süden von Ahwaz. Neben seiner Dienstleistung nutzte er seine Werkstatt als Berufsschule für 15 Waisen- bzw. Straßenkinder.
Ich besuchte seine Firma einmal und war von seinem Projekt hellauf begeistert. Es war faszinierend, wie er mit großer Sorgfalt und Motivation diese in der Gesellschaft verlorenen Kinder unterrichtete.

Er meinte, dass diese kleinen Menschen nach ein paar Jahren Ausbildung und praktischer Erfahrung in einem Betrieb ihren Lebensunterhalt selbst verdienen könnten.
Er beklagte, dass die Regierung sich kaum um diese unschuldigen Kinder kümmerte.
Fast alle diese Kinder hatten entweder ihre Eltern im Krieg verloren oder ihre Eltern hatten sie wegen der miserablen
Wirtschaftslage und der damit verbundenen Arbeitslosigkeit einfach allein gelassen. Nach seiner Einschätzung lebten in dem Bundesland Khuzestan mehr als dreißigtausend Waisen- bzw. Straßenkinder. Sie lebten von Diebstahl, Prostitution oder handeln mit Wertstoffen von der Mülldeponie.
Und das in einer reichen Region, die jeden Tag mit dem Verkauf von Rohöl Millionen von Dollars in die Staatskasse fließen lässt.
Er war sehr traurig, dass er nicht allen Kindern in einer solchen Situation helfen konnte. Manchmal erzählte er von seinem Traum.
Er sagte, wenn er eines Tages richtig reich sei, wolle er eine größere technische Bildungsanstalt einrichten, mehrere Fachkräfte einstellen und noch mehr von diesen armen Kindern in seiner Berufsschule kostenlos unterrichten.
Er hatte sogar einen Bauplan für Unterrichtsräume, für mehrere Werkstätten und eine Unterkunft.
»Wie viel Geld brauchst du, um deinen Plan zu realisieren?«, fragte ich ihn eines Abends, als er bei mir zu Gast war.
»Ich brauche Millionen. Ich weiß, es ist ein fast unerreichbares Ziel. Aber ich gebe die Hoffnung nicht auf.«

»So viel Geld habe ich nicht", sagte ich mit ernster Stimme. „Aber, wenn ich eines Tages auf einen Schatz stoße, werde ich deinen Plan voll unterstützen, das verspreche ich dir.«

Er lachte, klopfte auf meine Schulter und erwiderte:
»Du sagst das so ernst und gewiss mit Ehrlichkeit, dass ich dir glauben möchte. Ich bekomme sogar das Gefühl, eines Tages wirst du diesen wertvollen Schatz finden.«

Sein Gefühl war auf keinen Fall trügerisch, ich fand tatsächlich eine Geldquelle, um ihm bei der Realisierung seines Plans zu helfen. Darauf komme ich aber später zurück. Denn zuerst muss ich über meine neue Aufgabe bei dem Öl-Ministerium in Ahwaz erzählen.«

Er blieb eine Weile still, schaute mich unsicher an und sagte weiter:
»Ich muss dich warnen, denn was ich jetzt von meinem Leben erzählen will, handelt von einer kriminellen Geschichte.«

»Kriminell? Ich verstehe dich nicht. Ich dachte, du wolltest von deinem Job erzählen.«

»Ja, das habe ich auch vor. Aber das war eben eine kriminelle Tätigkeit. Das war …«

»Ich wundere mich, wie du das Wort Kriminalität so leichtsinnig in den Mund nimmst«, unterbrach ich ihn. Er lächelte amüsiert und erwiderte:

»Weißt du, wenn wir jetzt zusammen im Iran wären, hätte ich von einer raffinierten Geschichte gesprochen. Denn seit Beginn des Mullah-Regimes hat das Wort Kriminalität im Iran seine Bedeutung verloren. Ich kenne kaum jemanden in unserer Heimat, der sich an allgemeine Gesetze hält, weder die Mitglieder der Regierung noch die Bevölkerung.

Aber jetzt, wo ich mit einem Rechtsanwalt wie dir hier in der Mitte Europas zusammensitze, fällt mir kein anderes Wort als kriminelle Handlung ein.
Außerdem habe ich dich schon gewarnt, dass meine Lebensgeschichte sehr kompliziert sei und mein Job war sowieso abartig.
Um die ganze Geschichte richtig verstehen zu können, muss ich zuerst auf die Situation im Iran nach den UN-Sanktionen eingehen.
Wie du weißt, versuchte die internationale Gemeinschaft seit Dezember 2006, das iranische Atomprogramm mit Sanktionen zu stoppen.
Der Westen verdächtigte den Iran, unter der Tarnung der friedlichen Nutzung der Atomkraft zur Energiegewinnung an einem Atombombenprogramm zu arbeiten.
Das verhängte Ölembargo gegen den Iran bewirkte, dass der Iran zuerst fast 60 Prozent seiner Einnahmen verlor.
Doch hatte man in der westlichen Welt die asiatische Geschäftstüchtigkeit unterschätzt. Denn trotz des verhängten Embargos gab es viele asiatische Staaten wie China, Indien, Indonesien, Korea usw., die auf eine solche Situation gewartet hatten. Sie fanden doch eine Möglichkeit, iranisches Rohöl preisgünstig zu erwerben. Sie schickten ihre riesigen Tanker in den Persischen Golf und ein paar Tage später fuhren sie mit vollen Tanks nach Hause zurück.
Um dieses unsolidarische Geschäft vor der internationalen Gemeinschaft zu verheimlichen, zahlten sie den Preis für mehrere Millionen Barrel Rohöl nicht durch die jeweiligen Nationalbanken, sondern an Ort und Stelle in bar. Denn seit Beginn des Embargos wurden auch die Konten der iranischen Regierung in Europa und in den USA eingefroren.

Diese Art der Geschäftsabwicklung hatte dazu geführt, dass das Ölministerium den Arbeitsablauf seines Vertriebs und die Buchhaltung entsprechend umstellen musste.

Es wurde ein Team aus Vertrieb, Produktion, Finanzwesen und Revision gebildet.

Dieses Team hatte die Aufgabe, den ganzen Prozess von der Betankung der Schiffe bis zur Geldübergabe aufmerksam zu überwachen und alles für das Finanzministerium korrekt zu dokumentieren.

In einem gesonderten Formular musste zusätzlich der Leiter des Finanzwesens die Ordnungsmäßigkeit der Verkaufsmenge und den erhaltenen Betrag schriftlich bestätigen. Bei dem Tagesumsatz von Barzahlungen ging es um Millionen Dollar.

Jeden Abend wurden die verifizierten Verkaufsdokumente und das Geld vom Sicherheitsdienst des Pasdaran abgeholt und nach Teheran gebracht. Wir hatten erheblich mehr Aufwand, aber dieses Verfahren funktionierte einwandfrei. Entgegen den Erwartungen der westlichen Länder füllten sich die Kassen des Finanzministeriums wieder ziemlich gut.

Als ich begann, als stellvertretender Abteilungsleiter des Finanzwesens in Ahwaz zu arbeiten, lief bereits die große Reorganisation im gesamten Ministerium. Man hatte einige Abteilungen zusammengelegt und wegen Erreichens des Rentenalters acht Führungskräfte in den Ruhestand versetzt. Das war keine außergewöhnliche Umstrukturierung. Man begründete sie mit mehr Effektivität und kürzeren Arbeitsprozessen.

Ein Monat nach meiner Versetzung nach Ahwaz wurde mein Chef wegen unislamischer Aktivitäten in seinem Büro verhaftet und gewaltsam mitgenommen.

Was er in Wirklichkeit getan hatte oder was aus ihm geworden ist, weiß ich bis heute nicht. Es gab Gerüchte, dass bei der Wartung seines Computers eine Datei mit zahlreichen pornografischen Bildern entdeckt worden sei. Ob das stimmte, weiß ich nicht.
Ich war völlig erstaunt, dass man mich kurz nach seinem Abgang als seinen Nachfolger einsetzte.
Mich beschlich das Gefühl, dass bei dieser unerwarteten Beförderung jemand im Hintergrund kräftig geholfen hatte.
Stell dir vor, ich war weder ein passionierter Anhänger der Regierung noch hatte ich Beziehungen zu einflussreichen Mullahs, die im Prinzip das ganze Land regierten. Zuerst dachte ich, vielleicht stecke dein Vater hinter dieser unglaublichen Gefälligkeit, aber später erkannte ich, dass ich diese steile Karriere der Firmen-Mafia zu verdanken hatte. Man brauchte einen naiven Ja-Sager für diese wichtige Position.
Natürlich freute ich mich zuerst darüber. Abgesehen davon, dass ich mehr Geld verdiente, war das der erste richtige Erfolg in meiner Berufslaufbahn. Ich bildete mir ein, dass meine gute und gründliche Arbeit die Direktoren der Firma so begeistert hatte, dass sie mich mit diesem Vertrauensbonus reichlich belohnen wollten. In der Tat, diese unerwartete Promotion machte mich stolz. Dennoch dauerte meine Freude nicht lange, denn ich erkannte, dass ich für diese Gefälligkeiten etwas tun musste.
Im Mai 2007 lud der Vertriebschef, ein Herr Mohammad Fallah, das gesamte Kontrollgremium (zwölf Personen) in sein Haus zum Abendessen ein. Seit der Verhaftung meines Chefs war ich auch Mitglied dieses Kontrollgremiums.

Er wohnte in einer Siedlung, in der alle Reichen bzw. Prominenten in dieser Stadt residierten.
Er war Mitte fünfzig, 160 cm groß, ziemlich korpulent, mit lauerndem Blick und sehr selbstbewusstem Auftreten.
Während meiner Tätigkeit in Ahwaz sah ich ihn immer im gleichen Outfit:
in einem schwarzen Anzug, einem kragenlosen Hemd, mit einem Paar alter Turnschuhe und, nicht zu vergessen, einem breiten Ledergürtel, geschmückt mit einem echten amerikanischen Revolver.
Er hatte vom Ministerium dafür eine Sondergenehmigung. Aus Sicherheitsgründen sollte er bei seinem Kontakt mit Barzahler-Kunden die Waffe offen tragen. Aber er trug sein „Spielzeug" immer mit sich herum, auch im Büro, als ob er sich damit etwas größer fühlte.
Es gab leckeres Essen, Süßigkeiten und alkoholfreies Bier. Nach dem Essen schloss er alle Türen und Fenster und sprach über eine Idee, die offenbar bis ins letzte Detail durchgearbeitet worden war:
»Meine Herren, ich möchte mit euch über ein Thema reden, das absolute Diskretion und Verschwiegenheit verlangt.« Mit einer geheimnisvollen Mimik fragte er sein Publikum:
»Wisst ihr, um was es überhaupt geht? Nein? Keine Idee? Es geht um das Instituieren eines Vereins. Eine Organisation, die mit ihren leichten, aber auch diskreten Aktivitäten dafür sorgt, dass alle Mitglieder des Vereins in einer relativ kurzen Zeit reich werden können.
Ich bin überzeugt, dass ihr von dieser Idee begeistert sein werdet. Dennoch möchte ich euch, bevor ich über die Einzelheiten unserer bevorstehenden Aktivitäten reden werde, dringend bitten, diesen Raum sofort zu verlassen

und nach Hause zu gehen, wenn ihr kein Interesse an der Mitgliedschaft in einem solchen Verein habt. Wenn ihr hierbleibt und erfahrt, was wir beschließen wollen, gibt es keine Möglichkeit mehr, sich zurückzuziehen, und wenn ihr es doch tut, müsst ihr mit dem Schlimmsten rechnen.
Also, ich gebe euch zwei Minuten Zeit, eure Entscheidung positiv oder negativ zu treffen; hierbleiben oder den Raum verlassen.
Als Entscheidungshilfe möchte ich betonen, dass unser Verein weder politisch noch religiös orientiert sein wird. Wir wollen nur Geld verdienen, sonst nichts.«
Die zwei Minuten schienen mir fast wie eine Stunde. Alle blieben schweigsam und nachdenklich.
Ab und zu schaute man die anderen forschend an und versuchte herauszufinden, ob der Kollege mehr davon wusste oder verstand.
Ich war sichtlich konfus. Ich hatte keine blasse Ahnung, was er mit Reichwerden meinte. Wollte er ein Spielkasino einrichten? Wollte er mit seinem Revolver eine Bank überfallen? Ich musste nachhaken:
»Lieber Kollege, ich habe Schwierigkeiten, deine Forderung richtig zu begreifen. Wäre es nicht besser, ja fair, wenn du uns zuerst etwas von der Aufgabe und der Satzung des Vereins erzähltest und uns dann eine Chance gäbst, die richtige Entscheidung zu treffen?«
»Nein, auf keinen Fall«, antwortete er scharf und fügte hinzu: »Du kannst dich nicht über geheime Ziele unseres Vereins informieren und dich dann eventuell weigern, mit uns zusammenzuarbeiten. Es geht einfach nicht, dies wäre für alle anderen, die im Verein bleiben möchten, zu riskant.
Ehrlich gesagt, ich verstehe deine Vorbehalte überhaupt nicht. Abgesehen davon, dass du sowieso dabei sein musst,

bin ich der Meinung, Mitglied dieses Vereins zu werden, ist ein großes Privileg. Es ist eine einmalige Gelegenheit, leicht und schnell Geld zu verdienen, und zwar ohne Risiko. Was kann man da noch überlegen? Das ist die Chance eures Lebens.«
Er sah alle Teilnehmer kritisch an und bemerkte, dass niemand Anstalten machte, den Raum zu verlassen. Im Gegenteil, alle schauten ihn interessiert an. Er führte weiter aus:
»Okay, wenn es keine Bedenken gibt und ihr nicht abgeneigt seid, leicht Geld zu verdienen, möchte ich euch zuerst über das Ziel des Vereins informieren.
Die Leitgedanken dieses Ziels stammen nicht von mir, sondern von zwei höheren Herren im Ministerium. Ich glaube, die neue Verkaufsprozedur von Öl in den letzten Monaten war der ausschlaggebende Punkt für diese Idee. Wie ihr wisst, verkaufen wir wegen der verhängten Sanktion gegen den Iran das Öl meistens an asiatische Staaten gegen bares Geld. Das neue Verfahren verursacht jede Menge Arbeit, aber es funktioniert hervorragend.
Man hat gründlich geprüft, was passieren würde, wenn wir an die bar zahlenden Kunden je nach Schiffsgröße fünf bis zehn Prozent mehr Rohöl verkaufen und das Geld zwischen den Mitgliedern des Vereins verteilen würden.« Er schwieg eine Weile, damit alle seinen Gedanken folgen konnten. Dann erklärte er mit leiser Stimme weiter: »Wenn wir dafür sorgen, dass die Verkaufsdokumente entsprechend neu erstellt und ihre Ordnungsmäßigkeit von dem Kontrollgremium unterzeichnet werden, wird kein Mensch im Finanzministerium oder bei dem Pasdaran Geheimdienst von unserer Aktion erfahren.

Im Klartext: Wir werden einen Bruchteil des täglichen Umsatzes vom Ölverkauf auf verschiedenen Inseln wie Khark, Lavan, Bahregan etc. für uns behalten.
Das heißt, wir werden die verkaufte Menge und die dazugehörigen Umsatzberichte entsprechend modifizieren und dann das abgezogene Geld zwischen uns verteilen. Leider besteht keine Möglichkeit, die Verkaufsdokumente von Gas zu manipulieren, da die zur getankten Menge gehörige Rechnung automatisch erstellt wird. Aber ich denke, wir werden mit dem Verkauf von Rohöl ordentlich verdienen.«
Ich war schockiert und hatte Schwierigkeiten, seine Vorstellung richtig zu begreifen. Allerdings ahnte ich, dass er von Unterschlagung von verkauftem Öl an asiatische Länder sprach, aber ich verstand nicht, wie er die Verkaufsmenge und den Betrag entsprechend modifizieren wollte. Er stellte seinen Plan etwas konkreter vor:
»Jeden Abend nach dem Tagesabschluss werden wir pro Tanker die Verkaufsmenge um bis zu 2.000 Barrel Öl reduzieren und den Umsatzbericht entsprechend ändern. Das gewonnene Geld wird auf Basis einer Verteilungstabelle zwischen uns und den höheren Herren im Ministerium verteilt.
Ich möchte betonen, dass ohne uneingeschränkte Unterstützung dieser höheren Herren – ihr versteht, dass ich keinen Namen nennen darf – diese Aktion nicht realisiert werden kann.«
Ich hatte keine Zweifel, dass die sogenannten höheren Herren, die er nicht nennen wollte, mir wohl bekannt waren. Es handelte sich um die Herren Dr. Arash Nouri, Verkaufsdirektor, und Djawad Gorgani, Direktor der Organisation, Revision und Personaldirektion.

Die anderen Führungskräfte hatten mit dem Verkauf nichts zu tun und man konnte sie ausschließen. Herr Fallah fügte hinzu:
»Wie gesagt, das ist deren Idee und ich bin sicher, ihr werdet im eigenen Interesse alle fremden Einblicke in dieses Geschäft unterbinden. Also, es ist für uns absolut ungefährlich. Das heißt, wenn ihr den Mund haltet und gut zusammenarbeitet, kann uns nichts passieren.
Wir werden wie bisher jeden Tag unsere reguläre Arbeit erledigen, aber mit einer Modifikation der Lieferscheine und Umsatzberichte diese fantastische Idee verwirklichen und dadurch jede Menge Geld verdienen.«
Allmählich verstand ich seinen spektakulären Plan; wir sollten nach dem hinterhältigen Modell der iranischen Regierung gegenüber der westlichen Welt den Ölverkauf an die Hamsterkäufer zu unserem Vorteil nutzen und den Staat betrügen. Da zwei einflussreiche Füchse im Hintergrund uns unterstützen wollten, könne uns nichts geschehen.
Dann stellte er den Verteilungsplan vor. Sechzig Prozent des ergaunerten Geldes gehörten ausschließlich den zwei höheren Herren vom Ministerium. Er meinte, die beiden Herren müssten noch einige wichtige Personen im Regierungsapparat reichlich bestechen. Er selbst, als Gesamtkoordinator, bekäme zehn Prozent. Der Rest – dreißig Prozent – sollte zwischen uns (zwölf Personen) brüderlich verteilt werden.
Er hatte eine genaue Vorstellung, wie die Lieferscheine, die Rechnungen und die Umsatzdokumente aussehen sollten. Das demonstrierte er anhand mehrerer Beispiele anschaulich. Er betonte noch einmal, dass ich, als Leiter der Finanzabteilung, die Ordnungsmäßigkeit der gesamten

Verkaufsprozedur bestätigen müsse. Spätestens zu diesem Zeitpunkt war mir klar, wem ich meine neue Position zu verdanken hatte.
Offenbar war mein Vorgänger für diese Aktion nicht vertrauenswürdig genug gewesen.
Der Einzige, der sich traute, diese Angelegenheit hemmungslos zu kommentieren, war der leitende Tankwart. Er sagte schmunzelnd:
»Ich habe in den letzten zehn Jahren meiner Tätigkeit im Öl-Ministerium Millionen von Barrel Öl an ausländische Kunden verkauft. Die ganze Zeit habe ich mich gefragt, wann ich meinen Anteil des schwarzen Goldes bekommen würde, den Ayatollah Khomeini seinem Volk einmal versprochen hatte. Mit dieser Aktion bin ich wunschlos glücklich.«
In diesem Augenblick dachte ich an die Waisen- und Straßenkinder von Khuzestan, die nie in den Genuss ihrer Anteile kommen würden.
Wir diskutierten fast zwei Stunden über das gesamte Verfahren, seine Risiken und den Verteilungsplan.
Aber es sah so aus, als habe man den gesamten Arbeitsprozess sorgfältig geplant und beschlossen; wir müssten ihn nur ausführen. Ja, man stellte uns vor eine vollendete Tatsache und erwartete weder Kritik, Widerstand noch Änderungswünsche. Dafür würden wir fast jede Woche so viel Geld verdienen wie ein Monatsgehalt, netto selbstverständlich. Man hatte sich sogar darüber Gedanken gemacht, wie wir mit unserem leicht verdienten Geld umgehen dürften. Fallah sagte:
»Noch etwas Wichtiges: Nach meiner Einschätzung beträgt euer Anteil von unserer Aktion mindestens eine halbe Million Dollars im Jahr.

Ihr dürft euer Geld nicht in einem iranischen Geldinstitut in Tuman umtauschen. Denn beim zweiten oder dritten Mal fallt ihr auf und dadurch wird möglicherweise unsere Aktion gefährdet.
Am besten bewahrt ihr es in einem sicheren Safe auf oder, wenn es sein muss, tauscht ihr es unauffällig auf dem freien Markt.
Noch eine Bitte: Sprecht mit niemandem über unsere Aktion, auch nicht mit Ehefrau, Mutter oder Vater.« Bevor wir ihn verließen, sagte er: »Ich wünsche uns allen viel Erfolg. Die Aktion wird ab morgen beginnen.«
In dieser Nacht konnte ich kaum schlafen. Ich glaube, ich hatte Fieber. Ich warf mich die ganze Nacht in meinem Bett hin und her, abwechselnd im Halbschlaf und von fiebrigen Albträumen geschüttelt. Plötzlich erkannte ich, dass ich einer dieser Korrupten geworden war.
Manchmal stellte ich mir vor, dass ich vor einem Untersuchungsausschuss stand und krampfhaft versuchte, meine Bestätigung zur Ordnungsmäßigkeit der Verkaufsprozedur zu rechtfertigen.
Manchmal zitterte ich vor Angst, dass ich den Rest meines Lebens in einer dunklen Zelle verbringen müsste. Diese Gedanken führten für mehrere Tage zu einer innerlichen Ohnmacht in mir.
Es war nicht schwierig zu erkennen, dass ich keine Chance hatte, diese Zusammenarbeit abzulehnen. Auch wenn ich meine Stelle fristlos kündigen würde, hätte ich keine Möglichkeit, mich aus diesem kriminellen Verein zu befreien. Denn ich wusste, was sie vorhatten, und die höheren Herren, die sechzig Prozent von dem unterschlagenen Geld bekommen sollten, waren ganz sicher einflussreich und nicht ungefährlich.

Sie könnten mich mit einem Telefonat bei ihrem Verbündeten, zum Beispiel dem Pasdaran Geheimdienst, aus dem Verkehr ziehen.

Wahrscheinlich war mein Vorgänger nicht bereit gewesen, mit diesen Gaunern zusammenzuarbeiten. Daher hatte man ihn wegen seines angeblich unislamischen Verhaltens eingesperrt.

Ich befand mich plötzlich in einem tiefen Sumpf, jeder Widerstand könnte mein Ende sein. Ich erkannte schmerzlich, dass ich das, was meine Eltern mir bezüglich Anständigkeit und Ehrlichkeit beigebracht hatten, vorläufig außer Acht lassen musste. Ich ärgerte mich maßlos, dass meine Chance, bald mit meiner Frau ein neues Leben beginnen zu können, wegen meiner Mitarbeit in diesem kriminellen Verein erheblich kleiner geworden war.

Es sah so aus, ob ich wollte oder nicht, dass ich Mitglied einer kriminellen Vereinigung geworden war. Ich musste einfach mitmachen. Sonst würde mich ein Schicksal wie meinen Vorgänger ereilen oder möglicherweise noch Schlimmeres.«

Kapitel 7

Es hatte mehrere Minuten gedauert, bis Shapor sich einigermaßen wieder beherrschen konnte.
Ich bemerkte deutlich seinen wütenden Blick und seine verkrampfte Mimik, als wenn es ihm peinlich wäre, diese beschämende Geschichte zu erzählen. Ich sagte nichts und blieb so lange schweigsam, bis er seinen Bericht fortsetzte:
»Am nächsten Tag ging es mit der Plünderung der Staatskasse los. Ungeachtet des Embargo-Beschlusses der westlichen Staaten standen jeden Tag mehrere asiatische Öltanker je nach Schiffsgröße in den Häfen von Khark, Siri, Lavan und Bahregan im Persischen Golf und füllten ihre Tanker mit bis zu 200.000 Tonnen Rohöl.
Zuerst musste Fallah, der Vertriebschef, mit einem Helikopter zu dem Hafen der jeweiligen Insel fliegen und mit den Kundenvertretern (oft dem Schiffskapitän) die Liefermenge und die Zahlungsmodalität festlegen. Der Preis je Barrel Öl war bereits durch einen Unterhändler namens Herrn Zanjani festgelegt worden.
Nach der Betankung wurden ein dreiseitiger Lieferschein und eine Rechnung ausgestellt, das Geld vom Kundenvertreter übernommen und ihm eine Quittung ausgestellt. Eine Stunde später verließ der Tanker den Persischen Golf und der Vertriebschef flog mit einem großen Koffer voller Geld zu der Hauptverwaltung zurück.
Dann versammelte sich das gesamte Kontrollgremium mit dem Geld und den Verkaufsdokumenten in meinem Büro.

Der Vertriebschef erstellte einen neuen Lieferschein und Rechnungen – bis zu 2.000 Barrel weniger als die tatsächliche Verkaufsmenge wurden dort eingetragen. Die Nachahmung der Unterschrift des Käufers war für ihn überhaupt nicht schwierig.

Die Richtigkeit des neuen Dokuments musste von allen Anwesenden unterzeichnet werden. Dann war ich dran: Ich musste mit meiner Unterschrift die Ordnungsmäßigkeit des gesamten Prozesses bestätigen.

Anschließend begannen wir mit dem aufregenden Teil unserer Aktion. Es wurde der Anteil jedes Mitglieds des Vereins exakt berechnet und das Geld in verschiedene Umschläge eingetütet. Mein Anteil an diesem ersten Abend betrug knapp 3.200 Dollars.

Am nächsten Tag brachte der Sicherheitsdienst der Pasdaran das Geld und die dazugehörigen Verkaufsdokumente nach Teheran.

Wir waren gespannt auf die nächsten Tage, an denen noch mehr Umsätze und noch mehr Hinterziehungen zu erwarten waren.«

Ich musste Shapor impulsiv unterbrechen, um einige Fragen loszuwerden, die mich ständig ablenkten.

»Was ich nicht begreife, wieso haben die westliche Welt, insbesondere die US-Amerikaner diese hinterhältigen Geschäfte einfach beobachtet und stillschweigend hingenommen? Ich kann mir gut vorstellen, dass die Amerikaner mit ihren zahlreichen Satelliten im All jeden Tag diesen Prozess beobachten konnten. Hast du eine Erklärung, wieso sie die ganze Zeit friedlich blieben, ja stumm?«

»Nein, eine logische Erklärung habe ich nicht. Die Frage musst du George W. Bush stellen.

**Doch nach meiner Auffassung war die Politik in dieser Periode geprägt von Geben und Nehmen. Ich glaube, man wollte die iranische Regierung mit ihrem beachtlichen Einfluss im Nahen Osten nicht ständig provozieren.
Außerdem: Wer weiß, wo Amerikaner sich illegal verhielten und die Chinesen ein Auge zudrückten? Frei nach dem Motto: Eine Hand wäscht die andere.
Das war nicht das erste Mal, dass trotz erheblicher Differenzen die westliche Welt die iranische Regierung unterstützte. Es gab unglaubliche Aktionen, die man als normaler Bürger nicht begreifen kann. Zum Beispiel 1986, zwei Jahre vor Beendigung des Golfkrieges, brauchte die iranische Armee dringend Ersatzteile für ihre stark beschädigte Luftwaffe, vor allem für die Phantom F-4.
Ohne funktionsfähige Kampfmaschinen war dieser Krieg nicht zu gewinnen. Die Armee von Saddam Hussein hatte inzwischen einige iranische Städte erobert und es war nur eine Frage der Zeit, bis sie das gesamte Bundesland Khuzestan einnehmen würde. Dieser Zustand machte den Amerikanern, und ganz besonders Israel, große Sorgen. Saddam Hussein durfte diesen Krieg nicht gewinnen und somit den ganzen Persischen Golf kontrollieren. Sie entschieden, die iranische Armee indirekt zu unterstützen.
Anfang Sommer 1987 wurde unter der Leitung des deutschen Geheimdienstes und Ahmad Khomeini, dem jüngeren Sohn von Ayatollah Khomeini, zwischen Iran und Israel ein Millionen Dollar schweres Waffengeschäft abgewickelt.**

Ja, du hast richtig gehört, Iran und Israel, zwei unnachgiebige Feinde. Und das ist nicht genug. Spezialisten der israelischen Luftwaffe wurden verpflichtet, gegen ein saftiges Honorar die iranischen Piloten auf norddeutschen Sportflugplätzen in Schleswig-Holstein auszubilden. Gleichzeitig verkauften Amerikaner Waffen im Wert von über 20 Millionen Dollar an die iranische Armee. Diese Unterstützung führte dazu, dass die iranische Armee die besetzten Städte wieder zurückerobern konnte.

In diesem Zusammenhang muss ich erwähnen, dass es ein Gerücht gab, dass der damalige Ministerpräsident Schleswig-Holsteins, Uwe Barschel, mit dem iranisch-israelischen Militärtraining in seinem Bundesland überhaupt nicht einverstanden war. Infolge dieser Streitigkeiten mit den Verantwortlichen (israelische Militärberater) soll er am 10. oder 11. Oktober 1987 in einem Genfer Hotel ermordet worden sein. Ob es für seine Ermordung noch weitere Gründe gab, weiß ich nicht. Aber man hat immer wieder versucht, bei der Aufklärung dieses dubiosen Mordes die Namen von Ahmad Khomeini und des israelischen Geheimdienstes „Mossad" nicht zu erwähnen.«

»Das ist aber ein starkes Stück, was du da erzählst. Kaum ein Deutscher weiß, warum Uwe Barschel in einem Genfer Hotel sterben musste. Ich hatte auch keine Ahnung, dass Iraner und Israelis in diesen ungeklärten Mord verwickelt waren. Allmählich verstehe ich die ganze Weltpolitik nicht mehr.

Meine zweite Frage lautet: Wie kamen Chinesen, Inder oder andere asiatische Barzahler-Kunden auf die Idee, dass sie trotz des verhängten Embargos gegen die iranische Regierung dort Rohöl kaufen konnten?«
»Das ist eine gute Frage. Ich stellte mir die Frage damals auch öfter. Wie konnten solche illegalen Geschäfte vor den Augen der westlichen Welt zustande kommen? Wer hatte einen solchen Millionendeal organisiert? Zum Beispiel den festgelegten Dumpingpreis, Betankungstermine und Zahlungsmodalität.
Anfang Februar dieses Jahres stellte mir Fallah einen Herrn Zanjani vor. Einen jungen Mann, besser gesagt, einen selbstbewussten Sonnyboy mit cleverer und intelligenter Ausstrahlung. Bei unserem kurzen Gespräch erfuhr ich, dass er im Auftrag der Regierung in zahlreiche asiatische Länder reiste, um dort iranisches Rohöl preisgünstig anzubieten. Er hatte von Präsident Ahmadinejad Vollmachten, allen potenziellen Kunden preisgünstiges Rohöl zu offerieren. Oft lag der festgelegte Preis mindestens fünf Dollar pro Barrel Öl unter dem OPEC-Tagespreis.
Eigentlich mochte Fallah Zanjani überhaupt nicht.
Er war unverkennbar neidisch, dass Zanjani nicht nur ein schönes Leben genoss – ständig reiste er auf Kosten des Staates in viele interessante Länder und wohnte wochenlang in namhaften luxuriösen Hotels –, sondern dass er mit seiner selbstständigen Tätigkeit und vor allem mit seinen uneingeschränkten Vollmachten Millionen Dollar

an Provisionen beiseitelegen konnte. Wie viel seiner Provision er Ahmadinejad geben musste, wusste Fallah nicht. Er schimpfte ständig verbittert darüber, dass wir die ganze Arbeit leisten mussten und nicht einmal ein Prozent von dem, was er durch seine Tätigkeit verdiente, einnehmen konnten. Seine Stimmung wurde noch unerträglicher, als ein Gerücht verbreitet wurde, dass Zanjani[4] gemeinsam mit Ahmadinejad ein Geflecht aus Briefkastenfirmen, Stiftungen und Holdinggesellschaften in Panama gegründet habe und dorthin einen großen Teil seiner Millionen Dollar Provisionen transferierte.«
»War etwas an diesem Gerücht dran?«, fragte ich Shapor.
»Ich habe wirklich keine Ahnung. Mir ist nur bekannt, dass Ahmadinejad seinen Büroleiter, einen Herrn Golkar, wegen Untreue im Dezember 2007 gefeuert hat. Golkar hatte während seiner Tätigkeit in dem Präsidium zahlreiche belastende Dokumente kopiert und mitgenommen. Als Vergeltung für die fristlose Kündigung schickte er die Kopie der Panama Paper an die Keyhan-Tageszeitung, mit der Hoffnung, dass sie sie veröffentlichen würde. Aber Ahmadinejad hatte überall seine Verbündeten. Sie verhinderten rechtzeitig die Bekanntmachung dieser skandalösen Nachrichten.

---

[4] **Aktuelle Info**: März 2016, wurde Herr Babak Zanjani wegen Korruption zum Tode verurteilt.

Du kennst aber die Geheimhaltungskunst in unserem Heimatland, besonders wenn es um ein wichtiges Thema und/oder eine wichtige Person geht. Jeder flüstert den Sachverhalt in die Ohren des anderen und bittet ihn, es nicht weiterzuerzählen. Doch innerhalb einer Woche waren fast alle Iraner darüber informiert und irgendwann war die Sache, wie viele andere Skandale, wieder vergessen. Jedoch nicht so bei Fallah, er redete jeden Tag davon.«

»Du redest von Korruption eines Präsidenten. Das ist eine ungeheure Anschuldigung. Gab es keine Konsequenzen für ihn?«

»Ich sagte schon gestern, dass vom Präsidenten bis zum Portier fast jeder versuchte, sich durch illegale Geschäfte zu bereichern. Natürlich haben fast alle Iraner von dieser Unterschlagung in Millionenhöhe gehört, auch sein Boss Ayatollah Khamenei. Aber da die Regierungsmitglieder eines sogenannten Gottesstaates angeblich ehrliche und gläubige Muslime sind, werden solche Anschuldigungen als Akt des Terrors oder der Konterrevolution eingestuft. Nein, es gab für ihn keine Konsequenzen. Man nahm einfach zur Kenntnis, dass Ahmadinejad bis 2005 ziemlich bescheiden in einer einfachen Dreizimmerwohnung in Teheran gelebt und einen sehr alten Peugeot gefahren hatte. Plötzlich aber war er in eine exklusive, große Villa im nördlichen Stadtteil von Teheran gezogen, nicht weit vom Niawaran Palast entfernt. Ein Objekt, das mindestens zehn Millionen Dollar wert ist.

Es ist auch wohl bekannt, dass er für diesen luxuriösen Palast nicht einen Cent Kredit aufnehmen musste. Die Frage, woher das Geld kam, stellte sich nicht.

Im Prinzip war das Ölembargo von 2006 nicht nur für unseren Verein ein glückliches Ereignis, es war ebenfalls wie sechs Richtige im Lotto für Präsident Ahmadinejad, seinen Kumpel Zanjani und vielleicht auch noch für weitere Korrupte in der Regierung. Sie hatten tatsächlich Khomeini beim Wort genommen und nahmen ihren Anteil des Ölgeschäfts entgegen. Jetzt aber zurück zu meinen eigenen kriminellen Tätigkeiten:

Die ersten zwei Wochen unserer Teamarbeit waren geprägt von Angst und Nervosität. Ich stellte fest, dass ich nicht der Einzige war, der sich bei dieser Unternehmung nicht wohl fühlte. Alle waren bemüht, sich normal zu verhalten und keine Fehler zu machen.

Der schwierigste Teil dieses Diebstahls war die Erstellung neuer Lieferscheine, neuer Rechnungen und schließlich meine Bestätigung. Sonst war es leichter, als ich es mir vorgestellt hatte.

Die Erstellung neuer Umsatzdokumente war deswegen schwierig, weil wir alles bis auf den letzten Cent genau berechnen mussten, um keinen Verdacht auf eine Manipulation aufkommen zu lassen.

Aber nach und nach wurden wir viel besser, lockerer, ja professioneller und die gesamte Aktion lief einwandfrei.

Zur großen Enttäuschung des Kontrollgremiums zahlten einige unserer Kunden ihre Rechnung nicht in bar.

Zanjani vereinbarte öfter mit diesen Ländern, dass ihre Ölrechnung mit bereits gelieferten Waren wie Waffen,

Lebensmitteln oder Ersatzteilen für die Industrie verrechnet wurden. Ich erinnere mich, wie Fallah darüber fluchte, dass trotz dieser Tauschaktion Zanjani seine Provision bekam und wir nur mehr Arbeit hatten. Doch wer seine Rechnung in bar zahlte, half dem Verein, ein relativ kleines Stück dieses süßen Kuchens zu naschen.
Ich hatte in einer Ecke meines Wohnzimmers eine ziemlich große Grube, die in den 60er Jahren als Behälter für den Öltank der Zentralheizung gedient hatte. Nachdem das Haus auf Gas umgestellt worden war, entfernte man den Tank, verdichtete die Zuluft, verputzte die Wände und montierte eine Luke darauf. Ich benutzte diesen kühlen, kleinen Raum als Vorratskammer.
Da ich mein Geld nicht bei einer Bank deponieren wollte, versteckte ich sowohl mein Bargeld aus der Erbschaft als auch einen großen Teil meines monatlichen Gehalts und jetzt fast jeden Tag mehrere Tausend Dollar aus der Unterschlagung in dieser unsichtbaren Grube. Damit ein Besucher oder ein Dieb meine Schatzkammer nicht finden konnte, legte ich einen Teppich darüber und rückte eine schwere Couch darauf.
Ich weiß nicht, was für eine Lösung die anderen Vereinsmitglieder für dieses Problem fanden, ich war aber mit diesem primitiven Versteck ziemlich zufrieden.
Da wir unsere Tätigkeit in Abstimmung mit den höheren Herren keinem anderen Mitarbeiter überlassen wollten oder konnten, nutzten wir die lange Betankungszeit
großer Schiffe sowie die drei Tage dauernde monatliche Wartungsarbeit der gesamten Anlagen in den Häfen als freie Tage. Die restliche Zeit blieben wir jeden Tag bis spätabends im Büro.
Viele Kollegen wunderten sich über unsere fleißige, ja beständige Arbeit.

Aber wegen des verhängten Ölembargos und der daraus resultierenden Notsituation wusste jeder, dass wir einen Ausnahmezustand hatten und dass diese Situation mehr Arbeit erforderte.
Eines Tages hatte ich die Ehre, einen dieser sogenannten höheren Herren bei mir zu Hause besser kennenzulernen. Wie ich vermutet hatte, war es Herr Djawad Gorgani, Direktor des Bereichs Personal, Revision und Organisation. Nachdem man mich zum Finanzchef befördert hatte und während der dann folgenden Zusammenarbeit mit diesem Hochstapler-Team, hatte ich ihn mehrere Male in meiner Nähe gesehen. Ich hatte bemerkt, dass er mich die ganze Zeit unverkennbar neugierig, ja interessiert beobachtete. Allerdings hatte ich keine Ahnung, was er von mir wollte. Ich wusste, dass er in der Vorstandsetage arbeitete, dennoch hatte ich nie direkt mit ihm zu tun gehabt. Er war sogar bei meinem Einstellungsgespräch und meiner Beförderung zum Leiter des Finanzwesens nicht anwesend gewesen, sondern hatte die Verhandlung an seinen Stellvertreter delegiert. Ich war überrascht, als er mich eines Abends zu Hause besuchte.

Kapitel 8

An einem der freien Tage war ich so von der ständigen Arbeit erschöpft, dass ich auf der Couch lag, eine Tasse Tee trank und mir einen Bildband von Michelangelo ansah.
Plötzlich klopfte jemand an meiner Tür. Als ich sie öffnete, traute ich meinen Augen nicht. Direktor Djawad Gorgani, der Mann, der mich des Öfteren in der Firma observiert hatte, stand vor der Haustür.
»Salam, mein Bruder«, grüßte er mich freundlich und betrat ohne Aufforderung die Diele. Er sagte: »Ich bitte um Entschuldigung wegen meines unangemeldeten Besuches. Darf ich kurz mit Ihnen sprechen?«
»Ja, natürlich. Bitte nehmen Sie Platz. Möchten Sie eine Tasse Tee?«
»Aber gerne.« Er setzte sich auf die Couch und fragte: »Leben Sie hier allein?«
Ich war sicher, er wusste alles über mich. Er fragte nicht, um etwas Neues zu erfahren, er wollte nur ein bisschen persönlicher werden, um ungehemmt ins Gespräch zu kommen. Ich holte aus der Küche eine Tasse Tee, stellte sie vor ihn auf den Tisch und antwortete:
»Ja, ich wohne allein hier. Wie Sie sehen, ist das ein sehr kleines Haus mit zwei winzigen Zimmern und einer Küche. Der Eigentümer will es entweder verkaufen oder komplett umbauen lassen.«
»Na prima, dann kaufen Sie es. Sie haben inzwischen genügend Geld.«
Ich verstand, was er meinte. Ich setzte mich ihm gegenüber und erwiderte:

»Hier in dieser Stadt will ich kein Haus kaufen. Wenn überhaupt, dann in Teheran. Aber meine Ersparnisse reichen noch nicht für den Kauf eines Hauses oder eines großen Apartments in der Hauptstadt.«
»Ich finde gut, dass Sie sagen, noch nicht. Man muss im Leben viel Geduld haben. Ich bin sicher, bald können Sie sich ein schönes Haus in Teheran leisten, nicht wahr?«
Was wollte er von mir? Ich musste Klarheit schaffen und sagte:
»Ich nehme an, Sie sind nicht hier, um mich zum Kauf eines schönen Hauses in Teheran zu motivieren. Sagen Sie, was ist der Zweck Ihres Besuches?«
Er blieb für eine Weile stumm, während er überlegte, wie er meine Frage beantworten sollte. Ich sah ihn mit forschenden Blicken an.
Er war ein großer Mann, Mitte fünfzig, korpulent, sehr gepflegt und hatte einen ungewöhnlich großen Kopf mit einem runden, roten Gesicht.
Seine Hände zitterten und sein Gesicht zuckte immer wieder, was mir störend auffiel. Ich versuchte, es zu ignorieren, denn es machte mich fürchterlich nervös. Ein weiterer Störfaktor waren seine Augen. Sie wirkten kalt und strahlten keine Verbindlichkeit aus. Aber glücklicherweise sah er kaum direkt in die Augen seines Gesprächspartners. Er zeigte ein kühles Lächeln und antwortete:
»Ich möchte mit Ihnen über ein sehr wichtiges Thema reden. Sie sollen wissen, dass mein Kollege Herr Direktor Dr. Nouri und ich unseren Verein leiten. Ja, die Idee der Modifikationen von Ölrechnungen stammt von Nouri und meiner Wenigkeit.
Wir sorgen auch dafür, dass keine Regierungsbeamten, besonders aus dem Finanzministerium, und auch nicht

der Pasdaran Geheimdienst etwas von unseren Aktivitäten erfahren. Wenn einmal ein Verdacht aufkommt, schaffen wir diesen mit Bestechungsgeld aus der Welt. Es versteht sich von selbst, dass diese Information vertraulich ist.
Gott sei Dank lief bis heute alles reibungslos und ich bin zuversichtlich, dass wir, solange die Regierung zwangsweise Öl in bar verkaufen muss, unbedenklich weitermachen können.« Er nickte ständig mit seinem großen Kopf und fügte hinzu: »Ich denke daher, dass die Möglichkeit für Sie, bald ein Haus in einer guten Lage von Teheran kaufen zu können, groß ist.«
Ich war baff. Ich wunderte mich, wie ein hoher Beamter des Ministeriums so frei, ja so hemmungslos von Unterschlagungen sprechen konnte, ohne auch nur ein bisschen in Verlegenheit zu geraten. Noch schien es mir rätselhaft, warum er so offen und mutig mit mir darüber reden wollte. Ich fragte mich, was die Bedingung für seine Offenheit sein würde. Müsste ich für ihn noch jemanden umbringen? Er schlürfte seinen heißen Tee und sagte weiter: »Ich bin hier, weil ich Ihr fachliches Wissen brauche.
Sie haben in der Firma einen sehr guten Ruf. Wussten Sie das? Mir ist bekannt, dass Sie nicht nur eine vertrauenswürdige Person sind. Sie sind auch ein guter Wirtschaftswissenschaftler, ja ein begabter Finanzfachmann. Alle Führungskräfte in dem Ministerium sind von Ihrem mathematischen und technischen Wissen hellauf begeistert.
Ich habe Ihre Personalakte sorgfältig studiert und teile diese Meinung, Sie sind der richtige Mann für den Bereich Finanzwesen - viel besser als Ihre Vorgänger.

Vermutlich wissen Sie nicht, dass ich bei Ihrer steilen Karriere eine große Rolle gespielt habe.
Ich bin der Meinung, man muss talentierte junge Leute unterstützen.« Er blieb eine Weile still, seine Hände zitterten jetzt weniger und sein Gesicht zuckte nicht mehr. Offenbar war er jetzt etwas ruhiger geworden. Dann erläuterte er den Grund seines Besuches: »Ich habe ein Problem und ich denke, Sie sind der richtige Fachmann, um mir zur Seite zu stehen. Ja, ja, mein Freund, ich brauche Ihr fachliches Wissen, und zwar sofort.«
Er hielt inne, dann sagte er mit ernster Stimme: »Ich erwarte allerdings von Ihnen, mit niemandem über unsere Unterredung zu sprechen, dies ist ein vertrauliches Gespräch. Ich mache unmissverständlich darauf aufmerksam: Wenn Sie es weitererzählen, werden Sie Schwierigkeiten bekommen. Sie sollten meine Autorität nicht unterschätzen.« Er schaute mich mit seinen eiskalten Augen streng an, milderte aber seinen Ton und sprach weiter: »Verstehen Sie mich nicht falsch, ich will Sie nicht einschüchtern. Ich halte Sie für einen soliden und vernünftigen jungen Mann und bin sicher, Sie werden Ihre Zukunft nicht leichtsinnig aufs Spiel setzen.«
»Ich weiß immer noch nicht, was Sie von mir wollen«, unterbrach ich ihn ziemlich ungeduldig. Allmählich bekam ich Angst vor ihm. Was wollte der Kerl von mir?
Er holte eine Packung Zigaretten aus seiner Tasche, zündete hastig eine an, inhalierte einen tiefen Zug und antwortete:
»Ich möchte, dass Sie als Fachmann eine sichere Lösung für mein Geld finden. Wie Sie wissen, verdienen wir bei unserer Aktion US-Dollar.

Wegen der ständigen Überwachung des Pasdaran Geheimdienstes möchte ich das Geld nicht in einer iranischen Bank tauschen oder dort deponieren.
Zu Hause will ich es aber auch nicht behalten, weil so viele Verwandte in meinem Haus wohnen. Ich denke, es muss für dieses Problem eine praktikable Lösung geben. Die Frage ist, wie diese aussehen kann.
Sie und andere Kollegen müssen das gleiche Problem haben. Wie sichern Sie eigentlich Ihre Dollarscheine?«
Ohne auf seine Frage einzugehen, erwiderte ich:
»Sie haben recht, wir haben alle diese Probleme. Keiner von uns darf sein Geld in einer iranischen Bank lagern. Wie Sie sagten, der Pasdaran Geheimdienst überwacht den Geldverkehr in allen iranischen Geldinstituten. Dass Dollar in persischer Währung auf dem freien Markt auftauchen, würde ich Ihnen auch nicht empfehlen, denn wegen der täglich steigenden Inflation würden Sie hohe Verluste erleiden. Wie Sie wissen, verliert die iranische Währung jeden Tag an Wert.« Ich sah ihn kurz an und bemerkte, mit welch' großem Interesse er meinen Worten folgte. Ich fragte: »Haben Sie daran gedacht, ihr Geld in einer ausländischen Bank zu sichern? Dort würden Sie dafür sogar gute Zinsen bekommen.«
»Ja, ja, ich habe öfter darüber nachgedacht. Aber ich will nicht ins Ausland reisen. Abgesehen davon weiß ich nicht, welches Land ich wählen sollte. Und noch schlimmer: Außer Arabisch beherrsche ich keine Fremdsprache.«
Kaum zu glauben, einer der wichtigsten Direktoren des Öl-Ministeriums konnte weder Englisch noch Französisch sprechen.
Ich hatte eine abstrakte Idee, wie ich ihm helfen könnte. Aber ich wollte ausreichend Zeit haben, um alle Vor- und Nachteile meiner Idee gründlich zu überdenken.

Ich sagte:
»Sie haben von einer praktikablen Lösung gesprochen. Geben Sie mir einen Tag Zeit, darüber nachzudenken und möglicherweise eine einfache und umsetzbare Lösung zu finden. Sie können davon ausgehen, dass ich unser Gespräch vertraulich behandeln werde. Ich fühle mich geschmeichelt, dass Sie mir Ihr Vertrauen schenken. Haben Sie einen Tag Geduld, ich hoffe, ich werde eine gute Lösung finden.«
Er drückte meine Hand fest und sagte:
»Ich komme morgen gegen zwanzig Uhr wieder in der Hoffnung, dass Sie, wie Sie sagten, mit einem guten Vorschlag diese unangenehme Last von meinen Schultern beseitigen werden.« Bevor er mich verließ, schüttelte er seinen Kopf und sagte weiter: »Zum ersten Mal in meinem Leben erkenne ich enttäuschend, dass das Geldverdienen in diesem Land nicht schwierig ist, aber das Geld sicher aufzubewahren, ist sehr problematisch. Ich denke, Sie werden dafür eine gute Lösung finden.«
Die gute Lösung, die er erhoffte, wäre in der Tat auch eine Antwort auf meine eigenen Probleme. Allerdings hatte ich keine Vorstellung, wie man so große Mengen ausländischer Währung aus dem Iran schmuggeln könnte.

***

Am nächsten Tag stand er kurz vor zwanzig Uhr vor meiner Haustür. Ohne Begrüßung betrat er den Wohnraum, setzte sich auf dieselbe Stelle wie am Tag zuvor und sagte ungeduldig:
»Ich bin gespannt, welche Lösung Sie mir anzubieten haben.«

Schon wieder seine zittrigen Hände und vor allem sein unruhiges Gesicht machten mich wahnsinnig. Ohne ihn direkt anzuschauen, fragte ich:
»Wollen Sie etwas trinken?«
»Nein, ich möchte nur wissen, welche Konzepte Sie für mein Problem erarbeitet haben. Haben Sie überhaupt darüber nachgedacht?«
»Ja, selbstverständlich habe ich alle Möglichkeiten in Erwägung gezogen. Aber erwarten Sie von mir keine Wunder. Denn einige Ihrer Probleme, wie Ihre Abneigung ins Ausland zu reisen oder fehlende Sprachkenntnisse, kann ich nicht für Sie aus der Welt schaffen.
Sie haben gestern gesagt, dass es unklug wäre, wenn Sie Ihr Geld in einer iranischen Bank anlegen würden. In Kissen oder in dem Keller Ihres Hauses wäre es auch nicht sicher, weil in Ihrem Haus so viele Leute wohnen. Also bleibt keine andere Lösung, als das Geld in einem vertrauenswürdigen Land und in einer seriösen Bank zu deponieren. Dann können Sie jede Nacht ruhig schlafen.
Meiner Meinung nach wären die Schweiz, Liechtenstein oder Luxemburg die richtige Heimat für Ihr *hart verdientes* Geld. Diese Länder sind seriös und die Bankgeheimnisse sind immer noch gewährleistet. Welches Land und welche Bank wir wählen sollten, weiß ich momentan noch nicht. Ich muss im Internet recherchieren und herausfinden, welche der genannten Optionen die besten Konditionen bietet.«
Er unterbrach mich ungeduldig und sagte:
»Gestern habe ich Ihnen gesagt, dass mir Fremd-Sprachen Kenntnisse fehlen. Wie stellen Sie sich das vor? Wie soll ich mit den Leuten in der Bank kommunizieren?«

»Ja, das habe ich verstanden und betrachte dieses Problem als ein kleines Handicap. Aber erlauben Sie mir zuerst, mein Konzept zu erläutern.
Dann können Sie beurteilen, ob das für Sie eine denkbare Lösung sein könnte.
Mir ist klar, dass Sie sich in einem ausländischen Geldinstitut mit Ihrem Gesprächspartner weder englisch noch französisch unterhalten können, aber ich kann das.
Ich kann diese Aufgabe für Sie übernehmen. Wenn Sie es schaffen, doch ein paar Tage ins Ausland zu reisen, werde ich Sie begleiten und die Verhandlungen führen.
Als ersten Schritt muss ich via Internet mit einigen Banken in den genannten Ländern korrespondieren.
Ich werde in Ihrem Auftrag schreiben, wie viel Geld und wie lange Sie es dort festlegen wollen. Dann bitte ich um ein verbindliches Angebot.
Wir suchen das beste Gebot heraus und nur, wenn Sie mit den Konditionen und den Allgemeinen Geschäftsbedingungen einverstanden sind, beginnen wir mit dem nächsten Schritt.«
Er schaute mich dieses Mal etwas versöhnlicher an und fragte:
»Und was wäre der nächste Schritt?«
»Bleiben wir noch bei dem ersten Schritt. Ich muss wissen, welchen Betrag Sie dort anlegen wollen und für wie lange.«
Ich merkte, dass er auf eine solch delikate Frage nicht vorbereitet war. Sicherlich war er auf meine Hilfe angewiesen, aber er hatte auch große Hemmungen, sein ergaunertes Vermögen offenzulegen. Er überlegte und sagte dann:
»Es kommt darauf an, wann wir das Geld zu einer Bank bringen. Nehmen wir an nächsten Monat, dann können

wir von knapp sechs Millionen Dollar ausgehen. Die Laufzeit könnte vorläufig drei bis fünf Jahre betragen.«
Ich hatte Schwierigkeiten, mein Erstaunen zu verbergen. Unglaublich, sechs Millionen Dollar! Ich sagte ganz ruhig:
»Das ist eine hübsche Summe, jedoch, es ist sehr problematisch, diese aus dem Land herauszuschmuggeln. Trotz Ihrer hohen Position beim Öl-Ministerium wird es kaum möglich sein, mit ein oder zwei großen Koffern voll US-Dollarscheinen durch die iranische Zollkontrolle zu marschieren. Wenn ich richtig informiert bin, darf man bei einer Auslandsreise maximal 10.000 Dollar mitnehmen.«
Er sah mich mit einem herablassenden Blick an und erwiderte leise:
»Kennen Sie Amir Gorgani?«
»Nein. Wer ist das?«
»Er ist Leiter des Sicherheitsdienstes des Imam Khomeini Flughafens. Er ist mein Bruder. Sie können davon ausgehen, dass meine Koffer von der Zollbehörde nicht kontrolliert werden. Ich bin sogar sicher, dass all mein Gepäck von seinen Leuten direkt ins Flugzeug getragen wird. Nun, was wollten Sie bezüglich des zweiten Schritts sagen?«
Ich musste diese verblüffende Aussage erst einmal verdauen. Dieser Mann mit seinen bemerkenswerten Beziehungen könnte auch für meine Vorhaben nützlich sein. Ich sagte:
»Mit Schritt zwei meinte ich, dass wir, wenn alle Angebote der Schweizer, Liechtensteiner und Luxemburger Geldinstitute vorliegen, gemeinsam das Beste aussuchen. Ich nehme an, sie werden uns einige Formulare zuschicken, die wir korrekt und vollständig ausfüllen

müssen. Anschließend, als dritten Schritt, vereinbaren wir einen Termin für die Eröffnung eines Kontos und die Geldübergabe. In diesem Fall müssen Sie sich drei bis vier Tage freimachen und mit mir in das entsprechende Land reisen. Erzählen Sie dem Herrn Minister, dass Sie wegen eines allgemeinen Gesundheitschecks ins Ausland reisen müssen.«

Mir schien, dass er mit meinem Vorschlag nicht ganz glücklich war. Denn er zeigte wieder diesen unzufriedenen Gesichtsausdruck. Nach einer Weile sagte er:

»Meiner Meinung nach ist das Sprachproblem noch nicht ganz gelöst. Ich bin dankbar, dass Sie mich bei meiner ersten Reise ins Ausland begleiten möchten. Aber wie soll ich mich in Zukunft allein mit den Mitarbeitern der Bank unterhalten? Oder wollen Sie mich bei jeder Reise nach Europa begleiten?«

»Wenn die Möglichkeit besteht, ja. Warum nicht? Ich werde Sie jedenfalls bei Ihrem ersten Besuch begleiten und die Rolle eines Dolmetschers übernehmen.

Wenn wir in der Schweiz sind, werden wir gemeinsam mit den Verantwortlichen im Geldinstitut prüfen, ob dort ein vertrauenswürdiger Dolmetscher verpflichtet werden kann, um bei Ihrem nächsten Besuch, wenn Sie mehr Geld auf Ihr Konto bringen oder abheben wollen, zu helfen - selbstverständlich gegen Honorar. Ich denke, wenn Sie für diesen Service etwas Geld ausgeben wollen, besteht überhaupt kein Problem, mit den Mitarbeitern der Bank verständlich zu kommunizieren.

Jetzt sagen Sie mir, welcher Teil meines Konzeptes Ihnen nicht gefällt. Aus meiner Sicht ist das die Lösung Ihres Problems.«

Ich konnte an seinem gedankenvollen Gesicht erkennen, dass er einerseits von meinem Vorschlag, vor allem, dass ich ihn ins Ausland begleiten wollte, sehr begeistert war. Andererseits schien ihm dieses Verfahren undurchsichtig. Obwohl er meiner Meinung nach keine andere Alternative hatte. Denn wie er sagte, könnte er das Geld weder in einer iranischen Bank lagern noch im Keller seines Hauses verstecken. Mehrere Immobilien könnte er auch nicht kaufen, denn irgendwann würde er dem Geheimdienst eine Antwort schulden, woher er so viel Geld hatte. Also musste er wie andere Korrupte in diesem Land sein Geld im Ausland deponieren.

Mir war ziemlich klar, warum er Angst hatte, nach Europa zu reisen. Er könnte wohl jederzeit in einen islamischen Staat wie zum Beispiel Syrien, Malaysia oder Saudi-Arabien reisen, ohne jemandem eine Erklärung schuldig zu sein. Aber er wusste nicht, wie er seine kurze Reise nach zum Beispiel der Schweiz glaubhaft begründen sollte.

Er hatte weder einen Verwandten dort noch eine dienstliche Verabredung. Mein Vorschlag, mit „gesundheitlichen Gründen" zu argumentieren, könnte wohl funktionieren, aber erst müsste er sich krankmelden. Offenbar passte ihm diese Idee überhaupt nicht. Denn in einem Land, in dem jeder versucht, brutal an den Stühlen seiner Kollegen zu sägen, könnte seine Abwesenheit – gerade aus Krankheitsgründen – für ihn zu riskant werden.

Außerdem war bekannt, dass der Überwachungsapparat des Pasdaran Geheimdienstes nicht nur für das einfache Volk eine unerträgliche Belastung war.

Er stellte auch für die Beamten in Schlüsselpositionen einen großen Störfaktor dar. Daher versuchte jeder korrupte Beamte, soweit wie es möglich war, nicht im Scheinwerferlicht dieser mächtigen Organisation zu

stehen - keine Villa zu kaufen, keine europäischen Auslandsreisen anzutreten, und schon gar nicht, sein Geld in einem iranischen Geldinstitut zu lagern. Nach einem langen Schweigen sagte er:
»Sie haben gestern meine Frage nicht beantwortet: Wie sichern Sie Ihr eigenes Geld? Sie müssen inzwischen jede Menge Dollar besitzen. Wo verstecken Sie Ihr Geld?«
»Hier zu Hause, wie jedes andere Mitglied des Vereins. Aber ich gebe zu, es ist keine gute Lösung. Ich habe gestern nach Ihrem Besuch überlegt, ob ich, wenn ich Sie ins Ausland begleiten sollte, mein Geld mitnehme und es dort für mehrere Jahre anlege, bis ich ein schönes Haus in Teheran finde.«
»Das heißt, mit meiner Begleitung ins Ausland würden Sie sich selbst auch einen Gefallen tun?«
»Ja, natürlich. Das wäre für mich eine gute Gelegenheit, mein Geld in Sicherheit zu bringen.«
Er zündete eine neue Zigarette an und sagte mit unverkennbar ironischem Unterton:
»Ich merke, Sie haben auch etwas Stress mit Ihrem Vermögen. Wären Sie ein einfacher Angestellter in einer kleinen Firma, würden Sie wahrscheinlich jetzt überlegen, wie Sie Ihre Miete pünktlich zahlen können. Ja, junger Mann, Sie sind ein Glückspilz. Seien Sie froh, dass Sie ohne Mitbeteiligung an dem Aufstand gegen die alte Regierung und vor allem ohne Vitamin B eine steile Karriere gemacht haben.
Sie müssen wissen, die meisten höheren Posten in diesem Land werden ausschließlich Personen überlassen, die während des Aufstandes gegen den Schah mit Herz und Seele auf der Seite Ayatollah Khomeinis standen.«
Offenbar zählte mein Studium für ihn überhaupt nicht.

Ich hätte gern gewusst, wie er ohne erforderliche Ausbildung und vor allem mit welchem Vitamin B Direktor dieser wichtigsten staatlichen Firma hatte werden können. Ich wusste aber nicht, wie ich ihn fragen sollte. Ich versuchte es mit einer schmeichelhaften Lüge und sagte:
»Mir ist seit Langem klar, dass ich ohne Ihre Unterstützung niemals diesen Job bekommen hätte. Ja, Sie sind mein Vitamin B. Ich bin Ihnen dafür sehr dankbar.
Alle Kollegen in dem Ministerium sind von Ihrem Führungsstil begeistert. Sie sind in der Tat der beste Manager, den ich bis heute kennengelernt habe.«
Wie ich erwartet hatte, starrte er mich fast eine Minute an. Ein lächelnder Glanz überflog seine kalten Augen und er sagte stolz:
»Es freut mich sehr, so etwas zu hören. Das hat mir bisher noch niemand gesagt. Ja, ja, ich kümmere mich ständig um unsere Belegschaft, was ich von meinem Kollegen, Dr. Nouri, nicht behaupten kann. Vielleicht liegt es daran, dass ich selbst aus einer einfachen Familie stamme. Ich hatte keinen reichen Vater wie Sie, um zu studieren. Aber ich bin stolz, aus eigener Kraft so weit gekommen zu sein. Ich nehme an, Sie wissen nicht, dass ich beim Sturz des Schah-Regimes und bei der Machtübernahme von Ayatollah Khomeini eine große Rolle spielte, auch wenn ich dabei mein Leben aufs Spiel setzte.
Wie gesagt, ich bin in eine mittellose Familie in Ahwaz geboren worden.
Schon als junger Mann schloss ich mich einer Widerstandsgruppe pro Khomeini in Abadan an. Wir hatten den Auftrag, junge Leute gegen das Schah-Regime zu mobilisieren.

Es war nicht einfach, da die Geheimpolizei SAWAK jede Bewegung von verdächtigen Personen überwachte. Dennoch gelang es uns nicht nur, mehr als 2.000 junge Leute für unsere Aktionen zu gewinnen, mit Sabotage staatlicher und öffentlicher Einrichtungen schafften wir es, ständig eine beängstigende Unruhe im ganzen Land herbeizuführen.«

Seine Aussage hatte bei mir einen störenden Gedanken ausgelöst; ich dachte an Ashkani und seine Söhne. Ich unterbrach ihn impulsiv und fragte dann mit ruhiger Stimme:

»Was meinen Sie mit Sabotage von öffentlichen Einrichtungen? Waren Sie bei dem Brandanschlag im Cinema Rex in Abadan dabei?«

»Freilich war ich dabei«, erwiderte er stolz. »Nachdem Khomeini aus seinem Exil ein Fatwa gegen koloniale Programme und westliches Kino ausgesprochen hatte, bekamen wir von der Führung der Untergrundorganisation, Scheich Ali Tehrani, Hossein Ali Montasery und Ayatollah Khamenei, einige riskante Aufträge. Wir sollten überall terrorisieren, ja, die Hölle heiß machen und die Bevölkerung gegen den Schah aufbringen, was uns auch gelang.

Zugegeben: Die Brandstiftung im Cinema Rex war tragisch, ja eine schreckliche Sabotage, aber meiner Meinung nach musste das sein. Denn keine Revolution der Welt verlief ohne Opfer erfolgreich. Es kommt hart auf hart, man muss töten, Unruhe stiften und dadurch seine Gegner untergraben. Es muss Blut vergossen werden und es müssen Köpfe rollen.

Ja, das waren harte Zeiten, aber wirkungsvoll. Die Brandstiftung im Cinema Rex hatte eine Wirkung, als wenn man einen großen Stein ins stille Wasser wirft; er erzeugt immense Wellen. Mit unseren Aktionen haben wir einen Tsunami ausgelöst, eine gewaltige Welle von Wut, aber auch Bereitschaft, gegen das Regime des Schahs zu kämpfen und die Regierung zu stürzen.

Wir haben bei unseren zahlreichen Sabotagen mit sechsstelligen Opferzahlen gerechnet, aber Gott sei Dank war der gesamte Personenschaden relativ gering; vielleicht insgesamt 5.000 Tote und doppelt so viele Verletzte. Dennoch war die Unruhe groß genug, damit der mächtige Schah seinen Widerstand aufgab, panikartig das Land verließ und kurz danach Ayatollah Khomeini die Macht übernahm. Damit wurde die Islamische Republik Iran geboren.

Wissen Sie, ich bin so glücklich, dass ich bei diesem historischen Ereignis eine große Rolle spielte. Denn mit meiner dürftigen Schulausbildung hätte ich nie in meinem Leben eine Chance gehabt, die Position eines Direktors im Öl-Ministerium zu übernehmen.

Diese große Veränderung in meinem Leben verdanke ich Ayatollah Khomeini und seinem Nachfolger Ayatollah Khamenei. Beide wussten von meinem lebensgefährlichen Einsatz vor der Revolution und während des Krieges.«

Er sah mich jetzt fast vorwurfvoll an und fügte hinzu: »Wie Sie sicherlich bemerkt haben, ein Teil meiner Nerven funktioniert nicht richtig. Manche Ärzte meinen, meine Kriegsverletzung sei die Ursache dieses unangenehmen Zuckens im Gesicht und der oftmals zittrigen Hände. Andere Ärzte glauben, es sei Rheuma, einige meinen, die Symptome seien psychisch bedingt. Keiner dieser Idioten hat bis heute ein Medikament oder eine therapeutische Lösung für mein Problem gefunden. Aber wissen Sie, es ist mir egal. Ich bin dadurch nicht dumm geworden.«

»War Ihr Kollege, Dr. Nouri, auch ein Widerstandskämpfer?«
»Jawohl, er folgte auch der Imam Linie und war ein aktiver Mitarbeiter der Untergrundorganisation.
Eigentlich waren fast alle Kollegen in unserem Ministerium Widerstandskämpfer. Zum Beispiel war Herr Fallah, der Vertriebschef, damals in meiner Gruppe und spielte bei der Brandstiftung im Cinema Rex eine entscheidende Rolle. Er hatte gute Beziehungen zu den Personen, die am Flughafen arbeiteten. Er beschaffte einige Kanister Kerosin, mit denen wir mehrere Gebäude in Brand setzen konnten.
Mein Kollege Nouri kommt aber aus Teheran. Als Khomeini an die Macht kam, war er ein Student.
Um die Auslieferung des Schahs aus Amerika zu fordern, schloss er sich am 4. November 1979 einer Gruppe von 400 Studenten an, stürmte in die US-amerikanische Botschaft in Teheran und nahm 52 US-Diplomaten als Geiseln.
Nouri blieb mit seinen Kameraden 444 Tage als Geiselnehmer in der Botschaft und verzichtete auf seine Familie und sein Studium.
Sie wollten den Schah zurück im Land haben und ihn öffentlich hinrichten. Aber leider wurde ihre Forderung nicht realisiert. Der Schah war sowieso todkrank und lebte nicht mehr lange.
Einige Jahre später erfuhr ich, was der Hauptgrund seiner Beteiligung bei dieser Geiselnahme gewesen war. Er beteiligte sich wegen einer Frau an dieser gefährlichen

Aktion, einer Studentin namens Masoumeh Ebtekar, bekannt als „Sister Mary"[5].

Masoumeh war auch eine der 400 Geiselnehmer in der US-Botschaft und Nouri wollte die Gelegenheit nutzen, ihr nah zu sein. Aber offenbar hatte sie kein Interesse an ihm und lehnte seinen Heiratsantrag ab.

Dennoch war Nouris Einsatz in der US-Botschaft für ihn erfolgreich. Dort lernte er Präsident Mahmud Ahmadinejad kennen und bis heute sind sie beste Freunde. Soweit ich weiß, stammen beide aus der Provinz Semnan.

Nouri verdankt nicht nur seine Position in dem Öl-Ministerium Ahmadinejad, sondern auch die steile Karriere seiner gesamten Familie. Alle seine Brüder und Onkel besetzen inzwischen Schlüsselpositionen in verschiedenen Ämtern. Zum Beispiel sein Bruder: Er ist Leiter des Pasdaran in Europa, stationiert in der iranischen Botschaft in Rom.«

Da musste ich Shapor unterbrechen. Sein letzter Satz hatte mich elektrisiert. Ich fragte fassungslos:

»Du meinst Kamal Nouri?«

»Ich kenne seinen Vornamen nicht. Wieso fragst du das? Kennst du ihn?«

»Ich kenne ihn nicht persönlich. Aber ich habe viele schreckliche Geschichten über seine mörderischen Aktivitäten gehört.

---

[5] **Masoumeh Ebtekar** ist seit September 2013 die erste weibliche Vize-Präsidentin des Iran und Leiterin der Umweltschutzorganisation.

Letzte Woche erzählte ein Mitglied unseres Vereins, dass Kamal Nouri sich in Zürich befindet. Ich vermute, er ist hinter jemandem her. Erzähl weiter, wir reden später darüber.«

»Ja, Gorgani wollte mich anhand einiger Beispiele von der Großzügigkeit der Mullah-Regierung überzeugen.

Er sagte, wenn ich in dem Regierungsapparat weiterkommen möchte, müsse ich nicht nur in meinem Fach gut sein, ich müsse der Islamischen Republik Iran und ihren Regierungsmitgliedern treu und loyal ergeben sein.

Aber ich glaube, an meinem Gesichtsausdruck hatte er erkannt, dass ich von seiner Empfehlung nicht sonderlich begeistert war. Deshalb wechselte er das Thema und fragte nachdenklich:

»Wo waren wir stehen geblieben? Ach ja, das Geld ins Ausland bringen und Sie wollen mich begleiten. Richtig?«

»Das ist richtig. Wir müssen aber zuerst im Internet eine vertrauenswürdige Bank in Europa finden.

Ich habe leider keinen Internetanschluss zu Hause. Ins Büro kann ich auch nicht, weil so viele Mitarbeiter in einem großen Raum sitzen. Darf ich morgen in Ihr Büro kommen und Ihren Computer benutzen?«

»Ja, natürlich. Kommen Sie morgen gegen neunzehn Uhr. Zu dieser Zeit arbeitet kaum jemand in der Direktionsetage. Ich werde Ihren Vorschlag bis morgen überdenken und Ihnen Bescheid sagen, ob ich mein Geld bei einer europäischen Bank lagern möchte.

Kapitel 9

Am nächsten Tag besuchte ich gegen 19:00 Uhr Gorgani in seinem Büro. Er hatte ein großes, elegant eingerichtetes Zimmer in der fünften Etage.
Er empfing mich freundlich und offenbar war er nicht abgeneigt, meinem Vorschlag zu folgen und sein Geld in einem ausländischen Geldinstitut zu lagern. Dies sagte er mir nicht direkt, dennoch war er neugierig zu erfahren, ob und unter welchen Voraussetzungen die Banken mit uns Geschäfte machen wollten.
Ich benutzte seinen PC und schrieb mehrere E-Mails an verschiedene Geldinstitute und gab ihnen zu verstehen, dass zwei iranische Kunden ihr Geld in Höhe von sechs bis sieben Millionen Dollar für mehrere Jahre festlegen wollten. Ich bat um ein Angebot und ausführliche Informationen über die Allgemeinen Geschäftsbedingungen, Konditionen und die Vorgehensweise.
Zwei Tage später besuchte ich Gorgani nach Dienstschluss wieder in seinem Büro. Er schien ziemlich nervös und in schlechter Laune zu sein. Dies verrieten seine zittrigen Hände und sein zuckendes Gesicht.
Ohne Begrüßung deutete er auf einen Stuhl an seinem Schreibtisch, auf dem ich Platz nehmen sollte.
»Sie können gleich im Internet prüfen, ob die Banken auf unsere Fragen reagiert haben. Ich erwarte einen wichtigen, vertraulichen Anruf vom Herrn Minister. Wenn das Telefon klingelt, gehe ich in das andere Zimmer.«

»Kein Problem. Ich bleibe ganz ruhig und werde Ihr Gespräch nicht belauschen.«

Ich war überwältigt, wie viele Geldinstitute in der Schweiz auf meine E-Mails reagiert hatten.

Es gab zahlreiche gute Angebote. Das Beste kam von der HSBC Bank in Zürich. Sie bot für drei Jahre Festgeld nicht nur überdurchschnittliche Zinsen, sondern mit ihrer offiziellen Einladung könnten wir bei dem Schweizer Konsulat in Teheran problemlos ein Visum bekommen.

Außerdem schickten die Verantwortlichen einige Formulare sowie mehrere Angebote für Wertpapiere, Investmentpapiere etc. mit.

Als ich die Unterlagen ausdruckte und Gorgani zeigte, machte er trotz seiner unruhigen Stimmung einen zufriedenen Eindruck, jedoch wollte er noch weiter darüber nachdenken.

Eigentlich war es mir egal, was er mit seinem ergaunerten Vermögen machen wollte. Ich dachte die ganze Zeit an meinen eigenen Plan. Diese Gelegenheit wollte ich nutzen, mein Geld problemlos ins Ausland bringen und damit einen Schritt auf mein Ziel zugehen. Ich meine mein ehrlich verdientes Geld, die Erbschaft und das, was ich inzwischen von meinem Gehalt gespart hatte. Ich war fest entschlossen, das Geld aus der Unterschlagung Ebrahim Ashkani für sein Projekt „Kinderausbildung" zur Verfügung zu stellen.

Um diesen Plan ein Stück voranzutreiben, musste ich versuchen, Gorgani immer wieder zu unserer gemeinsamen Reise zu motivieren.

Ich brauchte ihn, denn ohne Unterstützung seines Bruders auf dem Teheraner Flughafen hatte ich keine Chance, mein Geld aus dem Land zu bringen.
»Sie haben verstanden, was HSBC geschrieben hat?", fragte ich ihn, als er ruhelos in seinem Büro auf und abging. Begeistert fügte ich hinzu: »Sie würden uns eine Einladung schicken, damit wir ohne Schwierigkeiten ein Visum für die Schweiz erhalten. Ich denke, das ist ein Super Service.«
»Ja, ja, das ist ein guter Service. Aber Sie dürfen nicht vergessen, sie wollen mit unserem Vermögen Geld verdienen.« Dann schaute er mich bedenklich an und fragte: »Haben Sie einen Reisepass? Können Sie überhaupt ins Ausland reisen?« Ich wusste nicht, was er meinte. Er kam zu mir und sagte weiter: »Wir sollten prüfen, ob Sie überhaupt den Iran verlassen dürfen.«
»Natürlich kann ich ins Ausland reisen. Warum fragen Sie? Wie wollen Sie es herausfinden?«
»Setzen Sie sich wieder an meinen Schreibtisch. Wir checken Ihren Status in der Pasdaran Datenbank.« Ich setzte mich wieder, schaltete seinen Bildschirm erneut ein und er erklärte weiter: »Seit ungefähr zwei Monaten stellt man allen Personalleitern staatlicher Unternehmen ein Programm zur Verfügung, um bei Einstellung eines neuen Bewerbers prüfen zu können, ob er oder sie auf der Schwarzen Liste von Pasdaran steht. Ich habe bis heute nie davon Gebrauch gemacht, weil wir in den letzten Monaten keinen neuen Mitarbeiter eingestellt haben.«
Er drehte die Tastatur um und löste einen dort festgeklebten Zettel, auf den er den Namen des Programms und sein Passwort geschrieben hatte. Er gab mir den Zettel und forderte mich auf: »Greifen Sie zu, lassen Sie uns sehen, ob Sie sauber sind.«

Ich fand das Programm, öffnete es und gab anschließend sein Passwort ein. Prompt erschien eine Datenmaske. Ich tippte die erforderlichen Suchbegriffe wie meinen Vor- und Nachnamen und mein Geburtsdatum ein. Erleichtert las ich die Meldung: „Keine Straftat bekannt".
Ich sah ihn lächelnd an und sagte:
»Sehen Sie, ich bin ein guter Staatsbürger, ich kann mit Ihnen ins Ausland reisen.«
»Gott sei Dank. Das ist gut, das ist prima.«
In diesem Augenblick begann sein Telefon laut zu klingeln. Mit einer hektischen Bewegung schnappte er das kabellose Telefon. Während er mit großer Aufmerksamkeit der Stimme des Anrufers folgte, möglicherweise der des Herrn Minister, ging er schnell in den Besprechungsraum nebenan.
Er redete ziemlich laut und aufgeregt. Auch wenn ich ihm versprochen hatte, sein Gespräch nicht zu belauschen, war es mir nicht möglich, alles, was er sagte, zu überhören. Er redete mit einem flehenden Ton und sagte zu seinem Gesprächspartner: „Die beiden wollen mich fertigmachen. Ich kann diese Situation nicht mehr aushalten. Bitte sprechen Sie mit Nouri und Fallah. Setzen Sie sie unter Druck. Die beiden sollen mich in Ruhe lassen."
Ich hatte keine Ahnung, was vorgefallen war. Eigentlich gab es in jedem Betrieb immer Probleme zwischen dem Führungspersonal, aber hier schien doch eine große Krise zu herrschen.
So hatte ich Gorgani bis zu diesem Zeitpunkt nicht erlebt: verletzt, ängstlich, ja völlig angeschlagen. Ich hoffte, seine Situation würde keine Auswirkungen auf unseren Reiseplan haben.«
Shapor sah mich eine Zeitlang mit ernstem Blick an und sprach weiter:

»Während Gorgani mit seinem Gesprächspartner sprach, war ich auf einmal allein und unbeobachtet, und zwar in dem großen Büro des Personalchefs des Ölministeriums. Ich saß vor einem Bildschirm, der mir Zugang zu einem der wichtigsten Programme des Pasdaran Geheimdienstes bot.
Ich habe keine Erklärung, warum ich in diesem Augenblick an dich dachte. Ohne zu zögern, tippte ich deinen Vornamen, Nachnamen und dein Geburtsdatum ein. Ich war schockiert, denn innerhalb weniger Sekunden erschien ein ziemlich aktuelles Foto von dir und im Feld Bemerkung stand: *„Feind der Islamischen Republik Iran. Bei erster Gelegenheit verhaften und mit folgender Telefonnummer zuständigen Beamten informieren."* Darunter stand eine siebenstellige Nummer.
Ich wusste nicht, was du in Deutschland getrieben hattest, aber laut ihrer Datenbank stehst du auf ihrer Fahndungsliste.«
Ich sah ihn ernst an und erwiderte:
»Das wundert mich nicht. Ich bin ein aktives Mitglied des „Komitees Widerstand gegen Islamische Republik Iran". Wir streben danach, die Mullahs-Regierung zu stürzen und mit Reza Pahlavi eine neue Monarchie im Iran zu gründen. Aber lass uns später darüber reden. Ich brenne darauf zu erfahren, was dann passierte.«
Ein bitteres Lächeln zuckte um seine Lippen, er schüttelte seinen Kopf und sagte:
»Nein, bleiben wir doch bei dir und deinen abenteuerlichen Aktivitäten. Ich merke, dass du deine Fantasiewelt noch nicht verlassen hast. Du willst wieder eine Monarchie im Iran einführen? Hast du deinen Verstand verloren?

Abgesehen davon, dass bis heute Reza Pahlavi nie ernsthaft versucht hat, etwas gegen diese Regierung zu unternehmen, glaube ich nicht, dass irgendjemand im Iran trotz des großen Durstes nach Freiheit wieder ein Schahanschah[6] haben will.

Die meisten der älteren Generation hatten kaum positive Erfahrungen mit dem Schah-Regime gesammelt und die neue Generation ist entweder durch gründliche Gehirnwäsche Anhänger der Islamischen Republik Iran oder sie sehnt sich nach einer demokratischen Republik wie Deutschland oder Frankreich.

Meiner Meinung nach hat Reza Pahlavi seine Chance längst verpasst. Ich finde es schade, dass du wegen dieser schwachen Figur dein Leben in Gefahr bringst.«

»Reg dich nicht auf. Erstens, wir wollen das Mullah-Regime gegen eine demokratische Regierung ersetzen. Zweitens, Reza Pahlavi ist keine schwache Figur.

Mir ist klar, dass ohne Unterstützung Europas und der USA ein Regimewechsel im Iran nicht stattfinden kann. **Die Mullahs mit ihrer starken Armee und dem Geheimdienst sitzen fest im Sattel. Aber wir haben die Hoffnung noch nicht aufgegeben.**

Über Politik reden wir später. Du hast mich mit deiner spannenden Geschichte gefesselt, erzähl weiter, wie du es geschafft hast, in die Schweiz zu reisen.«

Shapor nippte an seinem Getränk und setzte seine Erzählung fort:

»Nach meiner letzten Begegnung mit Gorgani passierte eine Woche lang nichts, er war nicht erreichbar. Einige Male sah ich ihn von weitem in der Firma, er kam mir nervöser vor als sonst.

---
[6] König der Könige

Ich rief ihn zweimal an, jedes Mal antwortete er kurz „Ich habe jetzt keine Zeit" und beendete das Gespräch.
Allmählich hatte ich Angst, dass er seine Absicht geändert hatte und dadurch mein Ziel gefährdet war.
Aber an einem Mittwoch rief er mich an und lud mich zu sich nach Hause zum Abendessen ein. Er meinte, wir könnten uns in seinem Haus ungestört über unser Vorhaben unterhalten.
Ich sollte über unsere Verabredung mit keinem Kollegen sprechen. Er gab mir seine Adresse und sagte, dass er mich gegen neunzehn Uhr erwarte.
Sein riesiges dreistöckiges Haus, verkleidet mit weißem italienischem Marmor und einem relativ großen Garten stand in der selbe Straße, in der Herr Fallah, der Vertriebschef, wohnte.
Schon in den ersten Minuten meines Besuches verstand ich, was er mit so vielen Verwandten in seinem Haus gemeint hatte. Man bekam den Eindruck, man befinde sich in einem familienfreundlichen Luxushotel in einem arabischen Land. Das Haus war voll mit schwarz verhüllten Frauen und unzähligen Kindern. Es war sehr laut und unruhig.
Ich erfuhr später, dass seine zwei Frauen, seine vier verheirateten Töchter mit ihren Ehemännern und zwölf Enkelkinder in dem Haus wohnten.
Um ungestört miteinander reden zu können, ließ er das Abendessen in seinem Arbeitszimmer servieren.
Dennoch musste er während meiner Anwesenheit in seinem Haus mehrere Male verlegen aufstehen und die Kinder zur Ruhe ermahnen.
Nebenbei beklagte er, dass das Problem nicht der Lärm der Kinder sei, sondern die schlechte Beziehung zwischen seinen Schwiegersöhnen.

Es gebe keinen Tag, an dem sie sich nicht prügelten. Endlich kam er auf unser Thema zurück und sagte lobend:
»Ich bin Ihnen dankbar, dass Sie mit großem Engagement meinem Wunsch nachgegangen sind und für mein Problem eine gute Lösung gefunden haben. Es mag sein, dass Sie selbst davon profitieren wollen, aber ich weiß, dass Sie Ihre kostbare Zeit hauptsächlich für mein Problem geopfert haben.
Inzwischen bin ich überzeugt, genau wie Sie schon sagten, dass mein Geld im Ausland besser aufgehoben sein wird als im Iran. Mir ist auch klar, dass mit Ihrer Unterstützung oder Hilfe ein bezahlter Dolmetscher mit einer ausländischen Bank kommunizieren kann; ja, meine Bedenken waren unbegründet.« Er verschränkte seine Hände ineinander, um ihr Zittern zu verbergen. Dann sagte er weiter:
»Aber … aber es gibt doch einen Knackpunkt, der mir großes Kopfzerbrechen bereitet. Ich mache mir große Sorgen über den Zeitpunkt, an dem ich in der Schweiz lande.
Ich frage mich, was kann ich machen, wenn die Schweizer Zollbehörde mir Schwierigkeiten macht? Zum Beispiel könnte sie unbequeme Fragen bezüglich der Herkunft des Geldes stellen. Was passiert, wenn die HSBC Bank in Zürich unerwartete Bedingungen stellt? Ich habe gehört, dass fast alle Anlageberater *in* diesen ausländischen Banken Schlitzohren sind.
Wenn sie merken, dass man keine Alternative hat, werden sie die Situation schamlos ausnutzen und jede Menge Geld als Bearbeitungsgebühr verlangen.

Ich möchte weder mit der schweizerischen Zollbehörde Ärger haben noch mit HSBC über neue Bedingungen diskutieren und schon gar nicht wieder mit meinem Geld nach Teheran zurückkommen.
Darüber hinaus gibt es noch ein weiteres Problem, das mich ratlos macht. Ich habe nämlich gehört, dass im Rahmen der Sanktionen gegen den Iran gemäß der Forderung der US-amerikanischen Regierung die Guthaben iranischer Staatsbürger in den europäischen Geldinstituten eingefroren werden.« Er sah mich kurz an, blieb einen Moment still und dann sagte er, was offenbar bereits entschieden war: »Ich dachte, da Sie auch Ihr Geld in der Schweiz deponieren möchten, sollten Sie zuerst allein dort hinreisen und über den ganzen Prozess Erfahrungen sammeln. Ich meine Einblicke in das schweizerische Zollkontrollverfahren, Kenntnisse über die Kontoeröffnung bei der HSBC und Erfahrungen über diese verdammte amerikanische Anordnung. Sie sind ein unauffälliger junger Mann, sprechen mehrere Sprachen und im Prinzip kann Ihnen nichts passieren. Auch wenn Sie in der Schweiz für unerlaubte Einfuhr von Geld bestraft werden sollten, handelt es sich um vielleicht weniger als eine halbe Million Dollar. Oder mehr?«
»Nein, ich möchte zuerst einen Teil meines Geldes dort unterbringen.«
»Sehen Sie, das ist genau, was ich meine. Sie sind vorsichtig. Das ist gut so. Bei einer solchen Angelegenheit darf man nichts überstürzen. Verstehen Sie, ich möchte nicht ohne Gewissheit mein Geld hierhin und dahin schleppen, mit ausländischen Behörden Ärger bekommen und am Ende vielleicht enttäuscht und unzufrieden nach Hause zurückkommen. Ich muss sicher sein, dass alles reibungslos funktioniert, keine Beanstandung der schweizerischen

Behörden, keine böse Überraschung bei HSBC und vor allem muss mein Geld zu jeder Zeit verfügbar sein.
Wenn Sie zufrieden, ja erfolgreich aus der Schweiz zurückkehren, dann weiß ich, dass meine Bedenken unbegründet waren.
In diesem Fall werden wir einige Wochen nach Ihrer Rückkehr gemeinsam in die Schweiz reisen, um endlich meine Angelegenheit zu erledigen. Selbstverständlich übernehme ich Ihre zweiten Reisekosten. Sie sind die ganze Zeit mein Gast. Aber erst brauche ich Ihre praktische Erfahrung.«
Wir blieben eine Weile stumm. Ich musste schnell über die Auswirkung seines Vorschlags nachdenken. Das klang nicht gut. Es sah so aus, als hätte ich das gleiche Problem wie zuvor. Wie könnte ich eine halbe Million Dollar aus dem Iran herausschmuggeln? Ich sagte ziemlich enttäuscht:
»Es ist schade, dass Sie so entschieden haben. Meiner Meinung nach werden wir in der Schweiz keine Schwierigkeiten bekommen. Denn nach meiner Einschätzung sind neunzig Prozent der HSBC-Kunden Ausländer. Die Schweizer Bankiers leben von solchen Geschäften. Was den Umgang mit Konten der iranischen Staatsbürger in einem europäischen Geldinstitut betrifft, ist Ihre Sorge unberechtigt. Soweit ich weiß, haben sie die Konten aller wichtigen iranischen Politiker eingefroren. Mit allem Respekt für Ihre Position, meiner Meinung nach kennt keine europäische Administration einen Herrn Djawad Gorgani.
Dennoch kann ich Ihre Bedenken verstehen.« Jetzt begann sein Gesicht langsam zu zucken. Er spürte, dass ich seinen Vorschlag ablehnen wollte. Ich fügte hinzu:

»Ich bin überzeugt, dass das Hauptproblem bei unserer Unternehmung sich nicht in der Schweiz befindet, sondern nur auf dem iranischen Flughafen.
Dort wird jeder Reisende eingehend durchsucht und schikaniert.
Ich habe nicht das gleiche Privileg wie Sie, unkontrolliert durch das iranische Zollgebäude zu marschieren. Daher kann ich Ihren Vorschlag nicht akzeptieren. Denn man wird mich wegen illegaler Ausfuhr von Geld ins Ausland sofort verhaften, mein Geld konfiszieren und mich zweifellos schmerzlich bestrafen.«
»Halt! Wenn ich Sie bitte, in die Schweiz zu reisen, um für mich praktische Erfahrungen einzubringen, werde ich selbstverständlich dafür sorgen, dass Sie unkontrolliert in das Flugzeug einsteigen.
Ich habe heute Morgen mit meinem Bruder ein langes Telefonat geführt. Er versprach, er wird alles daran setzen, dass Sie unkontrolliert in das Flugzeug gelangen.
Glauben Sie mir, es besteht für Sie überhaupt keine Gefahr, mit der iranischen Zollbehörde Ärger zu bekommen. Sie werden sogar von einem Mitarbeiter meines Bruders bis zum Flugzeug begleitet.
Wir haben uns letzte Woche in der Pasdaran Datenbank davon überzeugt, dass es gegen Sie keine amtlichen Vorwürfe gibt. Sie können jederzeit ins Ausland reisen.
Besorgen Sie sich so schnell wie möglich ein Visum für die Schweiz und reisen Sie für ein paar Tage dorthin. Sagen Sie keinem Menschen, wohin Sie reisen. Während Ihrer Reise werde ich dafür sorgen, dass niemand Ihre Abwesenheit bemerkt.
Ihren Anteil von unserer Aktion werde ich für Sie beiseitelegen, und wenn Sie zurück sind, bekommen Sie Ihr Geld von mir persönlich.«

Das war sensationell, das war die Lösung für mein Problem.

Plötzlich löste sein verlockendes Angebot bei mir ein Gefühl von Befreiung und Freude aus. Ich versuchte jedoch, mir meine Glückseligkeit nicht anmerken zu lassen. Ich war mit meinen Gedanken noch beschäftigt, als er ziemlich vorwurfsvoll fragte:

»Wo bewahren Sie eigentlich Ihr Geld auf? Ich habe Sie bislang zweimal gefragt, bekam aber keine konkrete Antwort.« Als er meinen verwirrten Gesichtsausdruck sah, milderte er seine Stimme und sagte leise weiter: »Ich habe Ihnen bereits gesagt, dass ich mein Geld in diesem Haus nicht mehr aufbewahren kann.

Ich traue meinen eigenen Leuten nicht, die in meinem Haus wohnen, zum Beispiel zwei meiner Schwiegersöhne. Ich habe öfter den Eindruck, dass sie, wenn ich nicht zu Hause bin, mein Zimmer durchsuchen.

Ich habe schon mehrmals überlegt, dass ich mein Geld, wenn Ihr Aufbewahrungsversteck groß und sicher seid, in Ihrem Versteck aufbewahre, bis wir gemeinsam in die Schweiz fliegen.«

»Was? Sie vertrauen mir Ihre sechs Millionen Dollar an?«

Er lachte laut, schüttelte seinen Kopf und erwiderte:

»Junger Mann, ich habe nicht wie Sie studiert und ich habe von vielen Dingen in dieser Welt keine Ahnung. Aber was ich in meinem Leben gelernt habe, ist Menschenkenntnis. Sie sind kein Betrüger, davon bin ich überzeugt.

Nouri, Fallah und einige Leute in unserer Firma sind geborene Scharlatane. Aber ich bin davon überzeugt, dass Sie absolut in Ordnung sind.

Außerdem wissen Sie doch, wer ich bin und welchen Einfluss ich habe. Wenn Sie dummerweise unüberlegt in die Versuchung geraten würden, mich zu betrügen, würden Sie mit großer Sicherheit Ihren nächsten Geburtstag nicht erleben.
Ja, ich vertraue Ihnen, jedenfalls mehr als meinen Schwiegersöhnen. Jetzt sagen Sie mir, wo verstecken Sie Ihr Geld?«
»Ich sagte schon, zu Hause.«
»Ja, das haben Sie einmal gesagt, aber wo zu Hause? Als ich bei Ihnen war, habe ich in Ihrer kleinen Bude weder einen Tresor gesehen noch einen abschließbaren Schrank. Ich vermute, Sie bewahren Ihr Geld nicht im Herd oder im Staubsauger auf.«
»Nein, ich verstecke es in einer unsichtbaren Kammer.«
»Was? Unsichtbare Kammer? Interessant. Ich möchte diese wertvolle Kammer sehen.
Wir sind hier fertig. Ich bringe Sie mit meinem Auto heim. Zeigen Sie mir, wo sich diese Geheimkammer befindet.«
Ich erwähnte bereits, dass, wenn er nervös war, seine Hände unaufhörlich zitterten und sein Gesicht zuckte. Aber was ich bei ihm während der Fahrt nach Hause erlebte, war eine neue Erfahrung und sehr beängstigend.
Obwohl die Straßen frei waren und sein Auto ziemlich neu war, fuhr er es wie ein Betrunkener. Er hielt das Steuerrad mit seinen zittrigen Händen fest, aber mit jedem Zucken seines Gesichts lenkte er das Auto auf die linke oder rechte Fahrbahn.
Ich erinnerte mich, was er mir einmal gesagt hatte: Sein Arzt hatte ihm empfohlen, sich nicht selbst hinters Steuer zu setzen.

Offensichtlich hatte er, wenn er erregt war, keine Kontrolle über sein Nervensystem. Es war für mich unverständlich, warum er trotz seiner Krankheit Auto fuhr und sein eigenes Leben und das anderer in Gefahr brachte.
Es war peinlich zu sehen, wie die anderen Autofahrer mit lautem Hupen gegen seine riskante Fahrerei protestierten. Aber er sagte nichts. Er fuhr wohl konzentriert, dennoch unglaublich unruhig.
Ich war heilfroh, als er endlich mit einer hektischen, scharfen Bremsung das Auto vor meinem Haus parkte.
Zu Hause war er noch nervöser, wie ein gejagtes Reh.
Offenbar realisierte er selbst, wie er die ganze Zeit Auto gefahren war.
Ich machte ihm eine Tasse Tee und bat ihn, im Wohnzimmer Platz zu nehmen. Er musste sich beruhigen, in diesem Zustand könnte er unmöglich zurückfahren. Ich gebe zu, mein freundliches und sorgenvolles Benehmen war nicht ganz wahrhaftig. Ich dachte die ganze Zeit an meinen eigenen Plan. Mir war klar, ich müsste, bis ich mein Geld in der Schweiz hätte, mit ihm auskommen.
Ja, nur er mit seiner außerordentlichen Beziehung zum Flughafenmanagement könnte mein großes Problem aus der Welt schaffen.
Er setzte sich schweigend auf die Couch.
Kaum hatte ich die Tasse Tee auf den Tisch gestellt, nahm er sie mit seinen zittrigen Händen, schlürfte einen Schluck davon und sagte ungeduldig:
»Wir wollen keine Zeit verlieren. Also, wo haben Sie Ihr Geld versteckt?«

»Trinken Sie in aller Ruhe Ihren Tee, dann zeige ich Ihnen meine Geheimkammer.«
»Ich weiß, ich bin ein bisschen unruhig. Trotzdem können Sie sagen, wo sie ist.«
»Sie sitzen gerade darauf.«
»Wo? Sie meinen, es ist unter dem Polster der Couch versteckt?«
»Nein, etwas tiefer.«
»Wie tiefer? Unter der Couch?«
»Noch tiefer. Sie müssen aufstehen, dann kann ich es Ihnen zeigen.«
Prompt stellte er die Tasse auf den Tisch, stand auf und schaute mich verwirrt an.
Ich schob die Couch beiseite, rollte den Teppich zusammen und hob die Holzdecke des ehemaligen Heizölraums hoch. Jetzt fixierte er fasziniert mit glänzenden Augen die Grube.
Überraschenderweise zitterten seine Hände nicht mehr und sein Gesicht schien ruhig, ja glücklich.
Ich erzählte ihm von der alten Funktion dieses Raumes, der nachträglichen Veränderung und seiner neuen Funktion als mein Geldtresor.
»Das ist fantastisch, das ist hervorragend. Das ist sicherer als eine Schweizer Bank.«
»Vielleicht ist das sicherer als das Versteck in Ihrem Arbeitszimmer, aber es ist nicht sicherer als eine Schweizer Bank. Es ist eine Frage der Zeit, bis jemand dieses Loch entdeckt und seinen Inhalt mitnimmt.«
»Wer weiß von der Existenz dieser Grube?«
»Sie, ich und der Hauseigentümer. Er lebt allerdings in Teheran.«

Wir bedeckten den Geheimraum wieder mit dem Holzdeckel und dem Teppich und stellten die Couch darauf. Er setzte sich wieder und sagte:
»Ich vermute, bis ich mein Geld in der Schweiz deponieren kann, dauert es mindestens noch einen Monat. Wenn Sie nichts dagegen haben, werde ich mein Geld hierher bringen und in diesem unterirdischen Tresor verstecken. Allerdings brauche ich einen Hausschlüssel, um während Ihrer Abwesenheit hierherkommen und mehr Geld lagern zu können. Ich verspreche Ihnen, wenn ich hier bin, kümmere ich mich ausschließlich um das Geld. Ihre persönlichen Sachen werde ich nicht anfassen.« Er starrte mich flehend an und fragte: »Würden Sie mir diesen Gefallen tun? Bitte!«
»Selbstverständlich können Sie Ihr Geld in dieser Grube aufbewahren, es gibt genug Platz. Wenn Sie aber täglich hierherkommen, müssen Sie darauf achten, dass niemand Ihr Kommen und Gehen bemerkt. Das kann einen Verdacht wecken und möglicherweise jemanden auf die Idee bringen, den Grund Ihrer Besuche zu erforschen.«
»Ich verstehe, was Sie meinen. Sie brauchen keine Angst zu haben, ich bin vorsichtig. Außerdem werde ich nicht jeden Tag hierher kommen, um meinen 30%igen Anteil vom Ölgeschäft zu deponieren. Vielleicht zwei- oder dreimal im Monat.« Er blieb eine Weile still und sagte weiter: »Ich bin sprachlos. Sie dürfen nicht vergessen, diese Grube in Ihrem Haus ist Hunderte Male sicherer als die Schubladen in meinem Arbeitszimmer oder große Kartons in meinem Keller.
Wenn Sie nichts dagegen haben, werde ich gleich nach Hause fahren, mein Geld holen und hierher bringen. Je schneller, desto besser.«

»Eigentlich habe ich keine Einwände. Im Gegenteil, da Sie mir mit Ihrer guten Beziehung zum Teheraner Flughafen helfen wollen, freue ich mich, wenn ich etwas für Sie tun kann.«
Für eine Weile sah er mich forschend an und nickte langsam mit dem Kopf. Ich glaube, zum ersten Mal überlegte er doch, ob er mir wirklich trauen konnte.
Theoretisch könnte ich bei einer passenden Gelegenheit sein Geld nehmen und an einen fernen, unbekannten Ort verschwinden. Dann klopfte er aber auf meine Schulter und sagte:
»Bleiben Sie wach, ich fahre nach Hause und komme gleich mit meinem Geld zurück.«
»Nein, nicht heute Nacht«, wand ich ein, »Vielleicht morgen, und zwar mit ordentlicher Vorbereitung. Da ich Ihr Geld nicht wie in einer Bank zählen und quittieren möchte, halte ich es für vernünftig, wenn Sie es in mehreren abgeschlossenen Stahlbehältern in der Grube deponieren.
Ich möchte nicht, dass Sie mich irgendwann verdächtigen, dass ich Ihnen untreu war. Das wäre eine saubere Lösung und führt zu keinem Missverständnis.«
»Ich lagere mein Geld in mehreren Plastiksäcken, junger Mann. Ehrlich gesagt, ich weiß nicht, in welchem Sack wie viel Geld steckt. Die Plastiksäcke sind nur mit Tesafilm verschlossen.
Machen Sie sich keine Gedanken, Sie haben mein Wort, ich werde Sie nie für den Inhalt dieser Säcke verantwortlich machen.
Ich vertraue Ihnen mehr als meiner eigenen Familie. Also keine Widerrede, ich fahre nach Hause und wir bringen diese Sache hinter uns. Okay?«
Ohne auf meine Antwort zu warten, verließ er das Haus.

Es war fast Mitternacht, als er mit seinem Auto zurückkam. Wie er gesagt hatte, hatte er seine Millionen Dollar in drei schwarzen Plastiksäcken untergebracht. Wir stellten sie neben mein Geld, das in einem grünen Militärsack steckte. Ich übergab ihm einen Hausschlüssel, damit er in den nächsten Tagen sein Geld vom Ölgeschäft in einem neuen Müllsack in der Grube deponieren konnte.
Die Grube in meinem Haus war jetzt wertvoller als manche Bankfiliale in Ahwaz.

Kapitel 10

Am 15. April 2008 erhielt ich eine E-Mail von der HSBC. Die Verantwortlichen forderten uns auf, ihnen eine Kopie unserer Reisepässe zu mailen. Dies war für die Beschaffung der Visa erforderlich.

Es war mir peinlich, HSBC mitzuteilen, dass ich zuerst allein mit meiner halben Million Dollar anreisen wollte, da mein Partner, Djawad Gorgani, das Resultat dieses Geschäftsprozesses abwarten wollte.

Wie ich erwartet hatte, gab es zuerst keine Reaktion. Denn Gorgani war mit seinen sechs Millionen Dollar für HSBC interessanter als ich mit meiner halben Million. Aber dann waren sie doch einverstanden, zuerst mir eine Einladung für eine Woche zu schicken.

Zehn Tage nach der Zusendung der gewünschten Unterlagen bekam ich per E-Mail die Kopie der Einladung für das Visum. Das Original wurde direkt an das schweizerische Konsulat in Teheran geschickt.

Also musste ich nach Teheran reisen, das Konsulat besuchen und das Visum in meinen Reisepass eintragen lassen. Ich erspare dir die Beschreibung der hektischen und Nerven aufreibenden Reise nach Teheran, die Wartezeit im schweizerischen Konsulat und die Rückreise nach Ahwaz. Die ganze Zeit war ich richtig aufgeregt. Die berauschenden Gedanken, dass ich mit dieser Reise meinem Ziel einen entscheidenden Schritt näher kam, erregte alle meine Sinne und betäubte sie zugleich.

Während der Vorbereitung meiner Reise hatte ich das Gefühl, dass Gorganis Krankheit mich angesteckt hatte. Ich war nervös, ja, unglaublich unruhig, manchmal zitterten meine Hände fürchterlich.

Ich stellte mir vor, bald diese unanständige, ja kriminelle Tätigkeit zu beenden, nach Australien zu reisen und das ersehnte Leben mit Golineh zu beginnen.

Am 3. Mai nahm ich den ersten Zug nach Teheran, fuhr zum Imam Khomeini Airport und flog schließlich in die Schweiz. Dieses Ereignis war für mich ein Wunder; ich war endlich mit meinem eigenen Geld in Europa.

Ich muss erwähnen, dass ich ohne die Hilfe von Gorganis Bruder keine Chance gehabt hätte, mein Vermögen in Höhe von fünfhundertfünfzigtausend Dollar unkontrolliert und problemlos durch den iranischen Zoll zu bringen. Sein Dienst war allerdings nicht umsonst, er hatte vorher angekündigt, dass die Bestechung seiner Kollegen fünfhundert Dollar kosten werde. Ich war trotzdem zufrieden, denn ich hatte einen VIP-Service; man begleitete mich bis zum Flugzeug.

Am Züricher Airport bekam ich auch keine Unannehmlichkeiten; die Zollbehörden jagten nach Drogen und die Polizei suchte Terroristen. Ich und mein Koffer interessierten keinen Menschen.

Die HSBC behandelte mich überaus freundlich.

Die Bearbeitungsgebühr war allerdings dreifach höher, als ich es mir vorgestellt hatte, aber über ihren Service kann man nicht klagen.

Innerhalb von vierundzwanzig Stunden bekam ich eine Kreditkarte und vor allem die Zusage, dass ich jederzeit mein Konto in eine ihrer australischen Filialen verlegen könnte. Ja, ich hatte es geschafft, das war ein unerwartetes Erfolgserlebnis.

Ich wohnte drei Tage in einem Züricher Hotel, einen Block entfernt von dem Restaurant, in dem wir gestern waren. Von dort habe ich dir den anonymen Brief geschickt, in der Hoffnung, dass du etwas mehr auf dich aufpassen würdest.

Von Zürich aus rief ich jeden Tag Golineh in Melbourne an. Sie war überglücklich, dass wir uns bald nach vier Jahren Trennung wiedersehen könnten.

Am zweiten Tag meines Aufenthalts in Zürich stellte sie bei einem unserer Telefonate eine unbequeme Frage, auf die ich keine plausible Antwort hatte. Sie sagte:

»Du hast jetzt dein Geld in einer sicheren Bank. Du hast seit Langem ein Visum für Australien in deinem Reisepass. Wenn du mich liebst und unser gemeinsames Leben fortsetzen möchtest, warum willst du noch in den Iran zurück? Warum setzt du dich nicht einfach in ein Flugzeug und fliegst nach Melbourne? Es gibt nichts im Iran, das dich zwingt, zurückzugehen. Nicht einmal deine Mutter lebt noch dort. Was willst du noch im Iran?«

Natürlich wusste sie nichts von meiner unanständigen Tätigkeit in Ahwaz. Sie wusste auch nicht, dass ich in einer Grube mehr als eine halbe Million Dollar für das Projekt von Ashkani gesammelt hatte.

Ich konnte ihr nicht plausibel erklären, dass ich das Geld Gorgani nicht überlassen wollte oder durfte. Wenn ich nicht zurückginge, würde er auch dieses Geld an sich nehmen. Das konnte ich nicht zulassen. Den Waisen- bzw. Straßenkindern im Bundesland Khuzestan musste geholfen werden. Mit diesem Geld, egal wie schmutzig es war, könnte Ashkani mit seinem Projekt beginnen.

Nein, ich hatte keinen Mut, ein Wort über meine kriminelle Tätigkeit im Iran zu verlieren. Wegen dieses verdammten Geldes hatte ich unzählige schlaflose Nächte hinter mir. Ich hatte endlich die Gelegenheit, mit einer großen Spende meine Seele freizukaufen. Nein, ich durfte auf keinen Fall das Geld Gorgani überlassen.

Unglücklicherweise hatte ich eine Woche vor meiner Reise in die Schweiz vergeblich versucht, Ebrahim Ashkani zu finden, um ihm das Geld zu übergeben. Aber er war weder in seiner Werkstatt noch erschien er im Sportcenter. Niemand wusste, wo er steckte. Wegen der begrenzten Gültigkeit meines Visums konnte ich meine Reise aber nicht verschieben.

Tatsächlich hatte ich keine andere Wahl, ich musste nach Ahwaz zurück, um ihm das Geld zu übergeben und dann für immer aus dem Iran zu verschwinden.

Golineh brachte mich mit einer weiteren Frage in Verlegenheit: »Oder hast du inzwischen eine neue Liebe im Iran?«

Wie konnte ich sie überzeugen? Ich antwortete:

»Warum versuchst du, mich zu kränken? Seit du mich verlassen hast, bin ich dir immer treu geblieben. Du bist meine einzige große Liebe. Bitte warte noch einige Wochen, bis ich bei dir bin. Dann werde ich dir meine Entscheidung erklären.« Ich hatte das Gefühl, dass meine Antwort sie besänftigte, jedoch nicht überzeugte.
Am vorletzten Tag meines Aufenthaltes in der Schweiz wollte ich das Museum Rietberg besuchen. Ich hatte zufällig in meinem Hotel von der Ausstellung der Bilder aus dem 16. Jahrhundert erfahren. Aber leider bekam ich kein Ticket, es war vollständig ausgebucht. Ohne zu wissen, ob ich es schaffen würde, kaufte ich ein Ticket für den 19. Juni. Ich hoffte, bis dahin wieder in der Schweiz zu sein. Natürlich wusste ich nicht, dass ich am 19. Juni dich und deine Frau treffen würde, statt Meisterwerke von Giorgio Barbarelli zu bewundern.
Am 7. Mai landete ich am Flughafen von Ahwaz, wo Gorgani mich freundlich empfing und nach Hause brachte. Unterwegs erzählte er, dass er nur einmal in meinem Haus gewesen war, um einen neuen Müllsack in der Grube zu deponieren. Offenbar lief das Geschäft mit Öl an die Barzahler gut. Meinen Anteil aus der Unterschlagung hatte er in einem großen Umschlag ebenfalls in die Grube gelegt.
Er war äußerst neugierig zu erfahren, wie alles in der Schweiz gelaufen war und welchen Eindruck ich gewonnen hatte.

Je mehr ich von der unkomplizierten Zollabfertigung in Zürich, der freundlichen Aufnahme in der Bank und vor allem davon, dass die Bank für ihre ausländischen Kunden einen Dolmetscher- bzw. Übersetzungsservice eingerichtet hatte, erzählte, desto weniger zuckte sein Gesicht und er fuhr sein Auto relativ ruhig. Am Ende meines Berichtes schien er sehr zufrieden zu sein.
»Das klingt fantastisch. Wann können wir dort hinreisen?«, fragte er, als er sein Auto vor meinem Haus parkte.
»Wenn wir morgen die Kopie Ihres Reisepasses via Internet an die HSBC in Zürich schicken, besteht die Möglichkeit, in vier Wochen gemeinsam in die Schweiz zu fliegen. Sie sollten bis morgen überlegen und mir Ihre Entscheidung mitteilen. Dann werde ich alle erforderlichen Maßnahmen ergreifen.«
»Was gibt es noch zu überlegen? Ich mache mit, Sie sollen so schnell wie möglich den erforderlichen Papierkram erledigen.«
Ich war von der langen Reise und dem mehrmaligen Umsteigen müde und hoffte, dass er mich allein lassen würde. Aber er war in heiterer Stimmung und begleitete mich ohne Aufforderung in mein Haus. Ich machte Tee und gab ihm in der Erwartung eine Tasse, dass er sie wie immer heiß trinken und dann verschwinden würde.
Aber er hatte Zeit und brannte darauf, sich mit mir zu unterhalten.

Ich weiß nicht, worüber er die ganze Zeit sprach, denn ich tat nur so, als ob ich ihm aufmerksam zuhörte. Stattdessen schweiften meine Gedanken die ganze Zeit ab. Ich stellte mir vor, dass ich in den nächsten Tagen Ebrahim besuchen und ihm meinen Anteil vom Ölgeschäft überlassen würde. Er sollte mit der Realisierung seines Projektes beginnen, auch wenn er für die Einrichtung seiner großen Bildungsanstalt und Unterkunft erheblich mehr Geld brauchte.
Um mich die ganze Zeit nicht einfach interesselos, ja passiv zu verhalten, fragte ich:
»Was macht eigentlich Ihr Vorstandskollege, Dr. Nouri, mit seinem Geld?
Er muss inzwischen auch sechs oder sieben Millionen Dollar durch das Ölgeschäft beiseite gelegt haben.«
Eine Weile schaute er mich befremdlich an, dann erwiderte er:
»Sie brauchen sich um diesen Schweinehund keine Sorgen zu machen. Er hat andere Kanäle, um jeden Cent, den er neben seinem Gehalt verdient, sicher ins Ausland zu bringen.
Ich habe einmal erwähnt, dass sein Bruder der Chef des Pasdaran Geheimdienstes in Europa ist. Er hat sein Büro im iranischen Konsulat in Rom. Ein anderer Bruder arbeitet bei dem Außenministerium in Teheran. Die beiden kümmern sich um den Transfer seines Geldes.«
»Wie denn? Per Post?«
»Nein, nicht mit regulärer Post.
Vielleicht wissen Sie schon, dass es zu dem Tagesgeschäft jedes Konsulats gehört, von seinem Mutterland Geheimsendungen zu erhalten.

Laut internationalem Abkommen werden diese Sendungen von ausländischen Zollbehörden nicht geöffnet.
Nouri nutzt diese Möglichkeit und lässt seinen Bruder im Außenministerium mehrere Bündel großer US-Dollar-Scheine in einer gesicherten Verpackung zum iranischen Konsulat in Rom schicken. Der andere Bruder bringt das Geld zur Bank und zahlt es auf sein Konto ein.
Nouri hatte mir öfter vorgeschlagen, dass ich auch diesen sicheren Kanal nutzen sollte, aber ich traue dem Kerl überhaupt nicht. Ich bin sicher, wenn ich ihm das Geld überließe, würde ich keinen Cent davon wiedersehen.« Er trank seinen Tee bis zum letzten Tropfen, fügte leise und mit einem mysteriösen Ton hinzu: »Wenn ich Ihnen einen guten Rat geben darf, Sie sollten diesem Hurensohn und seinem Schäferhund, Mohammad Fallah, aus dem Weg gehen, beide sind nicht vertrauenswürdig.«
»Sie meinen Fallah, den Vertriebschef?«
»Ja genau, dieser Bastard. Er ist ein treuer Spion von Nouri. Er ist genauso gemein und hinterhältig wie sein Boss.
Am schlimmsten aber ist Nouri. Obwohl ich seit Jahren mit ihm befreundet bin und wir viele gemeinsame Projekte erfolgreich durchgezogen haben und ich ihm und seiner Familie öfter geholfen habe, ist er ein beängstigender Feind geworden.
Öffentlich verhält er sich mir gegenüber höflich und kooperativ, ja wie ein großer Bruder, aber hinter meinem Rücken versucht er ständig, die Leute gegen mich aufzuhetzen.
Ich bin sicher, die Flyer, die seit einigen Monaten in der Stadt heimlich verteilt worden sind, hat er gemeinsam mit Fallah organisiert.

Eine Hetzkampagne, die mir sehr gefährlich werden könnte.«
»Flyer? Was für ein Flyer?«
»Ach, Sie wissen das nicht? Die ganze Stadt redet davon. Auf einem Flyer hatte er verkündet, dass ich für den Brandanschlag am 19. August 1978 im Cinema Rex hauptverantwortlich sei. Die Leute, die damals für dieses Attentat bestraft wurden, wären nur Bauernopfer gewesen. Er hat sogar ein aktuelles Bild von mir darauf drucken lassen.
Seit ich diesen verdammten Flyer gesehen habe, traue ich mich nicht mehr, einfach in die Stadt zu gehen, einzukaufen oder in einem Café zu sitzen.« Er blieb eine Minute nachdenklich, während seine Hände begannen zu zittern und sein Gesicht zuckte. Er sah mich ärgerlich an und schrie plötzlich:
»Verdammt noch mal, er weiß ganz genau, dass wir während des Aufstands gegen den Schah von Geistlichen der Heiligen Stadt Ghom ständig Aufträge bekamen, hier und da zu sabotieren. Er weiß auch, dass ich nicht allein alles erledigt habe, sein Busenfreund Fallah sowie weitere 14 Personen waren immer dabei. Außerdem, ich verstehe seine Hetzkampagne nicht; denn der Sachverhalt ist längst vergessen und niemand hat noch Interesse, etwas darüber zu erfahren. Er hat nur ein Ziel, die Leute gegen mich aufzuhetzen.«
»Haben Sie mit ihm darüber gesprochen?«
»Nein, habe ich nicht. Es hat keinen Sinn. Ich bin sicher, er würde alles bestreiten und sich als unschuldig präsentieren. Ich warte, bis er selbst darüber spricht, und hoffe, dass er dabei einen Fehler macht und sich selbst blamiert.

Dann weiß ich, was ich mit diesem Hurensohn und seinem Revolverheld machen würde.«
»Ich verstehe seine Motive nicht. Warum macht er das? Sie sagten doch gerade, er sei ein guter Freund.«
»Guter Freund? Er ist doppelzüngig. Was will er mit seiner Hetzkampagne erreichen? Ganz einfach, erstens ist er scharf auf mein Geld, als ob er selbst nicht genug hätte. Zweitens möchte er meinen Posten, und zwar nicht für sich selbst, sondern er möchte seinen ältesten Sohn auf meinem Stuhl platzieren.
Er hat drei Söhne, zwei studieren in den USA und der dritte, ein unfähiger, fauler Affe, arbeitet auch im Öl-Ministerium, aber in der Filiale Abadan. Jeder weiß, dass der Kerl opiumsüchtig ist, und wenn er mal in seinem Büro auftaucht, schläft er stundenlang an seinem Arbeitsplatz. Man wollte ihn schon des Öfteren suspendieren, aber ich und meine Kumpel in Abadan haben es verhindert.
Stellen Sie sich vor, ein fauler Junkie soll Leiter der Personaldirektion Ahwaz werden! Was für eine absurde Vorstellung. Es dürfte allen in unserer Firma bekannt sein, dass ich fest im Sattel sitze. Solange Ayatollah Khamenei hinter mir steht, kann niemand an meinem Stuhl sägen. Ich verstehe nicht, warum er so dumm ist.
Offenbar ist die Idee mit dem Flyer sein letzter Schachzug. Er hofft, dass einer von diesen Terroristen, einer von diesen gottverdammten Regierungsgegnern mich auf der Straße erkennt und möglicherweise umlegt.
Er stellt sich vor, dass er, wenn die Stelle auf einmal vakant ist, seinen Kumpel Präsident Ahmadinejad bitten kann, ihn bei seinem Vorhaben zu unterstützen. Ich habe allerdings keine Vorstellung, wie er an mein Geld kommen will.

Aber lass den Idioten weiter träumen, ich bleibe Personalchef und sein Sohn bleibt ein hoffnungsloser Junkie.«
Eigentlich war mir das, was er erzählte, völlig gleichgültig. Der ganze Regierungsapparat mit seinem korrupten und brutalen Management machte mich krank. Von mir aus könnten sie sich gegenseitig umbringen.
Nur ein Wunsch erfüllte mich: Ich wollte endlich mein Leben zurück, wollte von diesem stinkenden Sumpf weg und mit Golineh zusammenleben. Nur eine Aufgabe war noch zu erledigen: Das Geld aus der Grube Ashkani zu überlassen.
Ich war froh, als er endlich realisierte, dass ich müde war und sein langweiliges Gejammer nicht hören konnte. Er stand auf und sagte lächelnd:
»Ich sehe, Sie sind völlig erschöpft. Schlafen Sie gut, wir sehen uns morgen gegen neunzehn Uhr in meinem Büro.«
Dann ließ er mich endlich allein.

Kapitel 11

Am nächsten Tag versuchte ich erneut, Ashkani zu finden. Leider traf ich ihn weder in seiner Werkstatt an noch wusste dort jemand, wo er seit Wochen steckte. Ich hinterließ eine Nachricht in seinem Büro, er sollte mich umgehend anrufen.
Mein Besuch bei Gorgani um 19:00 Uhr war ermutigend. Er hatte entschieden, so schnell wie möglich sein Geld bei der HSBC in der Schweiz zu lagern. Ich sollte bei einem Reisebüro in der Stadt zwei Flugtickets kaufen. Die gesamten Reisekosten wollte er mir nach unserer Rückkehr aus der Schweiz erstatten.
Ich kaufte die Tickets und reservierte zwei Plätze für Dienstag, den 16. Juni 2008, und den Rückflug zwei Tage später, allerdings nur für Gorgani. Ich hatte vor, ihn nach Beendigung seiner Geldangelegenheit in der Schweiz bis zum Flughafen zu begleiten und mich dann zu verabschieden. Dort wollte ich ihm eröffnen, dass ich nicht mehr in den Iran zurückkehren würde. Er könnte meine Bude für seine wertvollen Plastiksäcke weiter benutzen.
Zurück im Büro mailte ich die Kopie unserer Tickets sowie die Kopie seines Reisepasses an die HSBC und erklärte stolz, dass es sich dieses Mal um mindestens sechs Millionen Dollar handelte.
Es dauerte nur einen Tag, bis sie zwei Einladungen, gültig für den Monat Juni, an meine E-Mail-Adresse zurückschickten.
Wir mussten beide nach Teheran reisen, das Schweizer Konsulat besuchen und die Visa erlangen, was für Gorgani nicht angenehm war.

Er jammerte über das aufwändige Verfahren. Aber ich versuchte weiterhin ihn bei Laune zu halten. Dennoch muss ich sagen, war unsere gemeinsame Reise nach Teheran für mich eine unerträgliche Zumutung. Fünfzehn Stunden in einem Nachtzug mit einem Mann, der nie aufhörte, viele unwichtige Dinge zu erzählen und eine Zigarette nach der anderen rauchte. Bei jedem Thema zuckte sein Gesicht entsetzlich. Auch sein Benehmen im Schweizer Konsulat war beschämend. Er war laut, unhöflich und aufdringlich.

In Teheran musste ich ihn auf einen Basar begleiten, weil er einen Koffer für den Transport seines Geldes brauchte. Wir besuchten mindestens zehn Geschäfte, bis er den billigsten Koffer gefunden hatte. Auf dem Weg nach Ahwaz meinte er trotzdem, dass der Preis zu hoch gewesen sei. Angeblich hätte der Verkäufer ihn über den Tisch gezogen.

Ich strengte mich die ganze Zeit an, ruhig zu wirken und seine Beschwerden nicht ernst zu nehmen.

Als wir wieder in Ahwaz waren, fuhren wir gemeinsam zu seinem Büro und reservierten via Internet zwei Einzelzimmer im selben Züricher Hotel, in dem ich das letzte Mal übernachtet hatte.

Am 11. Juni gegen 21:00 Uhr besuchte er mich wie vereinbart in meinem Haus. Er trug den Koffer, den er in Teheran gekauft hatte, bei sich. Nachdem er seinen Tee wie gewohnt ungeduldig und heiß getrunken hatte, holten wir seine Plastiksäcke aus der Grube heraus und legten Hunderte Bündel von Dollarscheinen ordentlich in den Koffer.

Ich hatte in meinem Leben noch nie so viel Geld gesehen wie an diesem Abend. Er hatte selbst keine Vorstellung, wie viel Geld es wirklich war.

Während des Verpackens zählten wir konzentriert zusammen, es waren 6,52 Millionen Dollar.
Zum ersten Mal in unserer Beziehung verhielt er sich mir gegenüber etwas schüchtern. Er vermied es, mir in die Augen zu schauen. Ob er merkte, was ich über ihn dachte?
Selbstverständlich war mein Anteil in der Grube ebenso gestohlenes Geld. Aber aus meiner Sicht lag der Unterschied nicht in der Menge, sondern in der Beziehung zu der Beute. Ich war zwangsweise in seinen Besitz gekommen und hatte es auf keinen Fall haben wollen. Er jedoch hatte das ganze Verfahren selbst ins Rollen gebracht und verfolgte die Absicht, dieses als sein Eigentum an einem sicheren Ort aufzubewahren.
Als er den Koffer in die Grube stellen wollte, bemerkte er meinen grünen Militärsack.
»Ich nehme an, in dieser Militärtasche lagert der Rest Ihres Geldes. Wollen Sie ihn nicht in die Schweiz bringen?«, fragte er erstaunt.
»Nein, das will ich nicht.« Als er mich verwirrt ansah, sagte ich weiter: »Wir sollten uns bei dieser Reise ausschließlich auf Ihre Angelegenheit konzentrieren.«
Er war mit meiner Antwort nicht sonderlich zufrieden, aber verzichtete ausnahmsweise auf einen Kommentar.
Wir stellten seinen Koffer in die Grube neben meinen grünen Militärsack, verschlossen die Klappentür wieder, legten den Teppich darauf und stellten die Couch wieder auf ihren ursprünglichen Platz.
Gegen 23:00 Uhr, bevor er mich verließ, gab ich ihm sein Flugticket und wir stimmten noch einmal unseren Reiseplan ab.

Am 16. Juni sollte er mit seinem Auto zu mir kommen, um mich abzuholen und gemeinsam zum Flughafen Ahwaz zu fahren. Sein Auto wollte er am Flughafen in einem Parkhaus abstellen. Spätestens um 6:00 Uhr sollte ich mit seinem Koffer vor der Haustür auf ihn warten. Er betonte zum dritten Mal, dass ich über unsere Reise mit niemandem sprechen sollte. Ich wiederholte noch einmal, dass er seinen Reisepass nicht vergessen dürfte.
Da ich wusste, dass ich nach dem 16. Juni nicht mehr in mein Haus zurückkommen würde, packte ich einige persönliche Sachen wie meine Kamera, Familienbilder, Briefe etc. in eine Reisetasche und in meinen Rucksack. Es stimmte mich traurig, alle meine Bücher dort zurücklassen zu müssen.
In dieser Nacht kämpfte ich mit meinen beunruhigenden Gedanken: Was sollte ich tun, wenn ich Ebrahim Ashkani nicht finden würde? Ich hoffte, dass ich ihn in den nächsten Tagen treffen und ihm den grünen Militärsack überlassen konnte.
Diese unruhige und bekümmerte Nacht führte dazu, dass ich erst um 4:00 oder 5:00 Uhr in einen tiefen Schlaf versank. Als ich wach wurde, war es bereits 10:00 Uhr vormittags. Ohne Frühstück eilte ich ins Büro.
Schon im Erdgeschoss des Firmengebäudes bemerkte ich, dass überall eine hektische, ja merkwürdige Stimmung herrschte. Ein Polizeiauto stand vor dem Eingangstor und mehrere Polizisten liefen hier und da herum. Meine Kollegen erschienen mir sonderbar. Man flüsterte mit erschreckten Gesichtern miteinander, man schüttelte fassungslos den Kopf.
»Haben Sie die furchtbare Nachricht gehört?«, fragte meine Sekretärin mit einem traurigen Gesichtsausdruck.

Ich schaute sie interessiert an und sie sagte mit fast weinerlicher Stimme weiter: »Heute Morgen hat man Herrn Gorgani ermordet.«
»Was? Was erzählen Sie da?«, fragte ich entsetzt.
»Laut Aussage der Polizei hat man Herrn Gorgani heute Morgen um 7:30 Uhr an einer Straßenkreuzung überfallen, ihn in seinem Auto misshandelt und dann sein Auto mit einem Kanister Benzin in Flammen gesetzt. Einige Passanten hatten den Überfall gesehen und die Feuerwehr alarmiert. Doch es hat ihm nicht geholfen, denn als die Feuerwehr an der Unfallstelle ankam, war er bereits verbrannt. Bis jetzt weiß niemand, warum und wer hinter diesem mörderischen Attentat steckt. Anhand des Nummernschildes seines Autos konnte die Polizei feststellen, wem das Auto gehörte und schließlich wer der Fahrer war. Sie informierten erst seine Familie und dann, vor einer Stunde, die Geschäftsleitung.«
Ich war erschüttert. Ich weiß nicht, wie lange ich wie elektrisiert dastand und versuchte, zu begreifen, was sie mir erzählte. Offenbar hatte die Aktion mit dem Flyer doch funktioniert, war mein erster Gedanke. Man hatte ihn für seine mörderische Tat während der Revolution bestraft.
Um ehrlich zu sein, hatte ich zunächst kein besonderes Mitleid mit Gorgani. Er war einer der brutalen Mörder von mehreren hundert unschuldigen Menschen, die im Cinema Rex Abadan das gleiche Schicksal erlebt hatten wie er nun. Er war auch durch und durch skrupellos. Doch da ich in der letzten Zeit viel mit ihm zu tun gehabt hatte und er bei der Realisierung eines Teils meines Planes behilflich gewesen war, konnte ich mich nicht über seinen Tod freuen, im Gegenteil, es tat mir leid.

Dennoch musste ich versuchen, meinen Reiseplan aufrecht zu erhalten und jetzt ohne ihn aus dem Iran zu verschwinden.

Gegen 12:00Uhr bekam ich einen Anruf von Dr. Nouri, ich sollte ihn in seinem Büro aufsuchen.

Während meiner Tätigkeiten in Ahwaz hatte ich selten die Gelegenheit gehabt, mit ihm dienstlich in einem Raum zu sitzen. Wir sahen uns meistens in der Kantine oder auf dem Flur, aber wir hatten kaum direkt miteinander zu tun.

Er war ein kleiner Mann, ca. 160 cm groß, ein kleines knochiges Gesicht, kurze Arme, kleine kohlschwarze Augen hinter einer randlosen Metallbrille und kurze graue Haare. Trotz seiner unauffälligen Erscheinung strahlte er eine Autorität aus, die nicht nur von seinem Posten herrührte, sondern auch aus seiner Natur. Das Bemerkenswerteste an ihm war seine hohe, metallische Stimme mit weitreichender Modulation. Als ich ihm gegenübersaß, verkündete er mit einem traurigen Gesicht:

»Aus gegebenem Anlass habe ich Herrn Fallah angeordnet, ab sofort die Rechnungen von Barzahlern nicht mehr zu verändern. Wir müssen abwarten, bis der Nachfolger von Herrn Gorgani bestimmt wird. Dieser plötzliche Zustand, wirtschaftlich gesehen, ist für alle Mitglieder des Vereins unangenehm, ja ärgerlich. Aber wir müssen äußerst vorsichtig sein.«

Ich sah ihn befremdet an. Kein Statement über seine Gefühle zu Gorganis Tod, kein Kommentar zum Grund dieses Attentats, nichts, offenbar wollte er nur über unsere tägliche Unterschlagung reden. Er sagte weiter: »Ich gehe davon aus, dass in den nächsten Tagen mehrere Beamte des Geheimdienstes hierher kommen werden,

um herauszufinden, wer hinter diesem Attentat steckt. Daher können wir unsere Aktion vorläufig nicht fortsetzen.« Dann schaute er mich forschend an und sagte: »Der Tod von Herrn Gorgani muss für Sie besonders schmerzlich sein. Er war Ihr bester Freund.«
»Ja, ich bin von seinem Tod erschüttert. Aber ich muss Sie korrigieren, er war nicht mein bester Freund, er war ein guter Kollege.«
Er blieb eine Weile still, zog dann die Augenbrauen hoch und sagte:
»Wenn ich richtig informiert bin, haben Sie sich gegenseitig öfter besucht.«
Ich erschrak. Woher wusste er von unseren Treffen? Was wusste er noch? Ich antwortete ruhig:
»Das ist richtig. Wir haben uns einige Male außerhalb der Firma getroffen. Wissen Sie, er hatte die Absicht, in Europa einen Spezialisten für Neurologie aufzusuchen und seine Krankheit behandeln zu lassen. Da das Internet für ihn eine neue Welt war, bat er mich, ihm dabei zu helfen.«
»Interessant. Oder wollte er gleichzeitig sein Geld ins Ausland bringen?«
»Möglich. Ja, er hatte einmal erwähnt, dass er sein Geld nicht mehr zu Hause aufbewahren wollte. Er meinte, dass so viele Leute in seinem Haus wohnten.«
Plötzlich stand er auf, kam ganz nah zu mir und sagte mit seiner schrillen Stimme:
»Das ist gerade unser Problem. Er bewahrte sein Geld immer zu Hause auf, wo fast zwanzig Leute wohnen. Nachdem er nun tot ist, besteht durchaus die Möglichkeit, dass jemand sein Geld findet und davon Gebrauch macht. Stellen Sie sich vor, was passieren würde, wenn Millionen Dollar in großen Scheinen in den Besitz einer oder mehrerer dieser dummen Personen fallen würden.

Ich meine, das kann nie gut gehen. Nach dem Wechseln der ersten tausend Dollar in dieser Stadt wird er oder sie auffällig. Wenn ein Agent des Pasdaran zufällig diesen Geldwechsel beobachtet, möchte er wohl wissen, woher diese großen US-Dollar-Scheine kommen.
Wenn die Antwort lautet: Das Geld und weitere Millionen Dollar gehören dem verstorbenen Gorgani, dann sind wir alle verloren. Begreifen Sie, was ich meine?
Man möchte wissen in einer Provinz, wo keine US-Firmen oder US-Bürger ansässig sind, wo man ausschließlich mit iranischer Währung zahlt, woher Gorgani so viele Dollarscheine hatte. Man wird einige Spezialisten des Pasdaran Geheimdienstes hierher schicken, um herauszufinden, ob das Geld vom Ölgeschäft stammt.
In der Tat, wenn seine Familie beginnt, jeden Tag ein Bündel Dollarscheine in die iranische Währung umzutauschen, werden wir alle große Probleme bekommen.
Die Indizien sind glasklar. Ein Personalchef mit einem normalen Gehalt kann unmöglich so viele US-Dollar besitzen.
Dann geht es mit der Untersuchung los. Man möchte wissen, wie er in den Besitz von so viel Geld kam und, wenn es aus dem Ölgeschäft stammte, wer mit ihm zusammengearbeitet hat.
Im Interesse aller Mitglieder unseres Vereins muss ich eine solch skandalöse Situation verhindern.
Sie sollten die Untersuchungsmethoden des Pasdaran Geheimdienstes nicht unterschätzen. Sie werden alle befragen, alle Rechnungen unter die Lupe nehmen.
Sie werden mit allen unseren Barzahler-Kunden Kontakt aufnehmen. Und Sie, als Leiter des Finanzwesens, der die Ordnungsmäßigkeit jeder Rechnung eigenhändig bestätigt hat, werden am meisten Probleme bekommen.

Ich bin sicher, es würde nicht eine Woche dauern, bis sie von der Existenz unseres Vereins erfahren würden. Verstehen Sie, worauf ich hinaus will?« Ich verstand, was er sagen wollte, aber ich blieb reglos und schweigsam. Er fügte verbittert hinzu: »Ich habe diesem dummen Kerl tausende Male gesagt, lass mich dir helfen, lass mich mit Unterstützung meiner Leute dein Geld ins Ausland bringen. Aber er hörte mir nicht zu. Er sagte, ich brauche mir keine Sorgen zu machen, er wisse, was er tut. Jetzt haben wir den Salat, wir sind alle in Gefahr.«

Er erwartete wohl, dass ich durch seine düstere Lagebeschreibung nervös werden würde. Aber ich war immer noch ruhig und schaute ihn die ganze Zeit mit ausdruckslosem Blick an. Schließlich wusste ich, dass die beängstigende Situation, die er von Minute zu Minute dramatisierte, nicht eintreten konnte. Das Geld war in der Grube meines Hauses. Er ging wieder zu seinem Schreibtisch und sprach weiter:

»Mit ein paar Mitgliedern unseres Vereins werde ich heute Gorganis Familie besuchen. Ich werde ihnen mitteilen, dass wir sein Arbeitszimmer durchsuchen müssen, weil er ein wichtiges Dokument mit nach Hause genommen hatte. Vielleicht haben wir Glück, vielleicht finden wir sein Geld und verstecken es für einige Monate an einem sicheren Ort, bis die Lage sich beruhigt hat. Ich denke, mit dieser Aktion retten wir seinen Ruf, aber auch unsere Existenz.« Er hielt inne und fragte dann: »Wollen Sie bei dieser heimlichen Durchsuchung dabei sein?«

»Nein, heute kann ich leider nicht. Ich habe viel zu tun. Außerdem wäre es besser, wenn Sie nur mit einer oder zwei Personen dort auftreten. Seine Familie würde bestimmt misstrauisch, wenn so viele fremde Leute sein Arbeitszimmer auseinander nehmen würden.«

Er blieb für eine Weile nachdenklich, dann nickte er bestätigend und sagte:
»Sie haben recht. Wir müssen vorsichtig sein. Ich werde Sie morgen über unsere Untersuchung informieren.«
Ich blieb nicht lange in der Firma und machte mich gleich auf die Suche nach Ebrahim Ashkani.
Unterwegs waren meine Gedanken völlig durcheinander und ich fragte mich, warum ich ihm nicht die Wahrheit erzählt hatte. Ich könnte ihn beruhigen und sagen: Du brauchst nicht sein Arbeitszimmer durchsuchen, sein gesamtes Geld befindet sich in meinem Haus.
Aber was würde er mit seinem Geld machen? Mit großer Sicherheit würde er das Geld weder Gorganis Hinterbliebenen überlassen noch der iranischen Staatskasse zur Verfügung stellen. Nein, auch wenn er wollte, könnte er es nicht. Er hatte gute Gründe, das Geld selbst zu übernehmen, was er nach Gorganis Aussage sowieso beabsichtigt hatte.
Der zweite Gedanke, der mich nicht losließ, war, *das* gesamte Geld Ebrahim Ashkani zu überlassen. Ich meine den Inhalt meines grünen Militärsacks und Gorganis Koffer, ein Vermögen von über sieben Millionen Dollar. Mit diesem riesigen Kapital könnte er den gesamten Plan für die Einrichtung mehrerer großer Werkstätten und Unterkünfte für seine Schüler in die Tat umsetzen. Er könnte damit Hunderte von Waisen- bzw. Straßenkinder von Armut und Perspektivlosigkeit befreien.
Die Idee war brillant, dennoch nicht unproblematisch. Ich müsste dafür sorgen, dass uns bei der Geldübergabe niemand beobachtete, und Ashkani dürfte das Geld nicht in Ahwaz umtauschen.

Denn wie Nouri meinte, der Umtausch von Millionen Dollar in die iranische Währung, zumal in einer relativ kleinen Stadt, war zu auffällig.

Ich fuhr direkt zu seiner Werkstatt und war wieder maßlos enttäuscht, dass er immer noch nicht da war.

Ich stand da und musste über diesen Zustand lachen. Denn das war eine komische, ja außergewöhnliche Situation. Vor seiner Werkstatt stand ein verzweifelter Mensch, der ihm Millionen Dollar schenken wollte, und er wusste nichts davon.

Ich klebte wieder einen Zettel auf seinen Schreibtisch und bat ihn, mich dringend anzurufen. Dann fuhr ich enttäuscht nach Hause.

Nach dem Abendbrot setzte ich mich ins Wohnzimmer und sah im Fernsehen einen ausführlichen Bericht über den Fall Gorgani.

Ich war erschüttert, als sie sein zerstörtes Auto zeigten. Von seinem neuen Auto waren nur eine ausgebrannte Karosserie und ein Haufen zersplittertes Glas zu sehen.

Laut Bericht des TV-Moderators wurde der Fahrer des Autos, Djawad Gorgani, zuerst in seinem Auto bewusstlos geschlagen, mit einer Stahlkette an seinen Sitz gefesselt und dann mit mindestens zehn Litern Flugzeugbenzin in Brand gesetzt. Man wusste immer noch nicht, wer hinter diesem brutalen Attentat steckte.

Meine Ergriffenheit über die Art und Weise, wie man ihn getötet hatte, war so stark, dass ich zuerst nicht bemerkte, dass jemand an die Tür klopfte.

Zunächst dachte ich erleichtert, dass es Ashkani war. Als ich eilig die Tür öffnete, war ich völlig überrascht, dass Dr. Nouri davor stand. Er schien ziemlich aufgeregt.

»Warum lassen Sie mich so lange draußen warten?«, sagte er wütend und betrat den Flur.

Er klagte weiter: »Ich stehe seit fünf Minuten vor Ihrer Haustür. Entweder die verdammte Klingel funktioniert nicht oder Sie sind schwerhörig.«
»Es tut mir leid, ich habe gerade einen Fernsehbericht über das Attentat auf Gorgani gesehen. Es war furchtbar, ich bin außer mir.«
»Ich muss mit Ihnen noch einmal ernsthaft über diesen verdammten Gorgani sprechen. Er hat keinen Cent zu Hause.«
»Kommen Sie herein. Wollen Sie etwas trinken?«
»Nein, ich bin sehr müde und habe wenig Zeit. Ich versuche den ganzen Nachmittag herauszufinden, wo Gorgani sein Geld versteckt hatte.« Er betrat das Wohnzimmer, warf einen forschenden Blick auf alles und sagte weiter: »Wir dürfen keine Zeit verlieren. Wir müssen sein Geld finden, bevor es jemand in die Finger bekommt. Ich bin inzwischen überzeugt, dass Gorgani kurz vor seinem Tod das Versteck seines Geldes gewechselt hat.« Er setzte sich an die Stelle, wo Gorgani immer gesessen hatte, und sagte weiter: »Heute Nachmittag besuchte ich gemeinsam mit Herrn Fallah seine Familie. Offenbar war er in seiner großen Familie nicht sonderlich beliebt. Jedenfalls habe ich niemanden dort gesehen, der wegen seines Todes weinte oder traurig war. Als ich ankündigte, dass wir sein Arbeitszimmer und den Keller durchsuchen müssten, um einige wichtige Dokumente zu finden, war fast die gesamte Familie kooperativ.
Drei Stunden lang haben wir das Haus und den Keller durchsucht, sogar die Schränke in allen anderen Zimmern geprüft; nichts, gar nichts.
Einer seiner Schwiegersöhne sagte etwas Interessantes. Er erzählte, dass er gestern Abend aus seinem Zimmer beobachtet hatte, dass Gorgani einen großen Koffer in

sein Auto getragen hatte und eilig weggefahren war. Keiner in seiner Familie hatte die geringste Ahnung, was in dem Koffer sein könnte.« Er sah mich mit seinen kleinen Augen verdächtig an und sagte weiter: »Ich dachte, da er mit Ihnen über alles gesprochen hat, wissen Sie vielleicht, ob in dem Koffer Geld steckte und gegebenenfalls wohin er ihn transportiert hat.
Halt, bevor Sie etwas dazu sagen, denken Sie nach. Er ist tot und Sie brauchen ihn nicht mehr zu unterstützen. Wir müssen diesen verdammten Koffer finden, bevor der Geheimdienst davon erfährt.«
Einen Augenblick dachte ich, dass er mich mit einem Satz wie *„Ich weiß es nicht"* nicht einfach in Ruhe lassen würde. Er wollte für seine hartnäckige Nachforschung ein positives Resultat haben. Da ich mich für meine heimliche Reise ins Ausland ungestört vorbereiten und ihn einige Tage loswerden wollte, musste ich ihm etwas geben; irgendeinen Anhaltspunkt, mit dem er sich ernsthaft beschäftigen konnte. Ja, ich musste eine glaubwürdige Geschichte erzählen, um ihn in eine andere Richtung zu lenken.
Ich schaute in seine feindseligen Augen, die mich hinter den kleinen Gläsern forschend anstarrten und sagte:
»Eigentlich habe ich ihm versprochen, sein Geheimnis niemandem zu verraten. Aber da er tot ist und vor allem, wie sie sagten, das Auftauchen seines Geldes in einer Bank oder auf dem Schwarzmarkt für unseren
Verein problematisch sein könnte, muss ich wohl sagen, was ich weiß.« Jetzt sah er mich völlig entspannt an. Sogar ein kleines triumphierendes Lächeln zuckte um seine Mundwinkel. Ich sprach weiter: »Gorgani hatte eine Geliebte in der Stadt Pardis. Er besuchte sie regelmäßig. Ich vermute, er hat das Geld dort deponiert.«

Prompt verschwand das Lächeln von seinen dünnen Lippen. Für eine lange Weile sah er mich streng an. Ich denke, er versuchte, meine Aussage richtig zu bewerten. Dann sagte er ziemlich leise:
»Das ist mir aber neu. Eine Freundin? Wie heißt die Dame?«
»Oh, ich weiß nicht. Ich weiß auch nicht, wo sie in Pardis wohnt, falls das Ihre nächste Frage sein sollte. Er hatte nur einmal erwähnt, dass sie eine ideale Frau sei und es höchste Zeit sei, mit ihr zusammenzuleben.«
»Und warum sind Sie sicher, dass er sein Geld dort versteckte?«
»Ich sagte, ich vermute es. Er hat betont, dass er seiner Geliebten in Pardis mehr vertraue als seiner gesamten Familie. Ich glaube, er hatte sogar die Absicht, sie zu heiraten. Kein Wunder, Sie haben eben angedeutet, dass niemand in seiner Familie über seinen Tod traurig ist. An seiner Stelle hätte ich mein Geld auch nicht zu Hause aufbewahrt. Was hat sein Schwiegersohn genau gesagt? Wann hat er sein Geld dort hingebracht?«
»Gestern Abend. Ob er sein Geld zu der unbekannten Freundin transportiert hat, muss man genau untersuchen. Nach Aussage seines Schwiegersohnes war er nach zwei Stunden wieder zu Hause.«
»Das kann doch hinkommen. Pardis ist ca. 35 Kilometer entfernt von Ahwaz.«
Ich war nicht sicher, ob er mir meine Geschichte abkaufte. Denn sein Gesicht war immer noch geprägt von Misstrauen und Verzweiflung. Er fragte:
»Haben Sie eine Idee, wie wir seine Geliebte finden können?«

»Nein, keine Ahnung. Ich sagte schon, ich weiß nicht, wie sie heißt, wie sie aussieht, wo sie genau wohnt. Ich denke, wir müssen warten, bis sie einen Fehler begeht.«
»Fehler? Was für einen Fehler?«
»Ich meine, sie muss auch inzwischen vom Schicksal ihres Geliebten erfahren haben. Er ist tot und sie ist jetzt Inhaberin von Millionen Dollar. Sie wird das Geld bestimmt nicht Gorganis Familie überlassen. Vielleicht versucht sie, erst ein paar Scheine in die iranische Währung umzutauschen und damit schöne Schuhe oder teure Klamotten zu kaufen. Wenn das einmal funktioniert, wird sie es vielleicht wiederholen.
Wenn Sie die Möglichkeit haben, die Banken und privaten Geldstuben in dieser Stadt überwachen zu lassen, besteht durchaus eine große Chance, sie zu erwischen. Meinen Sie nicht?«
Wieder blieb er minutenlang nachdenklich. Ich konnte spüren, dass ihm meine Geschichte überhaupt nicht gefiel. Er suchte eine schnelle Lösung. Das Phänomen unbekannte Frau passte nicht in sein Konzept. Dann sah er mich kalt an und erwiderte:
»Ihr Vorschlag ist zu kompliziert. Was passiert, wenn sie ein Jahr wartet, bis über diesen Mist Gras gewachsen ist? Wie lange sollen sich meine Leute in dieser verdammten Stadt herumtreiben?«
»Einerseits haben Sie recht, man weiß nicht, wann sie auf die Idee kommt, ein paar Scheine in die iranische Währung umzutauschen.
Wenn sie andererseits tatsächlich ein Jahr wartet und somit Gorganis Geld nirgendwo auftauchen würde, bestünde für unseren Verein keine Gefahr mehr.
Ich meine, da in den Banken und in privaten Wechselstuben keine auffälligen Geldgeschäfte stattfinden, würde

der Pasdaran Geheimdienst nichts Verdächtiges bemerken und wir keine Unannehmlichkeiten bekommen. Wenn ich Sie richtig verstanden habe, waren das genau Ihre Sorgen.«

Jetzt starrte er mich böse an. Wir beide wussten, dass er nur an Gorganis Geld herankommen wollte. Seine beängstigende Warnung vor der Untersuchung des Pasdaran Geheimdienstes war lediglich ein furchterregendes Ablenkungsmanöver gewesen. Ich sah deutlich in seinem Gesicht, dass er keine weiteren Argumente hatte.

Er bewegte sich langsam zur Haustür und sagte:

»Die Überwachung der Geldinstitute in Pardis ist aufwändig, aber machbar. Ich werde darüber nachdenken, ob und wer mit dieser unangenehmen Aufgabe beauftragt werden kann.

Kommen Sie morgen gegen 10:00 Uhr in mein Büro. Wir sollten beide überlegen, wie wir gemeinsam dieses ungeheure Problem aus der Welt schaffen können.«

Als er mein Haus verließ, war ich über mich selbst erstaunt, aber auch stolz auf mich. Ich hatte nicht nur sein Misstrauen gegenüber mir etwas reduziert, mit dieser imposanten Lüge hatte ich auch etwas Zeit gewonnen, um das gesamte Geld Ebrahim Ashkani zu überlassen und dann heimlich aus dieser manipulativen Gesellschaft zu verschwinden.

Kapitel 12

Am 12. Juni klingelte am späten Abend mein Telefon. Ich dachte, es sei Direktor Nouri. Vielleicht war ihm etwas Neues eingefallen und er hatte noch einige Fragen bezüglich Gorganis Koffer oder der unbekannten Dame in Pardis.
Ich griff zum Hörer und bemerkte sofort, dass es nicht Nouri war, sondern Ebrahim Ashkani.
»Bitte entschuldige, dass ich so spät anrufe«, sagte er verlegen. »Ich komme gerade aus Teheran zurück und habe deinen Zettel gesehen. Du hast darauf geschrieben „dringend anrufen". Was ist passiert? Ist alles in Ordnung?«
»Ja, alles bestens. Ich bin froh, dass du dich endlich meldest. Kannst du gleich zu mir kommen?«
»Jetzt sofort? Es ist fast Mitternacht.«
»Ja, ich weiß. Wenn du dich aber jetzt in dein Auto setzt und zu mir fährst, würdest du mir einen großen Gefallen tun.«
Ich glaube, er bemerkte an dem Klang meiner Stimme, dass es sehr dringlich war. Er sagte, er werde in zehn Minuten bei mir sein.
Ich stand auf, zog meine Sachen wieder an und setzte Teewasser auf. Als er sein Auto vor meinem Haus parkte, öffnete ich die Haustür und empfing ihn mit einer stürmischen Umarmung.
Wir waren zwar gut befreundet, aber mein emotionsgeladenes Benehmen war für ihn ziemlich überraschend.
Ich ließ ihn gar nicht zu Wort kommen, sondern bat ihn, sich auf die Couch zu setzen, seinen Tee zu trinken und mir aufmerksam zuzuhören. Ich war so aufgeregt, dass ich nicht wusste, wo ich anfangen sollte.

Aber dann nahm ich mich zusammen und erzählte die ganze Geschichte. Von meiner Tätigkeit beim Ölministerium, von dem Verein und der Manipulation der Ölrechnungen, von meinem kurzen Besuch in der Schweiz, von Gorgani und der Verlegung seines Geldes in mein Haus und schließlich von seiner Ermordung. Mit besorgter Stimme informierte ich ihn über den Besuch Nouris und seine gierige Jagd nach Gorganis verstecktem Geld. Dann sagte ich, was ich ihm schon in den letzten Tagen unbedingt mitteilen wollte:
»Ich habe entschieden, bevor ich den Iran verlasse und zu meiner Frau nach Australien reise, das gesamte Geld für dein Projekt zur Verfügung zu stellen. Das muss aber schon heute Abend geschehen, weil ich nicht ausschließen kann, dass Nouri und seine Leute mein Haus bald gründlich durchsuchen werden.«
Er sah mich die ganze Zeit schweigend und mit leuchtenden Augen an. Während ich, ohne Luft zu holen, meine Geschichte erzählte, schüttelte er manchmal ungläubig seinen Kopf und drückte sein Erstaunen mit einem leisen Aufschrei aus.
Als ich mit meiner Erzählung endete, blieb er noch eine Weile schweigend. Ich glaube, er konnte nicht alles richtig begreifen, was ich in weniger als dreißig Minuten erzählt hatte. Aber allmählich leuchtete eine freudige, nicht unterdrückbare Erregung in seinem Gesicht auf. Seine dunkelbraunen Augen waren von Tränen verschleiert. Endlich sprach er:
»Ich kann kaum fassen, was du alles erzählt hast. Das ist unglaublich, das geht weit, weit über mein Vorstellungsvermögen hinaus.
Habe ich dich richtig verstanden, dass du in deinem Haus jede Menge Geld hast und dieses mir überlassen willst?«

»Ja, das hast du richtig verstanden. Aber das ist nicht mein eigenes Geld, das ist gestohlenes Geld. Dieses Geld kann weder in die iranische Staatskasse zurückgeführt werden noch darf es die Öl-Mafia in die Finger bekommen. Dieses Geld ist der Anteil des iranischen Öls für die Ausbildung der Waisen- und Straßenkinder. Mit diesem Geld kannst du das gigantische Projekt, das du mir einmal vorgestellt hast, realisieren. Wenn du das wirklich schaffst, was du vorhattest, würdest du mich von meinem schlechten Gewissen befreien. Ich würde für meine kriminelle Zusammenarbeit in diesem Verein einen Sinn finden.

Ich bin kein abergläubischer Mensch, aber ich würde mir einreden, dass die ganze Aktion von einer unbekannten Macht vorbestimmt war; das war ein Meisterwerk des Schicksals.« Er war immer noch sprachlos und schaute mich verwundert an. Ich fragte:

»Also, was sagst du dazu? Willst du das Geld für dein Projekt haben oder nicht?«

»Natürlich möchte ich es haben. Über welchen Betrag reden wir eigentlich?«

»Mit meinem Anteil reden wir von mehr als 7 Millionen Dollar.«

»Wie viel? Sag das noch einmal.«

»Genau gesagt: 7,125 Millionen Dollar.«

»Das ist unglaublich. Das ist wahnsinnig. Wo hast du in deinem kleinen Haus so viel Geld versteckt?«

»Du sitzt gerade darauf. Es befindet sich in einer Grube unter der Couch. Wenn du es haben willst, musst du es gleich mitnehmen.«

Er schüttelte fassungslos seinen Kopf und sagte:

»Weißt du, seit Monaten versuche ich, für mein Projekt von verschiedenen Geldinstituten Geld zu leihen.

Ich war in einigen Städten von Khuzestan, ich war in Esfahan und die letzten drei Wochen war ich in Teheran. Leider war kein Kreditinstitut bereit, mir diesen Gefallen zu tun. Ohne Bürgschaft oder Beleihung eines wertvollen Hauses gibt es keine Chance, von ihnen Geld zu leihen.
Heute Morgen setzte ich mich enttäuscht in den Zug und fuhr nach Ahwaz zurück. Die ganze Strecke fragte ich mich, wie ich mit meinem Projekt weiterkommen könnte. Aufgeben wollte ich auf keinen Fall. Andererseits hatte ich keine blasse Ahnung, was der nächste Schritt sein könnte.« Dann fügte er mit einem breiten Lächeln hinzu: »Du glaubst es nicht, als ich zu Hause war und deinen Zettel las, dachte ich an das, was du vor einiger Zeit gesagt hattest. Erinnerst du dich daran? Du hattest gesagt: *„Wenn ich eines Tages auf einen Schatz stoße, werde ich deinen Plan voll unterstützen, das verspreche ich dir."*
Ja, das hast du gesagt. Unterwegs hierher redete ich mir ein, dass du vielleicht doch einen Schatz gefunden hast. Obwohl ich keine Vorstellung hatte, wie ein einfacher Angestellter auf einen Schatz stoßen könnte.
Du hast recht, das ist ein Geschenk des Schicksals. Ich möchte es haben. Mit diesem Geld werde ich sowohl in den Städten Ahwaz und Abadan als auch in Schuschtar Berufsschulen einrichten, qualifizierte Lehrkräfte einstellen und für Hunderte von Straßenkindern ein zukunftssicheres Leben organisieren. Das wird das Projekt meines Lebens sein.« Er stand auf, umarmte mich fest und sagte weiter: »Du brauchst kein schlechtes Gewissen zu haben, mein Freund.
Du bist dieser unmoralischen Tätigkeit nicht freiwillig nachgegangen, aber im Gegensatz zu dir bin ich abergläubisch. Ich bin überzeugt, deine Versetzung nach Ahwaz war von einer Macht vorbestimmt und das Resultat ist ein

fantastisches Geschenk für Hunderte benachteiligte Kinder. Mit diesem Geld rettest du die Existenz unzähliger Waisen- bzw. Straßenkinder in dieser verrottenden Gesellschaft.«

»Das beruhigt mich sehr. Seit einem Jahr leide ich unter meiner erzwungenen Zusammenarbeit mit diesem kriminellen Verein. Nie in meinem Leben hatte ich so viele schlaflose Nächte wie in den letzten Monaten. Aber jetzt fühle ich mich gut. Ich merke, ich war ein Kurier zwischen Himmel und Erde. Ja, du kannst das Geld sofort haben. Hilfst du mir, die Couch beiseitezuschieben?«

Während wir Gorganis Koffer und meinen Militärsack aus der Grube herausholen, fragte ich:

»Was sagst du zu der Ermordung von Gorgani?«

»Den Bericht über das Attentat las ich im Zug. Ich wusste schon, dass er einer der Verantwortlichen für die Ermordung meiner Söhne und Hunderter anderer Menschen war. Ich wusste auch, dass die meisten Organisatoren und Attentäter dieses mörderischen Anschlags noch leben und wichtige Posten in der Regierung bekleiden.

Nach meiner Information waren Gorgani und sein Team lediglich Befehlsempfänger von Khomeini und Co. Dennoch finde ich gut, dass mindestens einer von ihnen für seine kaltblütige Tat bestraft wurde. Ja, er hat diesen grausamen Tod verdient und ich hoffe, dass die anderen Verbrecher, die im Hintergrund tätig waren, für ihre brutalen Morde ebenfalls bestraft werden.«

»Was? Du wusstest, dass Gorgani einer der Täter war?«

»Ja, sein Name war mir schon seit Langem bekannt. Ich wusste allerdings nicht, wer und wo er war. Es gibt bei uns ein Sprichwort:

‚*Wenn du lange genug an einem Fluss wartest, schwimmen die Leichen deiner Feinde an dir vorbei.*'«

Er setzte sich wieder auf die Couch und sagte gedankenverloren: »Seit knapp vier Monaten erschien unregelmäßig ein merkwürdiger Flyer mit Informationen über Gorganis Hauptrolle bei der Brandstiftung im Cinema Rex in Abadan. Keiner wusste, wer hinter dieser merkwürdigen Bekanntgabe steckte.
Einige Opferfamilien waren der Meinung, es müsse jemand vom Geheimdienst sein, auf jeden Fall jemand, der ihn ins offene Messer laufen lassen wollte. Man hatte sogar sein Bild darauf gedruckt, damit seine Jäger ihn schnell finden konnten.
Ich habe daher mit seiner Ermordung früher oder später gerechnet, allerdings nicht durch eine Opferfamilie, sondern durch jemanden aus seinen eigenen Reihen. Meiner Meinung nach wollte ihn jemand aus irgendeinem Grund loswerden. Sei es wegen persönlicher Rache, Rivalität oder, wie du angedeutet hast, wegen seines Geldes. Gott sei Dank hatte er aber genug Zeit, um sein Geld bei dir zu deponieren.«
Ich sah ihn eine Weile unsicher an und endlich traute ich mich, über seine Gefühle hinsichtlich des Verlustes seiner Söhne zu sprechen.
»Als ich von der Brandstiftung im Cinema Rex erfuhr, war ich gerade vierzehn Jahre alt. Ich erinnere mich, dass kaum jemand in meiner Familie glaubte, dass dieser Terror vom Geheimdienst SAWAK ausgeübt worden war, was damals Khomeini behauptet hatte.
Mein Vater war der Meinung, mit dieser brutalen Sabotage hätten die Mullahs die Absicht, alle Iraner gegen den Schah aufzuhetzen.
Es hat fast 28 Jahre gedauert, bis ich erkannte, dass mein Vater recht hatte.

**Denn in einem Gespräch gab Gorgani stolz zu, dass er einer der Brandstifter war.
Ich kann verstehen, dass diese Katastrophe für dich damals die Hölle auf Erden war. Wie konntest du damit zurechtkommen?«
Er schaute mich einen Augenblick befremdet an und erwiderte ernst:
»Ich glaube nicht, dass du meinen Leidensdruck richtig verstehen kannst. Vielleicht hast du Mitgefühl mit diesem furchtbaren Ereignis, aber du kannst nicht das Ausmaß meiner Schmerzen nachvollziehen. Man braucht ein brennendes Herz, um richtig zu verstehen, wie mir zumute war.
Du hast keine Ahnung, was es bedeutet, wenn man auf einmal und auf diese Art und Weise zwei Kinder verliert.«
Er blieb eine Weile still, dann sagte er mit gedämpfter Stimme weiter: »Weißt du, meine Zwillinge hatten an diesem Tag Geburtstag. Sie luden drei weitere Schulkameraden im gleichen Alter nach Hause ein. Nach dem Mittagessen spielten sie ein paar Stunden zusammen und dann brachte ich sie zu diesem verdammten Kino. Sie wollten gerne den Film „Hirsch" im Cinema Rex ansehen. Zwei Stunden später erfuhr ich von einem Nachbarn, dass im Cinema Rex Feuer ausgebrochen war. Panisch setzte ich mich ins Auto und fuhr mit Vollgas dorthin. Eine furchtbare Verzweiflung presste mein Herz zusammen.
Ich musste mein Auto in einer Entfernung von 200 Metern parken, weil dichter Rauch und unerträgliche Hitze eine weitere Annäherung verhinderten. Aus dem gesamten Gebäude loderten hohe Flammen und merkwürdigerweise war immer noch keine Feuerwehr vor Ort.**

Ich stand hilflos da, schockiert und vom Grauen geschüttelt. Als die Feuerwehr endlich eintraf, war das Haus völlig ausgebrannt und es gab keine Hoffnung auf Überlebende.

In den nächsten Tagen stellte sich nach gründlicher Untersuchung und Zeugenvernehmungen heraus, dass einige Personen mit mehreren Flaschen Flugzeugbenzin zuerst die Lobby des Kinos angezündet und dann alle Türen von außen mit Stahlketten verriegelt hatten. Sie hatten bewusst den Tod von Hunderten Menschen in Kauf genommen.

Die Anzahl getöteter Personen wurde offiziell auf 470 beziffert, obwohl das Kino die Zahl der verkauften Eintrittskarten mit 650 angab.

Viele Opfer, wie meine Söhne, waren bis zur Unkenntlichkeit verbrannt, so dass eine Identifizierung und namentliche Bestattung praktisch ausgeschlossen war.

Die Horrorvorstellung, wie meine Jungs, ihre Freunde und Hunderte weitere Kinobesucher mehrere Minuten verzweifelt versucht hatten, die verschlossenen Türen zu entriegeln und sich zu befreien, versetzte mich jahrelang in Schreckenslähmung und Schwermut.

Meine Frau konnte diese Tragödie nicht verkraften; sie starb ein Jahr nach dieser Katastrophe. Sie war Tag für Tag schwächer geworden und eines Tages nicht mehr aufgewacht.

Ich konnte nicht fassen, dass ich innerhalb kurzer Zeit zuerst meine Söhne und dann meine Frau verloren hatte. Mutlos und verbittert hasste ich die ganze Welt. Ich hatte nur ein Ziel, die Drahtzieher dieses Mordanschlags zu finden und sie in kleine Stücke zu zerreißen.

Mit 24 weiteren Opferfamilien gründeten wir eine Delegation, besuchten Khomeini in Teheran und forderten schonungslose Aufklärung dieses Massakers. Zuerst schickte er uns einfach weg, weil er andere Probleme hatte. Aber wir gaben nicht auf, mit Demonstrationen und Hungerstreik verlangten wir die Einrichtung eines Sondergerichts, vor dem alle Beschuldigten und alle Zeugen in öffentlichen Sitzungen aussagen sollten.

Jedoch die Verantwortlichen weigerten sich, den Sachverhalt weiterzuverfolgen. Auf einmal hielt man uns für Gegner der Revolution. Bei der zweiten Demonstration kam es zu einer regelrechten Straßenschlacht zwischen den Demonstranten und den Pasdaran.

Inzwischen tauchten Gerüchte auf, dass die Mullahs selbst den Brandanschlag in Auftrag gegeben hatten, um die Einwohner von Abadan gegen den Schah anzustacheln. Es gab sogar Tonaufnahmen von Khomeini vor der Revolution, in denen er seine Leute aufforderte, Kinos als Zentrum der Prostitution in Brand zu stecken.

Nach mehreren Monaten Unruhe in Abadan kündigte die Regierung eine umfassende Untersuchung an. Dennoch vergingen mehrere Monate und es gab keine brauchbaren Ergebnisse. Der erste Untersuchungsleiter der Staatsanwaltschaft Abadan, Herr Sarafi, erklärte öffentlich, er könne nichts machen, da die Geistlichkeit die Aufklärung des Brandanschlages blockiere. Er wurde sofort suspendiert. Die zweite Ermittlung unter Regie von Herr Zargar war ebenfalls enttäuschend.

Nachdem auch er hatte feststellen müssen, dass er von den Geistlichen unter Druck gesetzt worden war, trat er zurück. Dann setzte man Ayatollah Musavi-Tabrizi als neuen Ermittler ein. Er brauchte nur zwei Wochen Recherchen und dann begann eine merkwürdige Show.

Der Prozessverlauf war öffentlich und wurde sogar im Fernsehen übertragen. Angeklagt waren 25 Personen, ehemalige Mitarbeiter des SAWAK, der Polizei, Leiter der örtlichen Behörden, Eigentümer, Manager und alle Angestellten des Cinema Rex sowie Mitarbeiter des Wasserwerks und der Feuerwehr.
Zu Beginn der ersten Sitzung forderte der Staatsanwalt für alle Angeklagten die Todesstrafe. Aber während der 14 Sitzungen des Prozesses stellte sich heraus, dass Musavi-Tabrizi kein ernsthaftes Interesse daran hatte, den wahren Tathergang aufzuklären.
Am Ende der Verfahren wurden sechs Beschuldigte zum Tode verurteilt, die die Meinung vertraten, dass dieser Brandanschlag im Auftrag der Geistlichen erfolgt war. Diese Bauernopfer waren Eigentümer und Manager des Kinos, ein Polizeioberst, ein ehemaliger SAWAK-Offizier und ein heroinabhängiger, arbeitsloser Mann namens Takbalizadeh. Die Übrigen wurden zu Gefängnisstrafen verurteilt. Gorganis Name und sein Team tauchten nirgendwo auf.
Man versuchte, mit diesem lächerlichen Prozess und seinem noch merkwürdigeren Urteil die Angehörigen der Opfer kaltzustellen und diese Schande der Islamischen Revolution zu vertuschen.
Selbstverständlich waren die anderen Opferfamilien genauso wie ich mit dem Ergebnis dieses fingierten Prozesses nicht zufrieden.
Wir wollten wissen, wer wirklich hinter diesem brutalen Anschlag steckte, und verlangten dessen Bestrafung. Das haben wir auch dem Leiter der Ermittlung gesagt. Er war so böse und drohte uns, wenn wir in dieser Sache weiter bohrten und Unruhe stifteten,
müssten wir mit Gefängnisstrafen rechnen.

Es war für uns klar, dass die wahren Schuldigen unter der Geistlichkeit zu finden waren. Wir hatten von Anfang an keine Chance, Gerechtigkeit zu erfahren.
Das Resultat dieser Misserfolge waren für mich drei Jahre Resignation und Ohnmacht.
Eigentlich prägten seit Beginn dieser Katastrophe Angst, Schuldgefühle, aber auch Wut und Ohnmachtsgefühle meinen Alltag. Mein seelisches Gleichgewicht war tiefgreifend verändert. Ich verlor jede Motivation, um langsam meine Situation positiv zu beeinflussen. Die meiste Zeit sperrte ich mich zu Hause ein und nahm meine Umwelt kaum oder gar nicht wahr.
Bis ich eines Tages ein Wunder erlebte, ein Ereignis, das mein Leben positiv veränderte.
Bei einem Abendspaziergang in der Südstadt, wo mehrere Metallfabriken entstanden, war ich Zeuge einer Szene, die ich im Iran nicht für möglich gehalten hatte.
Ich sah, wie zwei Jugendliche im Alter von etwa zehn bis zwölf Jahren in einer Abfalldeponie zwischen einem Haufen Industrieabfällen gebrochene Schrauben oder abgeschnittene Eisenteile suchten. Wenn sie etwas Brauchbares fanden, warfen sie es in einen großen Karton.
Wie ich dann erfuhr, verkauften sie ihren Fund an einen Metall Verarbeiter und verdienten damit ihren bescheidenen Lebensunterhalt.
Sie waren obdachlose Waisenkinder, die nie in ihrem Leben eine Schule besuchen könnten.
Sie schliefen die meiste Zeit unter einer Brücke. So hatte es mir der ältere Junge erzählt. Er war allerdings ziemlich verwirrt, als er Tränen in meinen Augen sah.
Denn auf einmal hatte ich das Gefühl, meine Söhne wiedergefunden zu haben.

Ich lud sie zu mir nach Hause ein. Ich sagte, sie sollten die Metallabfälle dort liegen lassen und mit mir nach Hause kommen. Sie dürften sich zuerst ordentlich waschen, die Kleidung meiner Söhne anziehen und nach dem Abendessen in deren Zimmer schlafen.

Am nächsten Tag eröffnete ich ihnen beim Frühstück, dass sie diese Drecksarbeit nicht mehr machen müssten, wenn sie sich vernünftig benehmen würden.

Sie dürften bei mir wohnen, zur Schule gehen und Lesen und Schreiben lernen. Ich versprach, ich würde sie finanziell und väterlich unterstützen.

Sie schienen zuerst misstrauisch zu sein, aber nach ein paar Tagen spürten sie meine ernsthafte Absicht und zeigten glückliche Empfindungen.

Dennoch war es am Anfang für uns alle hart und umständlich. Für die Jungs, die jahrelang ohne Zuhause und Eltern um ihr Überleben hatten kämpfen müssen, war dieses geordnete Leben gewöhnungsbedürftig. Der Jüngere sagte einmal, er müsse langsam lernen, auf einem sauberen und kuscheligen Bett zu schlafen und sich jeden Morgen zu duschen.

Für mich war es auch nicht leicht, nach mehreren Jahren der Isolation mich der neuen Situation anzupassen. Denn trotz ihrer Bemühungen musste ich mich an ihren Lärm und manchmal ihren jugendlichen Streit
gewöhnen und nach und nach von meinem ruhigen und stillen Leben Abschied nehmen.

Beide waren von Anfang an lieb und verständnisvoll. Jeder von ihnen hatte einen völlig anderen Charakter.

Einer war ungemein romantisch und ziemlich naiv und der andere sehr schlau und ein wahrer Realist.

Nach einer relativ kurzen Zeit kannten wir uns besser und versuchten, uns gegenseitig zu respektieren, aber auch zu unterstützen. Sie waren mit ihrem neuen Leben – Schulbesuch, Hausaufgaben, Sport – und ihrem neuen Umfeld zufrieden und ich … ich befand mich wieder in der Laufbahn des „normalen" Lebens. Ja, ich war auch glücklich über meine neue Situation, über den Lärm im Haus, über ihr Lachen und vor allem unser gemeinsames Abendessen. Wenn meine Frau noch am Leben gewesen wäre, hätte ich keinen Wunsch offen gehabt.
Ich kaufte eine stillgelegte Werkstatt, alle erforderlichen Werkzeuge und gründete eine Firma für Heizung und Klimaanlagen und begann, zu arbeiten. Ein Jahr später nahm ich zwei weitere Kinder mit ähnlichem Schicksal auf und alle vier wohnten bei mir zu Hause. Sie durften nach der Schule zeitweise in dem Betrieb arbeiten und praktische Erfahrungen sammeln.
Im Lauf der Zeit nahm ich weitere vier Straßenkinder auf und sie durften tagsüber in der Firma arbeiten, abends die Schule besuchen und in der oberen Etage der Firma schlafen.
Wie du einmal gesehen hast, arbeiten und leben inzwischen in der oberen Etage meiner Werkstatt 18 Kinder. Einige von ihnen sind inzwischen gute Fachkräfte geworden.
Ich habe für jedes auf der Bank ein Konto eingerichtet und lasse sie mindestens die Hälfte ihres Gehalts sparen.
Mit dem riesigen Vermögen, das du mir überlässt, werde ich endlich meinen Traum verwirklichen.
Mein Projekt kennst du; ich werde alles daran setzen, um Hunderten von diesen in der Gesellschaft verlorenen Menschen eine sichere Zukunft zu geben.

Ich möchte ganz herzlich wiederholen, dass du für deine unrechtmäßige Tat kein schlechtes Gewissen zu haben brauchst. Denn ich bin überzeugt, du hast mit deiner mutigen Entscheidung dafür gesorgt, dass Hunderte arme Kinder ein anständiges Leben genießen können, anstatt dass einige Verbrecher sich an Gorganis Geld bereichern. Ja, ich verspreche dir, jeden Cent, den du mir überlässt, für mein Projekt auszugeben; das soll der Sinn deiner Tat sein, das wird auch der Sinn meines Lebens werden.«
»Ich bin froh, dass ich mit dieser Aktion mein schlechtes Gewissen reinwaschen kann. Du musst mir glauben, ich wollte weder meinen Anteil von dieser Zwangsunterschlagung noch das Geld von Gorgani. Wenn ich dich vor meiner Reise nicht getroffen hätte, würde ich wahrscheinlich alles verbrennen. Denn so schwierig es zu verstehen ist, ich kann nicht, ich will nicht einen Cent von diesem Geld für mich behalten; vielleicht bin ich einfach dumm, vielleicht liegt es an meiner Erziehung. Ich kann mir einfach nicht das Geld von anderen aneignen. Ich bin auf jeden Fall sehr glücklich, dass mit diesem Ereignis viele arme Kinder eine sichere Zukunft haben können.«
Als wir die Koffer und den Militärsack in sein Auto luden, sagte ich:
»Du solltest das Geld an einem sicheren Ort verstecken und mit dem Umtausch in die iranische Währung mindestens sechs Monate warten, bis der Fall vergessen ist.
Ich glaube, die Initiatoren der Flyer sind zugleich die Mörder von Gorgani.
Sie haben ihn hauptsächlich wegen der Übernahme seines Geldes getötet. Du solltest diese brutalen Jäger nicht unterschätzen.«
»Mach' dir keine Sorgen. Ich habe dafür ein gutes Versteck.

Außerdem brauche ich mehrere Monate, bis ich mit der Baugenehmigung und Materialbestellung fertig werde.
Das Geld werde ich ab nächstem Jahr sukzessive in Teheran umtauschen. Dort gibt es Hunderte private Wechselstuben. Mach' dir keine Gedanken, ich werde äußerst vorsichtig sein, denn schließlich geht es um die Zukunft meiner Schützlinge.«
Dann wechselte er das Thema und fragte: »Wann willst du abreisen?«
Ich warf einen Blick auf meine Armbanduhr und erwiderte:
»Wenn alles nach meinem Plan läuft, in achtzehn Stunden. Es war geplant, dass ich von Ahwaz nach Teheran fliege und dann mit Swissair nach Zürich weiterreise. Aber vorsichtshalber werde ich morgen mit dem Nachtzug nach Teheran fahren und übermorgen nach Zürich fliegen.
Ich weiß nicht, ob wir uns jemals wiedersehen. Ich möchte daher jetzt „Lebewohl" sagen.«
»Ich komme morgen zum Bahnhof, um dich zu verabschieden«
»Nein, das solltest du lieber lassen. Keiner weiß von unserer freundschaftlichen Beziehung.
Wenn ich von hier verschwinde, wird Nouri nach mir und eventuell nach meinen Komplizen suchen.
Du sollst nicht als Verdächtiger in Betracht kommen, sonst wird dein Projekt
gefährdet.
Ich rufe dich vom Ausland aus an. Ich hoffe sehr, dass wir uns irgendwann wiedersehen und bin sehr gespannt, wann deine erste Bildungsanstalt eröffnet wird.«
Wir verabschiedeten uns mit einer herzlichen Umarmung. Als er in sein Auto einsteigen wollte, sagte ich:

»Deine Bekanntschaft war für mich eine Bereicherung. Sei vorsichtig, mein Freund.«
Er sah mich lächelnd an, winkte und erwiderte:
»Im Namen aller Kinder danke ich dir. Ich hoffe, dass du auch mit deinen Plänen erfolgreich sein wirst. Mach' dir keine Sorgen über die Problematik mit dem Umtausch des Geldes. Ich weiß, was ich tun muss. Du darfst nicht vergessen, ich trage die Verantwortung für die Zukunft von Hunderten Kindern auf meinen Schultern.«
Er schaltete den Motor ein, fuhr in die dunkle Straße und bald verschwand er aus meiner Sicht. Ich kehrte in mein Haus zurück.
Nach langer, langer Zeit fühlte ich mich wohl. In dieser Nacht konnte ich sehr gut schlafen.

Kapitel 13

Shapor verstummte plötzlich, trank etwas von seinem Getränk und sah mich ernsthaft an.
»Ich möchte eine Pause machen. Je mehr ich von meiner chaotischen Vergangenheit rede, desto aufgeregter bin ich. Lass uns nach dem Mittagessen eine Stunde in dieser paradiesischen Landschaft spazieren gehen. Ich muss mich etwas stärken, denn was ich bisher erzählt habe, waren relativ harmlose Begebenheiten. Für den Rest meiner Geschichte brauche ich innere Ruhe und du brauchst gute Nerven.«
Nach dem Mittagessen packten wir unsere Sachen in Rucksäcke und wanderten fast zwei Stunden in der grünen Hügellandschaft vom Zimmerberg.
Unterwegs sprachen wir von unserer unvergesslichen gemeinsamen Zeit mit Golineh in Shiraz.
Ich erwähnte eine Szene, in der wir einmal entschieden hatten, ohne sie schwimmen zu gehen. Irgendwie erfuhr Golineh von unserem Alleingang, besser gesagt von unserem unkameradschaftlichen Verhalten.
Ich habe keine Erklärung, warum wir sie dieses eine Mal nicht hatten dabeihaben wollen, und genauso habe ich keine Ahnung, wie sie von unserer Absicht erfuhr und entschied, uns zu verfolgen.
Der See befand sich außerhalb der Stadt, versteckt in einem kleineren Wald. Wir zogen unsere Sachen komplett aus, sprangen ins Wasser und schwammen fast eine Stunde im kühlen Nass.

Während wir unbesonnen schwammen und miteinander Wasserball spielten, versteckte sich Golineh hinter einem Baum und beobachtete uns.
Irgendwann war sie so wütend, dass sie unsere Sachen einsammelte und sie mehrere hundert Meter entfernt vom See ablegte, dann lief sie nach Hause zurück.
Als wir aus dem Wasser kamen, suchten wir vergeblich unsere Unterwäsche, Kleidung und Schuhe; sie waren einfach weg.
Es war äußerst peinlich, dort nackt herumzustehen. Stundenlang saßen wir hilflos zwischen Büschen und wussten nicht, wie wir nach Hause zurückgehen konnten.
Es war noch hell, als sie doch zurückkam. Trotz ihrer Missstimmung entschied sie, uns zu erlösen. Sie sammelte unsere Sachen wieder ein, warf aber jedes einzelne Stück in die Mitte eines Feldes voller Brennnesseln. Dann sagte sie laut: „Die Strafe für Verräter ist, mit nacktem Arsch in Brennnesseln herumzuwühlen!"
»Erinnerst du dich noch, dieser aus ihrer Sicht „Verrat" hat uns richtig wehgetan. Wir mussten den ganzen Tag wegen unserer brennenden Körper die Zähne zusammenbeißen«, sagte ich in heiterer Erinnerung.
»Ja, das habe ich nicht vergessen«, erwiderte Shapor und fügte lächelnd hinzu: »Sie wollte ernsthaft mit uns nichts mehr zu tun haben, bis wir uns aufrichtig entschuldigt und ihr Ärgernis mit zehn Tafeln weißer Schokolade entschädigt hätten.
Das Problem war aber nicht der lange Weg zur Stadt, um weiße Schokolade zu besorgen. Denn wie du weißt, war es in Shiraz einfacher, Weißgold zu finden als weiße Schokolade. Aber sie bekam, was sie gefordert hatte.« Shapor blieb eine Weile nachdenklich und sagte dann:

»Vielleicht hast du damals nicht mitbekommen, dass ich noch auf hundert weiße Blätter deutlich schreiben musste: „Ich verspreche, dich niemals allein zu lassen".
Aber leider habe ich mein Versprechen nicht eingehalten, jedenfalls nicht in den letzten vier Jahren. Ich hoffe, dass mich keine weiteren Konflikte daran hindern, sie endlich zu sehen und sie bis zum Ende meines Lebens nie wieder allein zu lassen.«
Ich saß neben ihm und nach ein paar Minuten des Schweigens setzte Shapor seine spannende Geschichte fort:
»Ausgerechnet an dem letzten Tag meines Aufenthalts in Ahwaz tauchten plötzlich neue Probleme auf, die mir jede Hoffnung auf eine Reise in die Schweiz raubten.
Am 15. Juni, als ich zum letzten Mal ins Büro ging, war ich ziemlich angespannt und unerklärlich besorgt. Ich hatte ein merkwürdiges Gefühl, dass etwas Schreckliches passieren würde.
Ich hatte vor, bis Mittag im Büro zu bleiben, dann vorzutäuschen, dass ich krank sei, nach Hause zu gehen und mich für meine lange Reise vorzubereiten. Die Sekretärin sollte alle meine Termine für die nächsten Tage annullieren. Ich dachte, bevor die Kollegen meine Abwesenheit richtig wahrnehmen würden, wäre ich längst in der Schweiz und zehn Tage danach sogar in Australien. Das war mein Plan, aber es kamen völlig unerwartete Hindernisse auf mich zu.
Kurz nach zehn Uhr kam meine Sekretärin und richtete mir aus, dass Dr. Nouri mich in seinem Büro sehen möchte.
Eigentlich hatte ich mit seiner Forderung gerechnet, aber ich wollte lieber warten und sehen, ob er wirklich an meinem Besuch interessiert war.

Kaum trat ich in sein Büro ein, schaute er mich vorwurfsvoll an und sagte:
»Sie brauchen für jeden Besuch eine schriftliche Einladung, nicht wahr?«
Er war nicht allein. An einem Besprechungstisch saß ein junger Mann, der mir wohlbekannt war. Sein Name war Attari, er arbeitete als Systemadministrator in unserem IT-Bereich. Er hatte einen Haufen Druckerpapier vor sich. Ich fragte reserviert:
»Gibt es etwas Neues?«
»Oh, ja. Wir haben jede Menge Neuigkeiten. Nehmen Sie neben Herrn Attari Platz. Wir müssen gemeinsam einige Ungereimtheiten klarstellen.«
Ich folgte seiner Anweisung und sagte:
»Ich hoffe, es geht schnell, weil ich mich nicht wohlfühle. Ich glaube, ich bin krank.«
Ohne meine Bemerkung zur Kenntnis zu nehmen, setzte er sich neben mich und sagte:
»Sie haben bei unserem letzten Besuch viele wichtige Fakten verschwiegen. Das ist nicht gut.
Ich habe Ihnen doch gesagt, dass wir für die Aufklärung des Sachverhalts wenig Zeit haben. Leider haben Sie mit Ihrem Schweigen dafür gesorgt, dass wir wieder einen Tag verloren haben.«
»Was meinen Sie damit? Was habe ich verschwiegen?«
Mit seinen kleinen, glänzenden Augen sah er mich feindselig an und erwiderte scharf:
»Sie haben mir von Ihrer intensiven Zusammenarbeit mit Herrn Gorgani kaum etwas gesagt.
Heute Morgen habe ich zufällig erfahren, dass Herr Gorgani in die Schweiz reisen wollte. Man hat ein Flugticket in den Schubladen seines Schreibtisches gefunden.

Stellen Sie sich vor, er, Djawad Gorgani, der Mann, der nicht einmal richtig Persisch sprechen konnte, wollte morgen allein in die Schweiz fliegen.
Können Sie das verstehen?
Mir ist rätselhaft, wie er ein Visum für die Schweiz besorgen konnte und vor allem, wie er sich mit den Leuten in der Schweiz verständigen wollte. Außerdem, soweit ich weiß, muss man für die Erteilung eines Visums per Internet mit dem Konsulat in Teheran einen Termin vereinbaren. Ich frage mich, wie er alle diese Hindernisse allein bewältigen konnte.
Um die Sache gründlich zu prüfen, habe ich Herrn Attari gebeten, die Online-Aktivitäten aus dem Jahr 2008 von Herrn Gorganis Computer nachzuvollziehen. Was Sie hier sehen, ist das Protokoll all seiner Eingabetätigkeiten an seinem Computer in diesem Jahr.
Von Januar bis Mai hatte er kaum seinen Bildschirm eingeschaltet. Aber zwischen Mai und Juni war er auf einmal ziemlich fleißig. Wenn ich die Protokolle seiner Aktivitäten genau analysiere, komme ich zu einem erstaunlichen Ergebnis. Erstaunlich, weil angesichts der Tatsache, dass er bei solchen Tätigkeiten immer zwei linke Hände hatte, ihm wohl jemand geholfen haben muss.
Schauen Sie die Liste genau an, Sie sehen mehrere Male eine Kommunikation mit Liechtensteiner und Schweizer Banken, dem Schweizer Konsulat in Teheran, einem Schweizer Hotel – wahrscheinlich eine Hotelreservierung – alles in englischer Sprache.
Ich kann nicht glauben, dass der Mann, der nicht in der Lage war, eine einfache Rechenmaschine zu bedienen, auf einmal mit vielen Stellen in Europa online und sogar in einer Fremdsprache kommunizieren konnte.«

Er zeigte mir die nächste Seite und fügte hinzu:
»Darüber hinaus Zugriffe auf die Pasdaran-Datenbank. Merkwürdigerweise geht es beim ersten Zugriff auf dieses Informationssystem um Ihre Person und der zweite Zugriff betrifft einen iranischen Terroristen in Deutschland. Ich verstehe das alles nicht. Können Sie mir sagen, was hier vorgeht?«
Peinlich berührt erkannte ich, dass ich in letzter Zeit sehr unvorsichtig gewesen war. Mir war wohlbekannt, dass aus Sicherheitsgründen alle Abfragen im Internet und jeder Zugriff auf wichtige Datenbanken automatisch dokumentiert wurden. Aber da ich den Computer eines wichtigen Direktors in unserer Firma benutzt hatte, hatte ich nicht erwartet, mich eines Tages dafür rechtfertigen zu müssen. Mir war klar, worauf er mit seiner argwöhnischen Schilderung hinauswollte. Ich musste daher entweder eine plausible Antwort geben oder ihn mit einer imposanten Geschichte wieder aus seinem Konzept bringen.
Eine Blamage an diesem Tag, und zwar kurz vor meiner Befreiung aus diesem stinkenden Sumpf, wäre für mich sehr problematisch gewesen.
Als Erstes entschied ich, bevor er mich mit seinen Vorwürfen weiter bedrängen konnte, Attari in sein Büro zurückzuschicken. Er war ein ungemein schlauer Bursche und seine Anwesenheit konnte für mich nachteilig sein. Ich fragte Nouri in einem warnenden Ton:
»Brauchen wir wirklich noch Herrn Attari für die Analyse dieser Sachverhalte?«
Eine Weile dachte er nach, dann erwiderte er:
»Nein, momentan brauchen wir ihn nicht.« Er bedankte sich bei Attari für seine gute Arbeit und bat ihn, sich bei Bedarf weiterhin zur Verfügung zu stellen. Ich hatte den Eindruck, Attari war für meine Initiative dankbar.

Er war ein Techniker und hatte keine Lust, sich mit Dingen zu befassen, an denen er kein Interesse hatte. Er stand sofort auf und verließ das Büro.
Ich entschied, mir eine clevere Lösung auszudenken, um ihn richtig zu verwirren. Nach dem Motto, *Angriff* ist die beste Verteidigung, drehte ich die Spitze des Messers um. Ja, ich probierte es mit einem ziemlich gefährlichen Schachzug. Ich sagte mit ruhiger Stimme:
»Ein Grund, dass ich bei unserer Unterredung Herrn Attari nicht dabeihaben wollte, ist ein kritischer Fall, der möglicherweise auf dieser Liste ebenfalls protokolliert ist. Ich weiß nicht, ob Herr Gorgani seine Beschwerde an Ayatollah Khamenei per Hand geschrieben hat oder, wie er mehrfach betonte, eine Mail an sein Büro geschickt hat.«
»Ich verstehe Sie überhaupt nicht. Was erzählen Sie da? Was für ein Brief? Was für eine Mail? Was hat Khamenei mit dieser Sache zu tun?«
Ich schwieg fast eine Minute, schaute ihn die ganze Zeit bedenklich an und dann antwortete ich verlegen:
»Eigentlich habe ich mich nicht getraut, Ihnen zu sagen, dass Herr Gorgani etwas Schlimmes gegen Sie unternehmen wollte.
Trotz meines massiven Protestes hatte er vor, einen Brief oder eine Mail an unser Staatsoberhaupt zu schreiben. Ich dachte gerade, wenn er bereits seine Beschwerde per E-Mail geschrieben hätte und diese hier dokumentiert wäre, sollte Herr Attari davon nichts wissen.
Man weiß nicht, ob er mit solchen kritischen Themen diskret umgehen kann.«
Eine lange Weile starrte er mich boshaft an. Ich strengte mich an, seinem vernichtenden Blick standzuhalten.

Zuerst hatte er leichte Schwierigkeiten, sich zu artikulieren, denn die dünnen Lippen bewegten sich nervös, aber es kam kein Ton heraus. Dann nahm er die Brille ab und putzte sie umständlich, was seine Verlegenheit verriet. Es dauerte fast eine Minute, bis er stockend fragte:
»Was wollte Gorgani an Khamenei schreiben? Über unsere Aktion im Ölgeschäft?«
»Nein, nicht über unsere Unterschlagung. Er wollte über Sie schreiben. Ich weiß nicht, ob er alles, was er mir erzählte, Wort für Wort an Khamenei geschrieben hat. Aber was er mir sagte, war eine ungeheure Anschuldigung. Wenn das wahr ist, könnte es für Sie schlimme Folgen haben.«
»Was meinen Sie? Was hat er gesagt? Reden Sie deutlich, verdammt noch mal!« Jetzt schrie er.
»Bleiben Sie bitte ruhig. Wozu diese Schärfe? Es ist besser, wenn wir uns ganz ruhig miteinander unterhalten. Gorgani sagte, er habe Beweise, dass Sie der Herausgeber des Flyers seien, der seit Monaten im Umlauf ist. Er war verärgert, dass Sie behaupteten, er wäre für den Brandanschlag im Cinema Rex allein verantwortlich. Er sagte, dass Sie sogar ein aktuelles Bild von ihm auf den Flyer drucken ließen.
Ich antwortete Herrn Gorgani, dass ich ihm nicht glauben könne. Ich fragte ihn, warum ein netter Mensch wie Dr. Nouri so etwas Gemeines gegen seinen Kollegen unternehmen sollte. Er sei ein ehrwürdiger und ehrlicher Kamerad.
Gorgani erwiderte, dass Sie scharf auf seinen Posten seien, und zwar nicht für sich selbst, sondern Sie möchten Ihren opiumsüchtigen Sohn auf seinem Stuhl platzieren.

Gorgani meinte, solange Ayatollah Khamenei hinter ihm stehe, könne niemand an seinem Stuhl sägen.
Schauen Sie mich nicht so böse an Dr. Nouri, ich bitte Sie, ich wiederhole nur Wort für Wort, was er mir sagte.
Er war der Meinung, Sie hätten mehrere Male vergeblich versucht, ihn zu diskreditieren, und die Idee mit dem Flyer sollte Ihr letzter Schachzug gewesen sein. Sie hätten gehofft, dass einer von diesen verdammten Regierungsgegnern ihn auf der Straße erkennen und umlegen würde. Er wollte einen Brief oder eine E-Mail über diese Verschwörung und seine mögliche Lebensgefahr schreiben und an das Büro von Ayatollah Khamenei schicken. Wenn wir auf dieser Protokollliste den Namen Khamenei finden, hat er seine Mitteilung per E-Mail gesandt, und wenn nicht, hat er seine Beschwerde möglicherweise in einem Brief geschickt.
Ich glaube, diese Anschuldigungen könnten für Sie folgenschwer sein, da er dummerweise von den Terroristen ermordet wurde, vorausgesetzt, dass er tatsächlich Khamenei schriftlich informiert hat.«
Jetzt war sein Gesicht weiß wie Mehl. In diesem Augenblick hatte ich keine Zweifel, dass die Behauptung Gorganis stimmte: Nouri war für diese Hetzkampagne verantwortlich. Denn die Auswirkung meines anstößigen Statements war für ihn so schockierend, dass er auf einmal völlig ertappt aussah. Sein Gesicht wurde trüb, Schweißperlen traten auf seine blasse Stirn und zum ersten Mal zitterten seine Hände.
Plötzlich herrschte Totenstille im Raum. Es dauerte fast zwei Minuten, bis er sich wieder unter Kontrolle hatte.
Er blätterte hastig das endlose Papier bis zur letzten Zeile durch, dann wischte er sich den Schweiß von der Stirn und entgegnete:

»Das ist Quatsch, ich habe mit seiner Ermordung nichts zu tun. Sein Name und seine Sabotagen während der Revolution waren in dieser Region bekannt. Außerdem, wenn Sie ihm nicht geholfen haben, glaube ich nicht, dass er an Ayatollah Khamenei irgendetwas schreiben konnte. Er war nicht in der Lage, zwei vernünftige Sätze zu formulieren. Immer wenn er jemandem etwas mitteilen wollte, griff er zum Telefon. Reden konnte er besser.« Er schob ärgerlich die Liste beiseite und fragte: »Wann hat er mit Ihnen darüber gesprochen?«
»Vor vier Wochen.«
»Warum haben Sie ihm abgeraten, einen Brief oder eine E-Mail an Khamenei zu schreiben? Sie kennen weder mich gut genug noch konnten Sie wissen, ob seine Behauptung falsch oder richtig war.«
»Ich wollte keine Unruhe oder Konfrontation in unserem Verein haben. Denn diese Anschuldigung hätte nicht nur für Sie, sondern auch für uns alle unangenehme Folgen haben können. Wenn ich Gorgani richtig verstanden habe, waren bei der Planung und Ausführung des Brandanschlags auf das Cinema Rex mehrere Personen involviert. Persönlichkeiten, die heute hohe Positionen bekleiden und auf solche skandalösen Gerüchte nicht zimperlich reagieren würden.
Ich schloss daher nicht aus, dass ein Mitglied unseres Vereins – zum Beispiel Sie – aus Rache oder taktischen Gründen über unsere Unterschlagungen berichten würde und somit die anderen Mitglieder des Vereins in große Schwierigkeiten bringen könnte, wenn es auf einmal aus irgendeinem Grund mit dem Rücken an der Wand stünde. Frei nach dem Motto: Wenn ich im Wasser ertrinken muss, ziehe ich alle anderen mit hinunter.

Ja, Sie haben recht, ich kenne Sie nicht gut genug, daher konnte ich nicht ausschließen, dass Sie zurückschlagen würden.«

»Verstehe. Wie hat Herr Gorgani auf Ihre Empfehlung reagiert?«

»Einerseits stimmte er mir zu, gerade jetzt, da wir mit dem Ölgeschäft viel Geld verdienten, keine Unruhe in dem Verein verursachen zu dürfen. Andererseits machte er sich Sorgen um seine Position in der Firma und schließlich um sein Leben.«

Plötzlich stand Nouri direkt vor mir, sah mich zornig an und sagte:

»Hören Sie genau zu, junger Mann. Erstens, ich möchte nicht, dass Sie andauernd den Begriff „Unterschlagung" in den Mund nehmen, das macht mich nervös. Wir unterschlagen nicht. Das iranische Öl gehört dem persischen Volk. Wir nehmen uns unseren Anteil.«

»Stimmt, das hat Ayatollah Khomeini auch einmal gesagt. Aber gestatten Sie mir die Frage, wie kommen die anderen Perser zu ihrem Anteil?«

»Machen Sie sich über andere Landsleute keine Gedanken. Jeder in diesem Land nutzt sein Privileg und arbeitet in die eigene Tasche, ob er ein Präsident, ein Beamter im Bauamt oder ein Polizist ist oder in einer anderen Branche arbeitet. Dieses Verfahren ist in den letzten Jahren harmonisch gewachsen und alle sind mit ihrem Anteil zufrieden.«

»Ich meinte nicht die privilegierten Beamten. Ich meine Millionen Arbeitslose, Waisen- bzw. Straßenkinder. Wie können sie in den Genuss ihrer Anteile kommen?«

Er starrte mich irritiert an und fragte:

»Sagen Sie, sind Sie Kommunist oder wollen Sie mich einfach ärgern? Was soll die Frage?

Wenn Sie ein schlechtes Gewissen haben, schenken Sie einfach Ihren Anteil von unserem Ölgeschäft den armen Kindern.«

Ich murmelte leise: »Darauf können Sie Gift nehmen; nicht nur meinen Anteil, sondern auch Gorganis.«

Mit seiner schrillen Stimme setzte er seine Erklärung fort: »Zweitens: Wenn ich Gorgani aus dem Ministerium rausschmeißen wollte, hätte ich es längst getan. Ich gebe zu, ich hielt ihn für einen ungeeigneten Personalchef. Mein Sohn ist tatsächlich zehnmal besser als dieser ungebildete Dummkopf. Er hatte weder die Fähigkeit, geeignetes Personal einzustellen – ich musste ihm immer bei der Auswahl eines neuen Mitarbeiters helfen – noch war er in der Lage, zukunftsorientierte Strategien zu erarbeiten. Er war der größte Stümper, den ich bis heute kennengelernt habe. Wenn Sie genau wissen wollen, wie Gorgani ohne erforderliche Ausbildung eine solche verantwortungsvolle Position übernehmen durfte, kann ich es Ihnen ganz ehrlich sagen.

Man hat ihm wegen seiner nachhaltigen Aktivitäten vor der Revolution, zum Beispiel Sabotagen in den öffentlichen Einrichtungen, diese Position geschenkt. Seitdem klebte er auf seinem Sessel wie ein Frosch auf seinem Weib. Seine Inkompetenz war in Regierungskreisen wohlbekannt. Es war eine Frage der Zeit, bis man ihn vorzeitig in den Ruhestand schicken würde.«

In diesem Augenblick begann sein Telefon zu klingeln. Ich wollte die Gelegenheit nutzen und aus seinem Büro verschwinden. Mit meinem Joker hatte ich ihn tatsächlich völlig durcheinandergebracht. Wenn er wieder zu sich kommen würde, wäre ich längst weg.

Kaum stand ich auf, um den Raum zu verlassen, machte er ein Zeichen, dass ich noch bleiben sollte. Während er mich bösartig betrachtete, sprach er kurz und leise mit seinem Gesprächspartner. Als er das Telefon ablegte, sagte er mit merkwürdig ruhiger Stimme:
»Als Sie in meinem Büro erschienen sind, sagten Sie, dass Sie sich nicht wohl fühlten und nach Hause gehen wollten. Wir sind hier fertig. Gehen wir, ich bringe Sie nach Hause.«
Von der Art und Weise, wie er sprach, entnahm ich, dass etwas nicht stimmte. Er war kein Typ, der sich um meine Gesundheit sorgte. Dennoch reagierte ich freundlich, verließ das Büro und folgte ihm zum Parkplatz.
Dort stand ein Auto mit einem kleinen Fahrer mit dunkler Hautfarbe, der offenbar auf uns wartete. Er kam schnell zu Nouri, drückte etwas in seine Hand und ging wieder zu seinem Auto. Als Nouri losfuhr, sah ich im Außenspiegel, dass der Mann uns folgte.
Während der Fahrt waren wir beide stumm. Ich fragte mich, was hier vorging. Wer war der andere Autofahrer und warum verfolgte er uns? Kurz vor meinem Haus ergriff Nouri das Wort und sagte anklagend:
»In den letzten Tagen habe ich mir immer gewünscht, dass Sie sich mir gegenüber ehrlich und offen verhalten würden. Aber leider mögen Sie mich entweder nicht oder Sie versuchen im eigenen Interesse, wichtige Fakten herunterzuspielen.«
Ich sah ihn verwundert an und er sprach weiter:
»Wir haben im Arbeitszimmer von Herrn Gorgani nicht nur ein Flugticket in die Schweiz gefunden, sondern auch einen Schlüssel.
Zuerst dachte ich, der Schlüssel gehöre zu der Wohnung seiner unbekannten Geliebten,

einem Fantasiebild, das Sie für mich kreiert hatten. Aber dann beauftragte ich instinktiv meine Leute, diesen Schlüssel an ihrem Haus zu probieren.
Das Telefongespräch, was ich vor zehn Minuten führte, bestätigte meine Vermutung. Der Schlüssel passt zu Ihrer Haustür. Das bedeutet, Gorgani konnte jederzeit in Ihrem Haus ein und aus gehen.
Ich erwarte von Ihnen eine plausible Erklärung. Was macht Ihr Hausschlüssel im Schreibtisch von Gorgani? Sie würden mir das Leben sehr leicht machen, wenn Sie bestätigten, dass Sie sein Geld in Ihrem Haus aufbewahren.
Also, ich möchte keine Lügen mehr hören. Wir gehen zusammen in Ihr Haus und Sie zeigen mir, wo Gorgani sein Geld versteckte.« Er holte aus seiner Tasche einen mir bekannten Schlüssel, zeigte ihn mir und fragte: »Ist das Ihr Hausschlüssel?«
»Ja, das ist mein Hausschlüssel.«
Verdammt, ich hatte vergessen, dass Gorgani einen Schlüssel von meinem Haus besaß. Ich spürte, dass mir der kalte Schweiß den Rücken hinunterlief. Wie könnte ich ihn wieder mit einer glaubhaften Lüge überzeugen? Er sagte:
»Sie geben zu, dass Gorgani ihn benutzt hat, um jederzeit sein Geld in Ihrem Haus zu verwalten?«
»Nein, das stimmt nicht. Außer seiner Geliebten konnte er niemandem sein Geld anvertrauen. Das hat er mir des Öfteren gesagt.«
»Wozu brauchte er dann Ihren Hausschlüssel?«
Ich strengte mich an, ruhig zu wirken, und antwortete leise:
»Er wollte manchmal seine Geliebte in Ahwaz treffen.

Er bat mich, wenn sie in Ahwaz war, ihm mein Haus für ein paar Stunden zur Verfügung zu stellen. Er hatte Angst, jemand könnte sie zusammen sehen. Das hätte für ihn, vor allem für seine Position nachteilig sein können.«
»Ich glaube Ihnen kein Wort. Sie wollen nicht ernsthaft behaupten, dass Sie mutmaßlich gegen islamische Gesetze verstoßen haben, um für ihn die Rolle eines Zuhälters zu spielen? Hatten Sie keine Angst, erwischt zu werden?«
»Doch, was ich tun musste, war mir sehr unangenehm, ja peinlich. Aber ich hatte leider keine andere Wahl. Jedes Mal, wenn ich versuchte, seine unzumutbaren Forderungen abzulehnen, drohte er mir mit fristloser Kündigung. Sie kennen ihn, wenn er sich etwas in den Kopf gesetzt hatte, konnte man ihn nicht davon abhalten. Er war allerdings nur zweimal in meiner Bude.«
»Um seine Hure in Ihrem Haus zu treffen oder sein Geld zu verwalten?«
»Ich sagte Ihnen schon, er bewahrte das Geld bei seiner Geliebten auf, nicht in meinem Haus.«
Er stieg aus seinem Auto aus und forderte den Fahrer, der hinter uns parkte, mit einem Handzeichen auf, zu uns zu kommen. Ich hatte keine Ahnung, was er vorhatte. Wollten er und sein Bodyguard mich verprügeln? Ich stieg ebenfalls aus und sagte:
»Danke, dass Sie mich mitgenommen haben. Ich fühle mich wirklich nicht wohl und möchte mich jetzt in mein Bett legen.«
Er schüttelte seinen Kopf und antwortete:
»Amir und ich möchten einen kurzen Blick in Ihr Haus werfen. Vielleicht deponierte Gorgani doch sein Geld in Ihrem Haus.«

Er gab Amir den Schlüssel, der, ohne mich anzuschauen, direkt zur Haustür ging, sie öffnete und uns mit übertriebener Höflichkeit bat, einzutreten.
Ich setzte mich verärgert im Wohnzimmer auf die Couch und sagte:
»Nur zu, suchen Sie sein Geld, aber bitte schnell. Ich möchte mich jetzt ausruhen.«
Ich habe bereits erwähnt, das Haus war klein und überschaubar. Man konnte in weniger als fünf Minuten jede Ecke des Hauses durchsuchen. Aber sie suchten nicht die Schränke im Wohnzimmer oder in der Küche ab – ich glaube, während meiner Abwesenheit hatte Amir bereits alles inspiziert. Sie klopften an die Wände, auf den Boden und betrachteten aufmerksam die Decke.
Im Prinzip war ihre Vermutung nicht ganz falsch, Gorganis Geld lag ja in der Grube unter der Couch.
Plötzlich fiel mir ein, dass ich, als ich gemeinsam mit Gorgani das Geld aus den Plastiksäcken herausgeholt und in die Koffer gelegt hatte, die leeren Plastiksäcke einfach in die Grube geworfen hatte. Wenn sie jetzt diesen Raum entdecken würden, könnten sie die entscheidenden Beweise finden. Der Schwiegersohn von Gorgani würde die Echtheit dieser Plastiksäcke bestätigen. Das Geld war zwar längst weg, aber ich hätte keine Ausrede mehr, seine Existenz in meinem Haus, und zwar zu Lebzeiten von Gorgani, zu leugnen.
Ja, ich musste sofort etwas tun, ein spektakuläres Ablenkungsmanöver, sonst hätte ich kaum die Möglichkeit, seinen Verdacht zu widerlegen.
Prompt stand ich wütend auf, mit beiden Händen fasste ich die Couch und mit all meiner Kraft stieß ich sie in die Mitte des Wohnzimmers.

Ungeachtet der verwunderten Gesichter holte ich aus der Küche ein Messer und schnitt den Stoff der Couch auf. Dann holte ich eine Handvoll gelbes Füllmaterial heraus, warf es vor ihre Füße und schrie:
»Vielleicht steckt das Geld im Polster dieser Couch oder soll ich ihre Rückseite auch aufschneiden?«
»Was machen Sie da? Sind Sie verrückt geworden?«, schrie Nouri kopfschüttelnd.
Ich sah wirklich wie ein Verrückter aus: rot im Gesicht, aufgeregt und laut, sehr laut. Am meisten beeindruckt war Amir. Er verschwand ängstlich im Flur und versuchte, mir aus dem Weg zu gehen. Ich schrie weiter:
»Ja, Sie machen mich mit Ihrer misstrauischen Art wahnsinnig. Jedes Kind kann sehen, dass man in dieser kleinen Bude nichts verstecken kann. Abgesehen davon, Gorgani hatte niemals sein Geld hier aufbewahren wollen. Ich sagte Ihnen schon, Sie sollten es bei seiner Geliebten versuchen, bevor es zu spät ist.«
Offenbar war mein wildes Schauspiel ungemein wirkungsvoll. Man konnte einen Hauch von Scham und Verwirrung in Nouris Gesicht sehen. Mit einem Zeichen befahl er seinem Bodyguard, die Couch wieder auf ihren Platz zu rücken. Ich hatte Angst, dass dabei der Teppich zur Seite rutschte und der Rand der Grubentür sichtbar würde. Aber Gott sei Dank war er vorsichtig und stellte behutsam die Couch an ihre ursprüngliche Stelle. Dann sagte Nouri:
»Es tut mir leid, ich wollte Sie nicht ärgern. Die Couch war sowieso alt. Ruhen Sie sich aus, wir sehen uns morgen in meinem Büro.«
»Ob ich es morgen schaffe, ins Büro zu kommen, weiß ich nicht. Aber sobald ich mit der Arbeit beginne, werde ich mich bei Ihnen melden«, erwiderte ich verärgert.

Sie verließen das Haus und gingen zu Nouris Auto. Ich stand am Fenster und beobachtete, wie Nouri mit ernstem Antlitz Amir Anweisungen gab. Amir nickte die ganze Zeit ehrfurchtsvoll. Als Nouri mit seinem Auto wegfuhr, setzte Amir sich in seinen Wagen, fuhr ca. zwanzig Meter an mein Haus heran, parkte auf der schattigen Seite der Straße und fixierte meine Haustür.

Fünfzehn Minuten später, als ich wieder am Fenster stand, hatte er seine Position nicht verändert. Wie ein Amateurdetektiv trug er Kopfhörer und observierte das Haus. Offenbar hatte er Anweisung, mich die ganze Zeit zu bewachen und möglicherweise zu belauschen. Ich schloss nicht aus, dass er während meiner Abwesenheit, oder als er mit uns ins Haus kam, eine Wanze irgendwo im Wohnzimmer versteckt hatte. Denn durch seine regungslose, ja gelangweilte Haltung konnte man ausschließen, dass er mit dem Kopfhörer Musik hörte.

Ich merkte schon, dass meine bisherigen Vortäuschungen keine durchgreifende Wirkung hatten, ich war der Verdächtige Nummer Eins. Nouri musste weitere Indizien haben, dass Gorgani sein Geld bei mir aufbewahrt hatte.

Allmählich machte ich mir Sorgen, dass ich meinen Plan nicht ausführen könnte. Es sah so aus, als wäre es unmöglich, unbeobachtet das Haus zu verlassen, zum Bahnhof zu fahren und meinen Zug nach Teheran zu erreichen.

Nein, allein konnte ich es nicht schaffen, ich brauchte Hilfe. Ich musste Ebrahim Ashkani anrufen, vielleicht hatte er eine Idee, wie ich unbeobachtet das Haus verlassen konnte.

Ich schaute noch einmal aus dem Fenster, Amir saß in seinem Auto, still und regungslos.

Er trug immer noch den Kopfhörer und ab und zu warf er einen lauernden Blick auf das Haus. Was konnte ich machen?
Es war zu riskant, Ashkani von zu Hause anzurufen. Wenn Amir tatsächlich eine Wanze in meinem Haus versteckt hatte, durfte ich mein Telefon nicht benutzen. Nein, ich konnte mir kurz vor meiner Reise keinen Fehler erlauben.
Zuerst schob ich die Couch beiseite, rollte den Teppich zusammen, öffnete die Grubentür und holte Gorganis Plastiksäcke heraus. Ich verstaute sie in meinem Rucksack, um sie irgendwo zu entsorgen. Diese wichtigen Beweismaterialien mussten vernichtet werden. Dann richtete ich mein Wohnzimmer wieder ordentlich her.
Gegen fünfzehn Uhr verließ ich das Haus, ging direkt zu Amirs Auto und klopfte an das Fenster. Wie ein Kind, das beim Klauen erwischt wurde, versetzte sich sein Gesicht in eine merkwürdige Unruhe. Er nahm den Kopfhörer ab, kurbelte das Fenster herunter und ich sagte:
»Falls Sie hier sind, um mich zu observieren, ich gehe zu der Apotheke, Medizin kaufen. Mir geht es noch schlechter.«
Ohne auf seine Reaktion zu warten, ging ich schnell los. Ich wunderte mich, wie er bei dieser Hitze so geduldig im geschlossenen Auto herumsitzen konnte.
Auf der Hauptstraße stand ich kurz vor einem Schaufenster eines Modegeschäfts.
Ich sah die Umrisse von Amirs Körper, der mich erwartungsgemäß verfolgte. Der Schäferhund versuchte, seine Aufgabe nicht zu vernachlässigen.
Hundert Meter weiter betrat ich eine Apotheke, kaufte ein paar Aspirin und fragte den Verkäufer, ob ich sein Telefon benutzen dürfte. Er hatte nichts dagegen.

Ich rief Ashkani auf seinem Handy an. Ich sagte ihm, dass ich aus Sicherheitsgründen von einer Apotheke aus anrief, da ich nicht ausschließen konnte, dass man meine Gespräche abhörte. Ich erzählte ihm ausführlich von der neuen Situation und meiner Sorge, dass ich eventuell meinen Zug nach Teheran verpassen würde. Schließlich fragte ich, ob er mir irgendwie helfen könnte.

Er überlegte eine Weile und sagte dann in seiner ruhigen Art, ich solle in mein Haus zurückgehen, meine Sachen packen und auf ihn warten. Er meinte, innerhalb einer Stunde würde er mich abholen, ohne dass Amir es merken würde. Ich sollte allerdings jederzeit bereit sein, das Haus zu verlassen. Ich verließ die Apotheke und ging nach Hause, gefolgt von Amir.

Zu Hause stand ich am Küchenfenster, neben mir meine Reisetasche und mein Rucksack. So wartete ich auf Ashkani. Amir saß wieder in seinem Auto, setzte seinen Kopfhörer auf und richtete seinen Blick auf das Haus.

Ich hatte keine Ahnung, wie Ebrahim Ashkani mich abholen wollte, ohne dass Amir es bemerkte.

Kapitel 14

Etwa eine Stunde später bemerkte ich plötzlich, dass Ashkani sein Auto ca. einhundert Meter weit von Amirs Auto entfernt parkte. Er stieg aber nicht aus, offenbar wartete er auf jemanden. Ich war gespannt, was für eine Show er aufführen wollte.

Amir saß geduldig in seinem Auto und beobachtete weiterhin wie ein pflichtbewusster Hund konzentriert mein Haus.

Seit Wochen brannte die Sonne von früh bis abends, und wegen der unerträglichen Hitze in dieser Jahreszeit verkehrte kaum ein Einwohner oder Fremder in dieser Gegend. In unserer Straße war alles ruhig und still, bis etwas Merkwürdiges geschah.

Ich sah vom Fenster neben meiner Haustür aus, dass zwei Jungen zwischen dreizehn und fünfzehn Jahren auf der Straße erschienen. Einer spielte mit einem Ball, der andere versuchte, den Ball zu schnappen. Nach und nach näherten sie sich dem parkenden Auto von Amir.

Plötzlich warf der ältere Junge den Ball auf Amirs Wagen, der Jüngere schnappte ihn und schleuderte ihn dann mit voller Wucht wieder gegen die Fensterscheibe des Autos, dann ergriff der andere Junge wieder den Ball.

Prompt öffnete Amir die Autotür und warf den Kopfhörer auf den Sitz. Während er ausstieg, schmiss der jüngere der beiden Jungs den Ball an seinen Kopf, während der andere hochsprang und ihn geschickt wieder auffing.

»Was macht ihr Hurensöhne! Ich ...« Amir schrie wütend, er war nicht wiederzuerkennen.

Er konnte nicht weiter fluchen, weil der andere Junge den Ball wieder mit voller Kraft gegen sein Gesicht warf und ihn schnell wieder fing.
»Verdammte Bastarde, ich bringe euch um!« Amir brüllte wie ein verletztes Raubtier.
Ich ahnte, dass die Jungs im Auftrag von Ashkani versuchten, auf Amirs Nerven herum zu trampeln. Allmählich zeigte diese vorsätzliche Provokation Wirkung; Amir war völlig außer sich; seine Augen funkelten vor Zorn, sein Gesicht war rot angelaufen, und er bewegte sich aufgeregt hin und her.
Offensichtlich wollte er zuerst den Ball fangen und damit an die Jungs herankommen, aber er unterschätzte die Schnelligkeit und vor allem die Geschicklichkeit dieser spielerischen, aber auch cleveren Kerle. Sie hatten schon durchschaut, was Amir beabsichtigte. Daher waren sie noch konzentrierter.
Während sie schadenfroh in Gelächter ausbrachen, ergriff ein Junge den Ball und warf ihn mit ein unglaubliche Geschicktheit gegen Amirs Gesicht, blitzartig schnappte der andere den Ball und lief im Zickzack einige Schritte weiter.
Wie ich erwartet hatte, eskalierte die Situation. Amir verfluchte sie laut, versuchte jetzt, einen der Jungen zu packen und zu verprügeln, aber sie waren beide zu schnell und beweglich; unerreichbar für ihn.
Während sie mit dem Ball spielten und vorwärts liefen, blieb plötzlich einer von ihnen stehen und stieß den Ball gegen Amirs Kopf. Bevor der richtig reagieren konnte, schnappte der Junge den Ball schnell und lief leichtfüßig weiter. Dennoch zeigten sie keine Absicht, aufzuhören und ihn in Ruhe zu lassen.

Bei einem Abstand von etwa zwanzig Metern zwischen ihnen und Amir blieben sie stehen, spielten mit ihrem Ball, bis Amir den Abstand
verkürzte.
Dann liefen sie wieder lachend zehn Meter weiter.
Amir lief wutentbrannt hinterher und drohte: »Wenn ich euch erwische, zerreiße ich euch in kleine Stücke. Bleibt stehen, ihr Hurensöhne!«
Allmählich musste ich das Fenster öffnen, um zu sehen, wie weit sie sich schon entfernt hatten. Ich konnte sie noch hören, aber nicht sehen.
Sie waren fast am Ende der Straße. Jetzt kickten sie mit den Füßen den Ball vorwärts, ab und zu drehten sie sich um und zeigten Amir ihre Stinkefinger. Ich konnte mir gut vorstellen, dass Amir nur den Wunsch hatte, mindestens eines dieser frechen Kinder zu erwischen.
In diesem Augenblick fuhr Ashkani langsam zu meinem Haus, hielt kurz vor der Haustür und mit einem Zeichen forderte er mich auf, in sein Auto einzusteigen.
Mit meiner Reisetasche und meinem Rucksack verließ ich das Haus und warf einen Blick auf die Straße. Ich war erleichtert, dass Amir immer noch fluchend hinter den Jungs herlief. Er konnte keine Notiz von mir nehmen.
Ich stieg ins Auto, legte mich sofort flach auf den Rücksitz und Ashkani fuhr langsam und ruhig fort. Er bog in die Hauptstraße in Richtung Norden ein.
Meine erste Frage war: »Was wird mit den Jungs passieren? Besteht keine Gefahr, dass Amir sie erwischt und verprügelt?«
»Nein, er hat gegen die Beiden keine Chance. Sie haben in ihrem kurzen Leben nicht Vieles gelernt, aber sie wissen, wie sie sich als trainierte Basketballer zu bewegen haben.

Außerdem habe ich vorsichtshalber weitere vier Jungs am Ende der Straße postiert, um ihre Kameraden zu unterstützen, falls es kritisch wird.«
»Ich glaube, Amir hat meine Flucht nicht bemerkt, sonst würde er zu seinem Auto zurück laufen und uns verfolgen. Das war eine großartige Idee von dir.«
»Ja, die Idee war nicht schlecht, dennoch glaube ich nicht, dass die Gefahr vorbei ist. Wenn Nouri so misstrauisch ist, dass er einen Aufpasser vor deine Haustür setzt, hat er bestimmt noch ein paar andere Leute in der Umgebung positioniert, um dich, falls du wegfährst, zu verfolgen, deine Flucht zu verhindern und ihn zu informieren. Er muss davon überzeugt sein, dass du mit dem Verschwinden von Gorganis Geld doch etwas zu tun hast und möglicherweise die Absicht verfolgst, mit dem Geld abzuhauen.«
»Was nun? Ich muss heute mit der Bahn nach Teheran fahren. Wie kann ich sicher sein, dass seine Leute nicht am Bahnhof sind?«
»Das ist eine gute Frage. Wir sollten sehr vorsichtig sein und kein Risiko eingehen. Ich fahre dich direkt nach Schuschtar. Es dauert etwa eine Stunde. Heute Abend um 21:20 Uhr fährt von dort ein Nachtzug nach Teheran. Du wirst morgen gegen 11:00 Uhr in Teheran ankommen. Wenn keine Schwierigkeiten auftauchen, hast du genügend Zeit, um deinen Flug in die Schweiz zu erreichen.«
Er sah mich im Rückspiegel besorgt an und sagte weiter: »Du darfst nicht vergessen, dass du nicht der Einzige bist, der sich in Gefahr befindet. Stell dir vor, was passieren würde, wenn sie herausfinden, dass Gorganis Geld bei mir versteckt ist.

Nicht nur die Zukunft Hunderter Straßenkinder wäre in Gefahr, sondern möglicherweise würde man mir den Überfall auf Gorgani anhängen.
Schließlich ist bekannt, dass er einer der Brandstifter, ja Mörder meiner Jungs ist. Ich hätte daher ein Motiv, ihn umzubringen und ihn seines Geldes zu berauben.
Wenn du morgen aus dem Iran verschwindest, wird kein Mensch auf die Idee kommen, dass ich mit der Sache etwas zu tun habe. Ich möchte daher sicherstellen, dass du problemlos ins Ausland reist. Im Prinzip helfe ich nicht nur dir, sondern schütze auch mein Projekt, die Zukunft meiner Schützlinge, aber auch mein Leben.«
Er stoppte das Auto an einer roten Ampel an einer Kreuzung von zwei Bundesstraßen. Ich nutzte die Gelegenheit, stieg aus dem Auto und setzte mich auf den Beifahrersitz. In diesem Augenblick bemerkte ich, dass Fallahs Auto an der Ampel in die Gegenrichtung stand. Ich war nicht sicher, ob er mich beim Aus- und Einsteigen gesehen hatte, dennoch nahm mir das Gefühl der Beklommenheit fast den Atem, so dass ich minutenlang stumm blieb. Offenbar patrouillierten einige Mitglieder des Vereins meinetwegen in der Stadt. Als die Ampel wieder auf Grün sprang, fuhr Ashkani geradeaus Richtung Schuschtar.
Absichtlich mied er die Auffahrt der Autobahn Nord und fuhr weiter auf der Bundesstraße. Er sagte später, die Fahrt auf der Bundesstraße dauere etwas länger, sei aber überschaubar und sicherer.
Nach fünf Minuten waren wir beide wieder etwas ruhiger und mitteilsamer. Er sagte:
»Eines begreife ich nicht. Wenn ich dich richtig verstanden habe, hat Dr. Nouri genauso viel Geld vom Ölgeschäft ergaunert wie Gorgani. Trotzdem jagen er und seine Leute gierig nach Gorganis Geld. Hat er nicht genug?«

»Ich weiß nicht, ich verstehe es auch nicht. Offensichtlich ist das die typische Mentalität dieser Leute, die ihr Essen immer am Feuer Anderer kochen.
Ich bin inzwischen sicher, dass er und seine Bande für Gorganis Tod verantwortlich sind. Sie haben ihren Überfall und Mordplan eiskalt durchgeführt, um ihn loszuwerden und sein Geld an sich zu nehmen. Aber außer einer verkohlten Leiche haben sie nichts.
Offenbar vermuten sie, dass er sein Geld bei mir versteckt hat. Ich glaube, es ist höchste Zeit, dass ich aus Ahwaz und schließlich aus dem Iran verschwinde.«
»Das wirst du. Wir müssen uns nur bemühen, aufmerksam zu sein, und wenn etwas Unerwartetes passiert, kühl und überlegt zu reagieren.«
Zu dieser Tageszeit und vor allem in dieser heißen Saison war die Bundesstraße Nord im Vergleich zur Autobahn erheblich ruhiger. Wir sahen kaum ein Auto in beiden Richtungen.
Es war aber heiß, zu heiß; ich glaube mindestens 40 Grad und dummerweise hatte Ashkanis Auto keine Klimaanlage. Die schwüle Hitze flirrte in Wellen vom Straßenbelag auf. Das grelle Sonnenlicht blendete schmerzhaft. Manchmal blies ein schwacher Wind, gemischt mit heißem Sand, durch die offenen Fenster.
Eine Zeitlang waren wir beide schweigsam, ja nachdenklich, bis Ashkani mich lächelnd ansah und sagte:
»Ich würde mich riesig freuen, wenn du es schaffte, problemlos aus dem Iran zu verschwinden.
Unabhängig von deiner unerträglichen Situation ist hier grundsätzlich kein Platz für dich, um zu leben. Du mit deiner idealistischen Denkweise passt nicht zu dieser verrottenden Gesellschaft.

Du hast hier kaum Chancen zu überleben. Eigentlich herrscht im gesamten Land das Gesetz des Dschungels: Der Stärkere gewinnt.
Seit Khomeini unser Land einen sogenannten Gottesstaat taufte, ist alles noch schlimmer geworden.
Wenn man von Imams Linie Abstand nimmt, wird man wegen "Konterrevolution" verhaftet und gehängt. Bis heute haben sie dieses erbarmungslose Verfahren bei mehr als 200.000 Menschen durchgeführt.
Sie haben dieses Land Gottesstaat genannt, um die Bevölkerung im Namen Gottes unter Druck zu setzen.
Die Mullahs nutzen dieses Regelwerk für ihre eigenen Vorteile schamlos aus. Sie verwenden die Gesetze des Koran wie eine Waffe gegen ihre Kritiker. Sie sagen, dass der Koran das direkt von Allah gegebene Wort sei. Man darf es weder missachten, verändern noch falsch interpretieren. Man muss seinen Regeln blind und bedingungslos folgen.
Wenn sie eine Frau wegen Ehebruchs oder einen Mann wegen Verkaufs von alkoholischen Getränken hinrichten oder wenn Präsident Ahmadinejad die Vernichtung von Israel fordert, begründet man dies immer als islamische Rechtsprechung. Denn mit dem Islam lässt sich sehr gut für Gewalttaten argumentieren.
Im Koran steht deutlich *„Töte die Ungläubigen, wo immer sie sind."* Das ist genau, was sie ständig praktizieren, und zwar nicht nur gegen Ungläubige, sondern auch gegen ihre Kritiker.
Der Prophet Mohammed gilt als bestes Vorbild für solche Geistlichen. Er griff sein ganzes Leben zur Gewalt, um seine Ziele zu erreichen. Er ließ sogar eine ganze Volksgemeinschaft enthaupten, weil sie seine Thesen nicht akzeptieren wollte.

Ich weiß nicht, wie islamische Glaubensführer in anderen Ländern mit ihren Mitmenschen umgehen, aber nach mehr als dreißig Jahren Erfahrung in diesem sogenannten Gottesstaat Iran verhalten sich unsere Geistlichen gegenüber ihren Mitmenschen barbarisch.« Ein bitteres Lächeln zuckte um seine Mundwinkel und er sagte weiter: »Aber, wenn man das Verhalten dieser armseligen Opportunisten, die ernsthaft glauben, über das Leben von Anderen entscheiden zu können, genau beobachtet, erkennt man immer wieder das Prinzip, dass Allah, Mohammed und der Koran ihre Werkzeuge sind, um reich und mächtig zu werden. Ich bezweifle, dass sie selbst an das glauben, was im Koran steht. Zum Beispiel findet man an mehreren Stellen im Koran, dass man nicht lügen darf; wer lügt, ist Gottes Feind.
Von Khomeini und Khamenei bis zu den kleinen Mullahs in einer Dorfmoschee: Sie lügen immer wieder, ohne zu erröten.«
Einige Kilometer vor dem Ort Veys fragte ich mich, warum Ashkani ab und zu in den Rückspiegel seines Autos sah und mal schneller und dann wieder ungewöhnlich langsam fuhr, obwohl die Straße völlig frei war. Als er meine Verwunderung bemerkte, sagte er leise: »Ich kann mich auch täuschen, aber ich glaube, man verfolgt uns. Mir ist aufgefallen, dass ein Auto hinter uns fährt und versucht, seinen Abstand einzuhalten; egal, ob ich schnell oder langsam fahre.«
Ich schaute in den Außenspiegel auf der Beifahrerseite und stellte fest, dass er recht hatte. In der Entfernung von ca. 200 Metern folgte uns ein Auto. Wegen der Hitzewellen und des starken Sonnenlichts konnte man allerdings nicht erkennen, was für ein Auto es war.

Dennoch hatte ich die Befürchtung, dass der Autofahrer Fallah sein könnte. Möglicherweise hatte er mich beim Platzwechsel an der roten Ampel doch gesehen.
»Das sieht nicht gut aus«, sagte Ashkani mit gedämpfter Stimme. »Wir dürfen nicht weiterfahren.
Ich werde gleich an einem sicheren Platz anhalten und so tun, als ob wir eine Autopanne haben. Sehen wir dann, was er tut: Fährt er an uns vorbei oder hält er sein Auto auch an?«
Ich war sehr beunruhigt. Denn im Gegensatz zu Dr. Nouri war Fallah ein harter Bursche; gnadenlos und gewalttätig. Hinzu kam noch, dass er immer bewaffnet war. Gerade in den letzten Stunden meines Aufenthalts im Iran konnte ich mir eine Auseinandersetzung mit ihm nicht leisten.
Die Idee von Ashkani war nicht schlecht, wir sollten abwarten und sehen, wie er reagierte.
Ashkani hielt sein Auto in der Einfahrt einer Nebenstraße an, stieg aus, klappte die Motorhaube hoch und tat so, als ob der Wasserkühler kochte.
Ich saß noch im warmen Auto und richtete meinen Blick auf den Außenspiegel. Als der Verfolger sein Auto in einer Entfernung von ca. einhundert Metern anhielt, wurde ich noch nervöser.
»Hast du gesehen, er fährt nicht mehr, er wartet auf uns«, sagte Ashkani, ohne sich vor der geöffneten Motorhaube zu bewegen.
»Was nun? Was machen wir jetzt?«, fragte ich besorgt.
»Abwarten. Wir haben genug Zeit. Sehen wir, ob er mitspielen will.«
Es vergingen fünfzehn Minuten. Ich saß ruhelos im Auto, Ashkani blieb, wo er war, und der Verfolger bewegte sich nicht von der Stelle.

Während dieser nervigen Zeit fuhren ein Lastwagen und kurz danach ein Motorrad an uns vorbei, ohne uns sonderlich zu beachten. Dann ging das Warten und Schwitzen auf der stillen, heißen und staubigen Bundesstraße weiter. Plötzlich tat sich etwas. Ich sah, dass der Verfolger das Auto startete und ganz langsam in unsere Richtung rollte.
»Achtung, er kommt!«
»Das sehe ich. Du bleibst, wo du bist. Vielleicht fährt er doch an uns vorbei.«
Aber er tat es nicht, er fuhr gezielt und langsam weiter und dann hielt sein Wagen direkt hinter unserem Auto. Neugierig warf ich einen kurzen verstohlenen Blick auf den Autofahrer. Ja, das war tatsächlich der verdammte Fallah, mein Kollege, der Vertriebschef. Offensichtlich hatte er mich doch an der roten Ampel gesehen und sofort die Verfolgung aufgenommen. Er stieg aus seinem Auto, kam langsam zu mir, sah mich eine Weile mit einem zynischen Lächeln an und sagte dann:
»Guten Tag Herr Finanzchef, gibt es Probleme mit dem Auto? Man erzählte mir, dass du krank bist. Was machst du in dieser gottverlassenen Wüste?«
»Wir haben eine Autopanne. Ich wollte mithilfe meines Freundes einen Arzt im nächsten Ort besuchen«, sagte ich stockend und stieg aus dem Auto. Ich stand direkt vor ihm, versuchte, meine Ängste zu verbergen, und fragte:
»Und was machst du hier, Herr Vertriebschef?«
»Die Frage werde ich gern beantworten. Ich fahre zum gleichen Bestimmungsort wie du und dein Komplize. Ich denke, wir haben das gleiche Ziel. Du verstehst doch, was ich meine, nicht wahr?« Mit jedem Wort versuchte er, seine Stärke und Entschlossenheit zu demonstrieren.

Es roch nach Ärger. Ich sah in seinem Gesicht unbeschreibliche Wut und Zorn. Seine Augen hatten einen harten, grausamen Ausdruck. In diesem Augenblick klappte Ashkani die Motorhaube zu und sah zum ersten Mal Fallah an. Er kam ein paar Schritte näher und fragte:
»Was haben Sie gemeint mit gleichem Bestimmungsort? Sind Sie auch krank?«
»Ja, ich bin krank. Ich bin krank von so vielen Unaufrichtigkeiten. Ich bin krank, wenn Vollidioten wie ihr mich an der Nase herumführen wollen.
Ja, ich möchte dorthin, wo ihr Anfänger Millionen von Dollars fremdes Geld versteckt habt. Ich meine das Geld von Gorgani.« Er starrte Ashkani mit seinen feindseligen Augen an und sagte weiter: »Moment mal, ich kenne dich. Ich habe dich irgendwo schon einmal gesehen. Früher, ja, vor vielen Jahren.
Ach, natürlich kenne ich dich, obwohl du dich ziemlich verändert hast. Ja, älter und hässlicher bist du geworden. Aber dein merkwürdiges Muttermal im Gesicht hat sich nicht verändert; zwei komische gebrochene Herzen. Das ist wohl dein Markenzeichen, nicht wahr?« Ein bitteres Lächeln zuckte um seine Mundwinkel und er sagte weiter: »Ich erinnere mich genau, dass du und deine Kumpels Anfang der neunziger Jahre gegen 25 Leute einen Prozess geführt habt. Ja, ja, ihr wart eine sogenannte Opferfamilie des Brandanschlags vom Cinema Rex. Habe ich recht?
»Ganz recht. Und wer sind Sie? Der Brandstifter?«
»Ja, er ist einer des Todeskommandos. Laut Aussage von Gorgani spielte er bei dem Brandanschlag vom Cinema Rex eine entscheidende Rolle«,

sagte ich und sah ihm dieses Mal mutig in die Augen. Er lachte, winkte mit der Hand ab und erwiderte:
»Komm, wir wollen nicht in der Scheiße von gestern herumwühlen, hier stinkt es genug. Oder willst du mich mit solchen Lappalien ablenken?« Er klopfte auf meine Schulter und fügte ernst hinzu: »Lass uns mit offenen Karten spielen, Kollege.
Seit gestern bin ich überzeugt, dass Gorgani sein Geld bei dir deponiert hatte. Die Cousine meiner Frau wohnt genau gegenüber von deinem Haus. Sie hat vor kurzer Zeit, als sie ins Bett gehen wollte, beobachtet, dass Gorgani mit mehreren Plastiksäcken zu dir kam und nach einer halben Stunde das Haus ohne Säcke verließ.
Diese Aussage deckt sich mit der Bemerkung von Gorganis Schwiegersohn. Er meinte, er habe mehrere vollgestopfte schwarze Säcke in Gorganis Arbeitszimmer gesehen. Diese sind aber nicht mehr da.
Ich habe keine Zweifel, dass in diesen Plastiksäcken Geld steckte. Offenbar hatte er mehr Vertrauen in dich als in seine Familie. Daher hatte er entschieden, sein Geld bei dir aufzubewahren, ohne zu ahnen, dass du ein geschickter Bauernfänger bist. Aber jetzt ist es egal. Wie du weißt, lebt der Scheißkerl nicht mehr und das Geld muss in den Verein zurückfließen.
Trotz all deiner Bemühungen kannst du die ganze Beute nicht für dich allein behalten. Verstehst du? Das kannst du nicht, das Geld gehört uns allen. Wir fahren gemeinsam zu der Stelle, wo du es mithilfe deines Kumpels versteckt hast. Wir bringen das Geld in mein Haus und sorgen dafür, dass jedes Mitglied unseres Vereins einen Anteil davon bekommt. Von mir aus kannst du zehn Prozent davon haben. Ich denke, das ist ein gerechtes Vorgehen. Bist du einverstanden?«

»Ich habe Gorganis Geld nirgendwo versteckt. Er hatte eine Geliebte in Pardis und ich bin davon überzeugt, dass das Geld dort hinterlegt sein muss. Das habe ich auch Dr. Nouri gesagt und er wollte sich darum kümmern.
Und was meinen Freund Ashkani betrifft, er weiß überhaupt nichts von dem Ölgeschäft. Ich habe ihn lediglich gebeten, mich zu einem Arzt zu fahren.
Es tut mir leid, du hast uns umsonst verfolgt. Jetzt kannst du wieder in dein Auto steigen, zurückfahren und uns in Ruhe lassen.« Ich sah Ashkani an und fragte: »Ist mit dem Auto alles in Ordnung? Können wir jetzt weiterfahren?«
»Ja, es geht wieder. Wir müssen aber langsamer fahren. Während du beim Arzt bist, werde ich in Veys in einer Werkstatt die Kühlung prüfen lassen.«
Ich ignorierte bewusst die scharfen Blicke von Fallah und wollte ins Auto einsteigen, als er meine linke Hand fest umfasste und drohend sagte:
»Halt, bleib stehen, du Miststück! Ich rate euch, versucht nicht, mich weiterhin hinters Licht zu führen. Das Spiel ist aus. Du darfst nicht vergessen, im Gegensatz zu dir komme ich aus dieser Gegend. Ich kenne jeden Ort, jeden Einwohner und bin im Bilde, wo was geschieht. Gorgani hatte keine Beziehung mit irgendeiner Hure in Pardis.
Er war kein Typ, der eine Mätresse versorgte. Hör auf mit solchem Quatsch, solche Märchen kannst du nur Nouri oder deiner Großmutter erzählen.
Weißt du, ich kann dein Problem verstehen. Du hast unüberlegt etwas Dummes gemacht und jetzt weißt du nicht, wie du aus dieser blöden Situation herauskommst. Ich helfe dir, Junge.

Zeig mir einfach, wo du das verdammte Geld versteckt hast. In diesem Fall hast du überhaupt nichts zu befürchten. Wir bringen die Sache friedlich hinter uns.« Er starrte mich mit seinen grauenhaften Blicken an, drückte meine Hand fester und fügte hinzu: »Auf diese Weise werden wir zwei wichtige Ziele erreichen, Gorganis Geld unter den Mitgliedern des Vereins brüderlich verteilen und noch schöner, wir werden sofort mit dem Geschäft mit den Barzahlern fortfahren, was leider wegen der Angst vor dem Geheimdienst von Nouri gestoppt wurde.
Denk nach Junge, in ein paar Jahren wirst du sogar noch mehr Dollar-Scheine besitzen, als du von uns gestohlen hast. Also, sei nicht stur und lass uns die Kohle zurückholen. Einverstanden?«
»Ich glaube, Sie vergeuden Ihre Zeit«, sagte Ashkani immer noch beherrscht und im höflichen Ton. Er kam ein paar Schritte näher und fügte ernst hinzu: »Lassen Sie ihn in Ruhe. Er weiß von keinem versteckten Geld. Er ist krank und muss sofort einen Arzt besuchen. Ich schlage vor, Sie setzen sich in Ihr Auto und fahren weiter. Sie können mit ihm Ihre Geldangelegenheit später klären. Jetzt haben wir keine Zeit, mit Ihnen darüber zu diskutieren.«
»Du hältst dich gefälligst zurück, Doppelherz!«, erwiderte Fallah scharf. »Er weiß ganz genau, worüber ich spreche.«
»Nein, ich weiß nicht, was du von mir willst«, antwortete ich laut. »Wie oft muss ich dir noch sagen, dass ich mit Gorganis Geld nichts zu tun habe. Jetzt verschwinde! Wir müssen weiterfahren.« Ich wollte ins Auto einsteigen, aber er hielt mein linkes Handgelenk noch fester.
Plötzlich holte er mit der anderen Hand einen Revolver aus seiner Waffentasche heraus, zielte in Richtung Ashkani und sagte mit hasserfüllter Stimme zu mir:

»Ich habe keine Lust, mit dir weiter zu verhandeln. Wir fahren zusammen, du zeigst mir, wo das Geld steckt, wir holen es und fahren zu meinem Haus.
Morgen leiten wir gemeinsam eine Mitgliederversammlung und dann verteilen wir das Geld. Basta!« Er verschärfte seinen Ton und sagte weiter: »Glaub mir, das ist die einzige Möglichkeit, dass du unbeschadet davonkommst.
Aber mein Angebot gilt nicht für diesen Affen. Er hat unser Gespräch mitgehört. Wir dürfen hier keinen Zeugen lebend zurücklassen.«
Eine Weile sah ich sein rotes, erregtes Gesicht verängstigt an, das plötzlich im Zorn lebendig wirkte. Ich hatte jetzt keinen Zweifel mehr, dass diese kaltblütige Bestie Ebrahim Ashkani erschießen wollte. Er war entschlossen, das Geld von Gorgani an sich zu nehmen, und zwar, wie er sagte, ohne einen Zeugen.
Plötzlich ergriff ich, ohne länger nachzudenken, mit meiner freien Rechten seine bewaffnete Hand und versuchte, die Position seiner Waffe in eine andere Richtung zu lenken.
In diesem Augenblick sprang Ashkani wie ein wilder Tiger zu ihm und blitzschnell verpasste er ihm einen schmerzhaften Karateschlag auf seinen Nacken. Fallah hielt die Waffe nach wie vor in der Hand, aber schwankte unkontrolliert und trat ein paar Schritte rückwärts.
Er lehnte sich an sein Auto und bemühte sich, nicht hinzufallen.
Offensichtlich hatte Ashkanis Schlag ihm richtig wehgetan, denn sein Gesicht bekam einen qualvollen Ausdruck. Ich glaube, er wusste trotz seiner Ortskenntnisse nicht, dass Ashkani zweifacher Landesmeister in Karate und Inhaber des Schwarzen Gürtels war.

Dennoch sah es nicht so aus, als ob er seine aggressive Haltung aufgeben wollte. Nach einigen Sekunden nahm er sich zusammen und versuchte noch einmal, mit seiner Waffe auf Ashkani zu zielen. Aber er kam nicht dazu, den Abzug zu drücken, denn in diesem Augenblick ergriff Ashkani seine bewaffnete Hand und drehte sie mit all seiner Kraft um.
Er presste den Revolverlauf auf seine Brust und zu meinem großen Erschrecken drückte er mit einem Finger der linken Hand den Abzug.
Das Echo eines ohrenbetäubenden Getöses konnte man in diesem vereinsamten Areal eine Weile hören. Ja, tatsächlich hatte er Fallah direkt in die Brust geschossen.
Fallah fiel langsam und zitternd auf den Boden, während aus seiner Brust Blut quoll. Er blieb mit offenem Mund und glotzenden Augen nach einer Minute völlig still liegen. Sein Finger klemmte aber immer noch fest an dem Revolver.
Ich kann nicht beschreiben, wie ich mich dabei fühlte. Ich war verängstigt, schockiert, aber gleichzeitig erleichtert, dass uns nichts Schlimmeres passieren würde. Ich hatte keine Zweifel, wäre Fallah schneller gewesen, hätte er Ashkani erschossen. Aber Gott sei Dank bekam er nicht die Möglichkeit, auf ihn zu zielen. Sonst wäre nicht nur mein Leben endgültig ruiniert, sondern auch Ashkanis großartiges Projekt der „Kinderausbildung" hinfällig gewesen.
Ich weiß nicht, wie lange wir dort erschrocken und mit zittrigen Körpern standen und nicht wussten, was wir tun sollten; wir waren beide fassungslos.
Plötzlich brachte uns der entfernte Lärm eines Lastwagens, der in unsere Richtung fuhr, zur Besinnung.

Prompt öffnete Ashkani die Beifahrertür von Fallahs Auto und sagte energisch:
»Komm, hilf mir, ihn in sein Auto zu schleppen, bevor jemand sieht, was passiert ist.«
Fallah wog mindestens neunzig Kilo und ich war völlig entkräftet, ja, ich zitterte fürchterlich.
»Beeil dich! Der Lastwagenfahrer darf seine Leiche nicht sehen«, schrie Ebrahim Ashkani.
Mit einem Blick auf sein Gesicht erkannte ich, dass er in einer noch schlechteren Verfassung war als ich. Aber im Gegensatz zu mir war es ihm bewusst, dass wir große Probleme hatten und diese so schnell wie möglich beseitigt werden mussten.
»Beweg dich, Shapor! Der Lastwagen wird in einer Minute an uns vorbeifahren!« Er brüllte wieder.
Ich nahm mich zusammen. Ashkani hielt Fallahs Schultern, ich fasste seine Füße und wir setzten ihn mühsam in sein Auto und befestigten den Sicherheitsgurt über seiner Schulter. Sein Kopf hing leblos zur Seite, aber merkwürdigerweise hielt er immer noch den Revolver fest in seiner Hand. Ich hatte Angst, dass er noch nicht tot war und uns bei der ersten Gelegenheit erschießen würde.
Der Lastwagen war jetzt etwa 150 Meter von uns entfernt. Schnell kamen wir zu dem Tatort zurück, standen mit dem Gesicht in Richtung des Autos, bis der Lastwagen an uns vorbeifuhr.
Ich glaube, der Fahrer hatte uns überhaupt nicht beobachtet. Um die Blutlache auf dem Boden zu kaschieren, holten wir mehrere Male mit beiden Händen Erde von der Nebenstraße und streuten diese darüber.
»Ich muss ihn in seinem Auto irgendwo abstellen, wo ihn die nächsten Tage niemand finden kann«, sagte Ashkani. »Setz' dich in mein Auto und fahre hinterher.«

Er sah aber kaum eine Reaktion von mir. Der Schock saß so tief, dass ich mich vollkommen niedergeschmettert fühlte. Wieder sagte Ashkani laut: »Nimm dich endlich zusammen, wir verlieren Zeit. Kannst du überhaupt fahren?«
»Ja, ja, ich bin ziemlich durcheinander, aber ich versuche es. Was sein muss, muss sein, fahren wir los.«
Ich war heilfroh, dass ich nicht neben der Leiche von Fallah sitzen musste. Ich hatte Angst vor ihm.
Ashkani fuhr das Auto mit dem toten Fallah und ich folgte ihm. Ich erinnere mich, dass ich einige Male die Bremse mit der Kupplung verwechselte oder in einem ungeeigneten Gang fuhr. Im Gegensatz zu mir beherrschte Ashkani sich gut, er fuhr nicht langsam, nicht schnell, einfach ruhig und geradeaus. Wie er sich nach diesem schrecklichen Vorfall fühlte, konnte ich mir gut vorstellen. Er war eine sehr empfindsame Person, aber auch stark, sehr stark.
Nach zehn Kilometern Fahrt bog Ashkani auf eine Dattelpalmen-Plantage. Er schrie durch das offene Fenster von Fallahs Auto, dass ich ihm nicht mehr hinterherfahren sollte. Er fuhr fast zweihundert Meter weiter und stellte das Auto zwischen mehreren Palmen ab. Mit einem Taschentuch wischte er seine Fingerabdrücke ab, stieg aus dem Auto aus, klappte die Tür zu und während er seine Umgebung forschend beobachtete, kam er zu mir zurück.
Wir tauschten die Plätze und er fuhr wieder in Richtung Schuschtar. Wir waren zuversichtlich, dass niemand von uns Notiz genommen hatte.
Was in der letzten halben Stunde passiert war, war ungeheuerlich und schwer zu fassen. Mir war aber klar, dass

wir keine Schuld an dieser mörderischen Begebenheit hatten, das war schlicht Selbstverteidigung gewesen.
Fallah wollte Ashkani erschießen, denn, wie er unmissverständlich angekündigt hatte, wollte er keine Zeugen am Leben lassen.
Allmählich beruhigten sich meine Nerven und ich atmete regelmäßiger; ja, das Herz schlug wieder ruhiger in meiner Brust.
Es hatte fast fünf Minuten gedauert, bis endlich Ashkani das Wort ergriff:
»Bist du wirklich sicher, dass er einer der Cinema Rex-Brandstifter war?«
»Ich kenne seine Vergangenheit nicht. Aber bei ein paar Gesprächen mit Gorgani erfuhr ich, dass Fallah und weitere Personen während der sogenannten Revolution zu seiner Gruppe gehörten.
Gorgani betonte, dass Fallah bei der Brandstiftung im Cinema Rex eine große Rolle gespielt habe. Ich habe keinen Zweifel, dass Gorgani mir die Wahrheit erzählte. Ich denke, Fallah hatte deine Söhne und weitere Hunderte Menschen auf dem Gewissen.
Außerdem darfst du nicht vergessen, er wollte dich töten. Was wir getan haben, war einfach Selbstverteidigung.«
»Trotzdem fühle ich mich schlecht, ich habe einen Menschen umgebracht.«
»Wie hättest du dich anders verhalten sollen? Wenn er schneller gewesen wäre, hätte er dich bedenkenlos erschossen. Was er mit mir machen wollte oder was aus deinem Projekt geworden wäre, kann man sich leicht denken.
Ich muss gestehen, dass auch ich mich miserabel fühle, aber wir dürfen kein Schuldgefühl aufkommen lassen.

Er griff uns an, er wollte dich töten und wir leisteten Widerstand, Punkt.« Ich dachte weiter über unsere Lage nach und sagte: »Meine Sorge ist, was die nächsten Tage passiert, wenn man ihn tot in seinem Auto findet. Glaubst du, man wird dich irgendwie in die Sache hineinziehen?«
»Ich weiß nicht. Tatsache ist, er sitzt in seinem eigenen Auto und hält seinen eigenen Revolver in der Hand. Die Kugel in seiner Brust stammt aus seiner eigenen Waffe. Vielleicht wird man es als Selbstmord betrachten, im schlimmsten Fall als Raubmord. Ich bin aber sicher, niemand hat uns dabei gesehen.«
In Veys parkte Ashkani das Auto neben einem Fluss und ich ging in ein Textilgeschäft, kaufte für ihn eine passende Jeanshose und ein T-Shirt, denn seine Kleidung war blutverschmiert. Wir erfrischten uns dort und nach einer Stunde Pause fuhren wir weiter in Richtung Schuschtar. Unterwegs verbrannten wir in einem unbewohnten Ort seine alten Sachen.
Gegen 19:00 Uhr erreichten wir Schuschtar. Während ich ungeduldig im Auto auf ihn wartete, ging er in den Hauptbahnhof, um ein Ticket für den Schlafwagen nach Teheran zu kaufen. Nach fünfzehn Minuten kam er zurück, gab mir das Ticket und sagte:
»Dein Zug fährt pünktlich. Ich habe unauffällig hier und da geschaut und keine verdächtigen Personen entdeckt. Amir hat sicher noch nicht bemerkt, dass du aus deiner Wohnung ausgebrochen bist.«
Wir besuchten danach ein Café in der Nähe des Bahnhofs, bestellten Tee und Sandwiches und warteten bis zur Abfahrtszeit.
Um 21:00 Uhr, als Ashkani mich zu meinem Abteil begleitete, umarmte er mich wie einen Bruder und sagte:

»Sobald dein Zug Schuschtar verlässt, versuchst du, alles zu vergessen. Betrachte deinen Aufenthalt im Bundesland Khuzestan als einen kurzen Albtraum.
Es gab kein Öl-Ministerium, keinen Gorgani, keinen Fallah und du hast keine Unrechtmäßigkeit begangen.
Konzentriere dich auf dein neues Leben.
Meine Schützlinge und ich werden das, was du für uns getan hast, niemals vergessen. Alle Bildungsstätten, die ich einrichten werde, werde ich auf deinen Namen taufen.
Ich bin sehr dankbar für deine Kameradschaft und Großzügigkeit. Viel Glück.«
Ich drückte seine Hand und sagte:
»Ich werde mich glücklich schätzen, wenn alles so laufen wird, wie du es geplant hast. Wenn ich in Australien bin, werde ich mit dir Kontakt aufnehmen und mich über die Entwicklung deiner Projekte informieren. Pass gut auf dich auf, mein Freund.«
Um 21:20 Uhr verließ der Zug Schuschtar in Richtung Norden.
Die Auswirkung dieses plötzlich hereinbrechenden und traumatischen Erlebnisses zwischen Ahwaz und Schuschtar spürte ich nach und nach, als ich allein in meinem Abteil lag.
Wegen dieser seelischen Erschütterung machte sich mein schwacher Kreislauf deutlich bemerkbar. Ich war kraftlos, wackelig und vor allem völlig konfus.
Eigentlich hatte ich kein Schuldgefühl, denn Fallah war ein rücksichtsloser und brutaler Verbrecher gewesen. Aber ich fühlte mich nicht wohl, weil Ashkani und ich an seinem Tod beteiligt waren. Ich ärgerte mich, dass ich in Ahwaz an der roten Ampel aus dem Auto ausgestiegen war, um neben Ashkani zu sitzen, und dabei Fallah mich gesehen und sofort die Verfolgung aufgenommen hatte.

Ich stellte mir mehrere Szenarien vor meinem geistigen Auge vor und jedes Mal zitterte ich vor Angst und Anspannung.
Ich überlegte, was hätte passieren können, wenn Ashkani erschossen worden wäre. Wie hätte ich mich aus dem Netz dieser Mafia befreien können? Wie hätte ich, abgesehen davon, dass ich nicht wusste, wo Ashkani das Geld versteckt hielt, ihren Forderungen nachkommen können? Wahrscheinlich hätte ich jahrelang alles für sie erledigen müssen, um überhaupt zu überleben.
Irgendwann, mitten in der Nacht, fand ich die zwei Aspirin, die ich in der Apotheke gekauft hatte. Ich schluckte beide, trank viel Wasser und legte mich flach auf das Bett. Als ich meine Augen das nächste Mal öffnete, war der Zug schon in der Nähe von Teheran.
Das Einchecken am Flughafen, die Zollabfertigung und die Polizeikontrolle verliefen unproblematisch. Offenbar wusste Nouri nicht, dass ich den Iran verlassen wollte, sonst hätte er seine Leute angeheuert, mich an meiner Reise zu hindern.
Am 16. Juni 2008 landete ich spät abends in Zürich. Ich hatte es tatsächlich geschafft, ich war gerettet, ich war glücklich, sehr glücklich.
Wie Ashkani mir empfohlen hatte, strengte ich mich an, diese unangenehmen, ja furchterregenden Ereignisse so weit wie möglich zu vergessen oder zumindest zu verdrängen.
Seit vier Tagen bin ich nun hier und ich weiß nicht, ob Nouri und seine Bande inzwischen von meiner Flucht erfahren haben. Aber im Prinzip ist mir das gleichgültig. Hier in der Schweiz kann mir nichts passieren, hier bin ich sicher, der Albtraum ist vorbei.«

Shapor hielt inne. Während er seine spannende, ja beängstigende Geschichte erzählte, wirkte er ernst, oftmals depressiv und gelegentlich machte er einen hilflosen Eindruck. Jetzt, da er sein Herz völlig ausgeschüttet hatte, erschien er deutlich erleichtert und beruhigt.

Ich wollte vorläufig keine Kommentare über einige Stellen seiner Geschichte machen, zum Beispiel dazu, dass Kamal Nouri in Zürich war. Dies würde seine optimistische Ansicht möglicherweise zerstören. Denn aus meiner Sicht war die Gefahr für ihn längst nicht vorbei.

Schon ab der Mitte seiner Geschichte, als er den Namen Kamal Nouri, den Bruder seines Chefs, erwähnte, wurde mir die Warnung einiger Mitglieder unseres Vereins richtig bewusst, dass sich mehrere Pasdaran-Killers in Zürich aufhielten und möglicherweise ein bestimmtes Opfer suchten. Dieses Opfer konnte Shapor sein.

Mir war allmählich klar, dass sie nichts gegen unsere Veranstaltung in Zürich unternehmen wollten. Denn das wäre für sie eine aufwändige und gefährliche Eskapade.

Normalerweise brachten sie die sogenannten Feinde der Islamischen Republik Iran einzeln um, und zwar ganz raffiniert und heimtückisch.

Ja, ich befürchtete, dass Shapor der eigentliche Grund für ihre Anwesenheit in Zürich war. Wahrscheinlich hatte man inzwischen von seiner Flucht in die Schweiz erfahren.

Kamal hatte von seinem Bruder den Auftrag erhalten, ihn zu lokalisieren, Gorganis Geld zurückzuholen und möglicherweise ihn zu beseitigen.

Ich entschied, Shapor davon vorläufig nichts zu sagen und auf ihn aufzupassen, während er mein Gast in Europa war.

Ich sah Shapor an, er betrachtete fasziniert die traumhafte Aussicht seiner Umgebung. Als er bemerkte, dass ich ihn interessiert beobachtete, lächelte er und sagte:
»Ist das nicht fantastisch? Wenn es auf unserer Erde tausend Paradiese gibt, ist das eines davon.
Die Mutter Natur bietet uns so viele wunderschöne Plätze auf der Erde und wir dummen Menschen ignorieren sie entweder oder zerstören sie einfach.
Paradoxerweise gibt es viele geistig manipulierte Dschihadisten – meistens junge Menschen –, die sich mit kiloweise Sprengstoff hier und da einschleichen, um im Namen Allahs sich selbst und jede Menge unschuldige Menschen in den Tod zu reißen, um ein Ticket für den Eintritt ins Paradies zu bekommen, denn angeblich würden sie dort landen.
Ich denke, falls diese Fanatiker doch in das Paradies kommen, wäre es dort nicht schöner als hier. Ich bin dir dankbar, dass du mich hierher gebracht hast.
Dieses Paradies war der beste Platz, um meine Seele zu reinigen.«
»Bleib noch einige Wochen bei mir, ich werde dir weitere fabelhafte Orte in Europa zeigen.«
»Du weißt doch, dass ich in einer Woche weg muss. Aber nächste Jahr reise ich mit Golineh nach Europa und wir werden gern mit dir weitere traumhafte Paradiese besuchen, versprochen.«
Gegen 17:00 Uhr packten wir unsere Sachen und wanderten langsam die Hügellandschaft hinab.
Unterwegs rief ich meine Frau an und erfuhr, dass sie für diesen Abend ein Viergang-Menü vorbereitete.
Ich sollte unterwegs ein paar Flaschen guten Rotwein besorgen.

**Shapor und ich fuhren ins Zentrum von Zürich und vereinbarten, dass ich zu einem Weindepot fahren und eine Kiste Rotwein kaufen würde, während er sich in seinem Hotelzimmer frisch machte, seine Reisetasche packte und seine Hotelrechnung zahlte.
Ich bat ihn, in einer Stunde mit seinem Gepäck vor seinem Hotel auf mich zu warten.
Vorsichtshalber gab ich ihm eine meiner Visitenkarten und sagte ihm, dass er mich rechtzeitig anrufen solle, falls er mehr Zeit brauche. Ich setzte ihn vor seinem Hotel ab und fuhr zum Weindepot Catalunya in der Nähe des Rathauses.**

Kapitel 15

Während der Verkäufer im Weindepot Catalunya bemüht war, mir seine besten, aber auch teuersten Weine zu verkaufen, bewegte mich ein Gedanke, der mich nach und nach in völlige Unruhe versetzte: Shapor war möglicherweise in Gefahr, und zwar gerade jetzt, allein in seinem Hotelzimmer.

Die eingefangenen Reize wurden nach und nach in meinen Gedanken mit bereits vorhandenen Informationen abgeglichen und bildeten eine furchterregende Realität.

Ich dachte darüber nach, was geschehen könnte, wenn Dr. Nouri bereits von seiner Flucht erfahren hatte.

Er würde möglicherweise seinen EDV-Administrator holen und gemeinsam mit ihm die EDV-Listen analysieren und herausfinden, was Shapor am Arbeitsplatz von Gorgani noch getrieben hatte.

Er würde dahinterkommen, dass er unter anderem im Mai und im Juni ein Zimmer im Züricher Hotel Krone reserviert hatte.

Außerdem wäre es für ihn nicht schwierig herauszufinden, wann er von Teheran nach Zürich geflogen war. Mit der Annahme, dass Shapor Gorganis Geld mitgenommen hatte, würde er sich bestimmt maßlos ärgern, schließlich wollte er selbst dieses Vermögen besitzen.

Könnte er dieses Fiasko einfach hinnehmen? Wohl kaum. So wie Shapor seine charakterlichen Eigenschaften beschrieben hatte, würde er alles daran setzen, das Geld zurückzuerobern.

Er könnte telefonisch seinen Bruder beauftragen, ihn in Zürich mit ein paar Schlägertypen zu überfallen und ihn mit ihren brutalen Methoden dazu zu zwingen, Gorganis Geld zurückzugeben.

Auch wenn er seinem Bruder einen Teil davon als Erfolgsprämie geben würde, könnte er sich mit mehreren Millionen Dollar bereichern. Daher waren Kamal Nouri und seine Leute in Zürich.
Wie vom Blitz getroffen, sprang ich hoch und verließ Hals über Kopf das Weindepot.
Wie ein Marathonläufer rannte ich zu meinem Auto, stieg ein und fuhr dann zum Hotel Krone an der Schaffhauserstraße. Wegen des Berufsverkehrs dauerte es fast eine halbe Stunde, bis ich vor dem Eingang des Hotels parken konnte.
Ich sprang aus dem Auto, eilte zur Hotelrezeption und bat eine junge Dame, Shapor in seinem Zimmer anzurufen. Sie hatte meine Aufregung erkannt und verstanden, dass meine Forderung sehr wichtig war. Während sie vergeblich versuchte, Shapor zu erreichen, sagte ihre Kollegin: »Er ist nicht in seinem Zimmer. Vor etwa zehn Minuten verließ er das Hotel, begleitet von vier Personen.«
»Um Gottes willen! Sie haben ihn bestimmt gekidnappt. Haben Sie die Personen genau gesehen? Wie sahen sie aus?«
»Ich habe sie flüchtig gesehen. Als sie das Hotel verließen, hatte ich einen Kunden vor mir. Aber nach meiner Einschätzung waren sie keine Europäer, ziemlich ungepflegt, barsch und offensichtlich in Eile.« Sie hielt inne, überlegte einen kurzen Moment und sagte weiter: »Aber, wenn ich mich zurück besinne, ich glaube, Ihr Freund wollte ungern mit ihnen das Hotel verlassen.«
»Mein Freund ist in großer Gefahr. Wir müssen sofort die Polizei alarmieren, bevor es zu spät ist«, sagte ich ziemlich laut.
»Bitte setzen Sie sich ruhig in die Lobby, ich werde gleich den Manager informieren.«

Kurz danach ging ich gemeinsam mit dem Hotelmanager zu Shapors Zimmer. Auf dem Weg dorthin meinte er, dass er vielleicht mit ein paar Freunden ausgegangen sei, aber als wir sein Zimmer betraten, schien die Situation uns sehr ernst, ja beängstigend zu sein. Die gesamte Einrichtung war zerstört worden. Alle seine Sachen und die Geschenke, die er in den letzten Tagen gekauft hatte, lagen verstreut im Zimmer.
Sie hatten die Matratze beiseite geschoben, die Kommode umgekippt und die Gitter der Klimaanlage herausgerissen. Offenbar hatten sie Shapor nicht geglaubt, dass er in seinem Zimmer kein Geld versteckte, und daher den ganzen Raum auf den Kopf gestellt.
»Wir müssen sofort die Polizei informieren.« Endlich war der Hotelmanager meiner Meinung und rief die Polizei.
Man kann die Schweizer Polizei nicht genug loben. Man hat das Gefühl, dass sie immer auf solche Anrufe wartet und blitzschnell reagiert.
Ich war überrascht, als weniger als fünfzehn Minuten später zwei Beamte in Zivil im Hotel erschienen.
Nach einem kurzen Blick in das Zimmer bat ein Beamter den Hotelmanager, ihm eine Kopie der Videokamera-Aufnahmen aus der Hotellobby und vom Eingang zur Verfügung zu stellen.
Während einer der Polizisten Spuren sicherte, fragte mich der andere, ein Kommissar Hendricks, wer ich sei, in welcher Beziehung ich zu Shapor stehe und was ich über den Sachverhalt wüsste.
Seine ersten zwei Fragen konnte ich locker beantworten, aber was die letzte Frage betraf, war ich etwas zurückhaltend. Denn die ganze Geschichte war so kompliziert und teilweise kriminell, dass, egal wie ich Shapor

als unschuldig präsentieren wollte, er in jeder Hinsicht anrüchig erschien.
Trotzdem versuchte ich, mit einer Kurzfassung den Zweck seines Aufenthalts in Zürich zu begründen.
Ich erzählte, dass er im Iran für das Ölministerium arbeitete und sich wegen Erkenntnissen über Unterschlagung einiger Führungskräfte und deren Mafia-Methoden bedroht fühlte. Deshalb hätte er heimlich aus dem Iran fliehen müssen. Er habe vor, in einer Woche nach Australien auszuwandern.
»Hatte er Beweise, geheime Unterlagen mitgenommen?«, fragte Kommissar Hendricks, während er mich prüfend betrachtete.
»Nein, davon hat er mir nichts gesagt.«
»Aber wie es aussieht, haben sie nach etwas Wertvollem gesucht.«
»Ja, so sieht es aus. Offenbar haben sie nicht gefunden, wonach sie gesucht haben.«
Nach zwanzig Minuten kam der Hotelmanager mit einem portablen Videogerät und drei CDs. Er begann mit der ersten CD, die das Geschehen in der Hotellobby ab 17:00 Uhr aufgenommen hatte.
Das Band zeigte fast immer gleiche Szenen: Gäste kamen und gingen, sie checkten ein oder aus. Aber um 18:30 Uhr war die Szene zu beobachten, auf die wir gewartet hatten. Shapor kam aus dem Fahrstuhl, begleitet von vier Personen. Einer war Kamal Nouri, er ging vor Shapor, zwei große Männer eskortierten ihn links und rechts und eine Person bewegte sich ganz dicht hinter ihm.
»Der Mann, der hinter ihm geht, trägt eine Schusswaffe«, sagte Kommissar Hendricks.
Er hatte recht, der Mann, der sich dicht hinter ihm hielt, hatte einen Gegenstand in einer Plastiktüte in der Hand

und drückte diese gegen Shapors Rücken. Sie verließen das Hotel und verschwanden aus dem Bild.

Auf einer anderen CD konnte man sehen, wie Shapor um 18:02 Uhr das Hotel betreten hatte. Alle vier Männer folgten ihm in den Fahrstuhl. Wahrscheinlich hatten sie ihn ab diesem Zeitpunkt unter Kontrolle.

Die Aufnahmen der dritten CD entstanden vor dem Hotel. Sie zeigten, wie sie sich zu Fuß schnell vom Hotel entfernten.

Ich konnte nicht begreifen, warum Shapor widerstandslos mit ihnen mitgegangen war. Zumindest in der Lobby hätte er durch lautes Schreien oder Hilferufe auf seine bedrohliche Lage aufmerksam machen können. Hatte er Angst, dass sie von ihren Schusswaffen Gebrauch machen würden?

»Kennen Sie einen von diesen vier Burschen?«, fragte Kommissar Hendricks.

»Ja, ich kenne einen von ihnen. Der Mann, der vor ihm geht, heißt Kamal Nouri. Er ist Leiter des Pasdaran Geheimdienstes in Europa. Er lebt, soweit mir bekannt ist, in Rom. Sein Bruder ist Vorstand beim Öl-Ministerium in Ahwaz. Ich bin sicher, er ist im Auftrag seines Bruders hier.«

»Woher kennen Sie ihn?«

Ich musste – wenn auch ungern – von meiner Tätigkeit in unserem Verein und der Jahresversammlung in Zürich sprechen und schließlich davon, was ich über die mörderischen Aktivitäten Kamal Nouris wusste und dass man ihn vor ein paar Tagen im Züricher Bahnhof gesehen hatte.

»Haben Sie eine Idee, wohin sie Ihren Freund mitgenommen haben?«

»Nein, keine Ahnung. Ich habe gehört, dass das Netzwerk des Pasdaran Geheimdienstes sich in ganz Europa versteckt hält.
Ich vermute, sie bringen ihn vorläufig zu einem ihrer Agenten, der in der Schweiz ansässig ist.« Ich sah ihn hilflos an und fragte: »Was wollen Sie jetzt unternehmen? Wie wollen Sie ihn finden und aus ihrer Gewalt befreien?«
»Momentan habe ich keine Ahnung. Ich muss mit meinem Kollegen zurück ins Büro, alle Daten und Fakten genau analysieren und dann die erforderlichen Maßnahmen ergreifen. Wie kann ich Sie erreichen?«
Ich gab ihm meine Visitenkarte und sagte, dass er mich jederzeit anrufen oder besuchen könne.
Das Ausmaß meiner Sorge und Verzweiflung wurde mir auf dem Weg vom Hotel nach Hause richtig bewusst. Ich hatte große Angst. Ich fürchtete, dass diese erbarmungslosen Leute meinen Freund misshandeln würden. Wenn sie nicht bekommen würden, was sie suchten, würden sie ihn umbringen. Ich ärgerte mich maßlos, dass ich ihn allein ins Hotel hatte gehen lassen.
Warum hatten wir seine Sachen nicht schon einen Tag zuvor aus dem Hotel geholt, als er zu uns gekommen war?
Zu Hause kam mir meine Frau, sichtlich aufgeregt, im Garten entgegen. Sie hatte neben dem eingepflanzten Rosenbaum – dem Geschenk von Shapor – einen großen Tisch geschmackvoll eingedeckt und wartete offensichtlich ungeduldig auf uns.
»Du könntest zumindest anrufen«, sagte sie vorwurfsvoll. »Mein Essen ist inzwischen ungenießbar.« Dann fragte sie verwundert: »Wo ist Shapor?«

»Shapor wurde gekidnappt. Man hat ihn mit Gewalt aus seinem Hotel entführt. Niemand weiß, wohin sie ihn gebracht haben.«
»Was erzählst du da? Hast du die Polizei informiert?«
»Ja, deshalb hat es so lange gedauert. Ich bin überzeugt, dass das eine Aktion des iranischen Geheimdienstes war. Das habe ich auch der Polizei erzählt.
Dann berichtete ich kurz von unserem Tagesablauf und der vorübergehenden Trennung. Je mehr ich von dieser entsetzlichen Geschichte erzählte, desto bewusster wurde mir die beängstigende Situation. Meine Frau reichte mir ein Glas Wein und versuchte, mich etwas zu beruhigen. Aber ich war völlig durcheinander, ich konnte nicht ruhig herumsitzen und Wein trinken. Plötzlich stand ich auf und sagte: »Ich muss seine Frau in Melbourne und seine Mutter in Florida anrufen. Die Sache ist verdammt ernst. Sie müssen wissen, was passiert ist.«
Der Anruf bei Nilufar war zuerst sehr nervig, denn sobald sie meine Stimme erkannte, begann sie, von ihrer fantastischen Reise nach Kuba anlässlich ihres 18. Hochzeitstages zu erzählen.
»Nilufar, lass uns darüber später sprechen«, unterbrach ich sie schroff. »Der Grund meines Anrufs ist Shapor.«
»Was ist mit ihm? Ist er krank?«
»Heute Nachmittag ist etwas Schlimmes passiert. Man hat ihn entführt. Die Polizei weiß Bescheid und sucht die Täter. Ich wollte dich rechtzeitig informieren.
Außerdem brauche ich die Telefonnummer von Golineh in Melbourne. Ich denke, sie sollte auch informiert werden.«
Zuerst hörte ich nichts, dann vernahm ich ein kurzes und leises Gespräch im Hintergrund, schließlich hörte ich die Stimme meines Vaters.

»Was ist mit Shapor? Warum hat man ihn gekidnappt? Will man Geld? Gibt es eine Lösegeldforderung?«
»Nein, bislang wissen wir nichts.«
»Aber woher weißt du, dass er gekidnappt wurde?«
»Vater, das ist eine lange Geschichte. Ich kann nicht alles am Telefon erzählen. Ich wollte euch lediglich informieren.«
»Woher rufst du an?«
»Ich rufe aus meinem Schweizer Ferienhaus an. Wir waren seit gestern zusammen. Heute Nachmittag wollte er seine Sachen aus dem Hotel holen und in mein Haus ziehen. Als er in seinem Hotel war, hat man ihn mit Gewalt mitgenommen.«
Für eine Minute hörte ich leise Gespräche mit seiner Frau. Dann sagte er:
»Wir werden morgen zu euch kommen. Ich werde gleich ein Flugticket buchen.«
»Das ist eine gute Idee. Das ist für mich sehr hilfreich. Kannst du mir die Nummer von Golineh in Melbourne geben? Ich halte es für richtig, dass auch sie davon erfährt.
Während er die Telefonnummer suchte, hörte ich Nilufar laut weinen. Ich glaube, keine Mutter in der Welt kann solche schlechten Nachrichten einfach hinnehmen.
Ich notierte die Nummer und sagte, er solle mir seine Flugdaten mailen, ich würde sie vom Flughafen abholen.
Das Gespräch mit Golineh war noch schwieriger. Erstens hatte ich nicht daran gedacht, dass es in Melbourne erst 4:15 Uhr war; zweitens hatten wir seit Jahren nicht mehr miteinander gesprochen.
Ich wusste nicht, wie ich nach so vielen Jahren eine solch schockierende Nachricht übermitteln sollte.

Zuerst hatte ich ihre Schwägerin am Telefon. Ich fragte sie auf Englisch, ob ich mit Golineh sprechen könnte. In diesem Augenblick war mir bewusst, dass ich sie aus dem Schlaf gerissen hatte. Ich wollte das Gespräch beenden, aber sie sagte:
»Just a moment please.« Dann hörte ich sie laut rufen: »Hey Golineh, wake up! There is a long-distance call for you. I think, it's your husband.«
Nach einer Weile hörte ich ihre aufgeregte Stimme:
»Hallo mein Schatz. Ich habe deinen Anruf schon gestern Abend erwartet«, sagte Golineh. Dann fügte sie hinzu: »Die gute Nachricht: Das Geld der Schweizer HSBC ist in unserer Filiale angekommen. Da die Überweisung auf unser beider Namen ist, muss ich heute zur Bank gehen und mich registrieren lassen. Die schlechte Nachricht: Dein Geschäftspartner, Mr. Rosenberg, ist krank. Heute Morgen rief sein Sekretär an und sagte, dass man ihn in ein Krankenhaus eingeliefert habe. Ich glaube, er hat etwas mit dem Herzen. Daher ist dein Termin am 7. Juli hinfällig. Hast du verstanden? Warum sagst du nichts?«
»Ich komme ja gar nicht zu Wort, liebe Golineh. Du redest munter wie damals in Shiraz.«
Zuerst blieb sie eine Weile stumm, dann sagte sie lebhaft:
»Ich werde verrückt, bist du das? Das ist aber eine Überraschung. Schön, endlich von dir zu hören. Wie geht es dir, mein Lieber?«
»Danke, Golineh. Aber mir geht es nicht besonders gut. Leider ist etwas Schlimmes passiert. Man hat Shapor heute Nachmittag aus seinem Hotel entführt. Die Polizei sucht die Täter. Ich wollte dir Bescheid sagen.
Mein Vater und deine Schwiegermutter sind ebenfalls informiert und sie werden morgen in die Schweiz reisen.«

Natürlich war sie bestürzt, ja schockiert. Erst herrschte totale Stille, aber dann stellte sie Hunderte Fragen und ich konnte, nein, ich wollte nicht den Hauptgrund dieses schrecklichen Ereignisses telefonisch erzählen.
Ich erinnerte mich, dass Shapor Golineh gegenüber kein Wort von seinen illegalen Aktivitäten in Ahwaz verloren hatte.
Meine Antworten auf ihre Fragen waren daher ausweichend, immer „ich weiß nicht, die Polizei ist dabei herauszufinden, es ist noch nicht klar" usw. Am Ende unserer chaotischen Unterhaltung sagte sie entschieden:
»Ich fliege mit der nächsten Maschine nach Zürich. Kannst du mich vom Flughafen abholen?«
»Ja, freilich. Aber willst du nicht lieber ein paar Tage warten? Vielleicht, bis er wieder frei ist?«
»Nein, auf keinen Fall. Ich habe seit mehreren Jahren auf ihn gewartet. Keine Sekunde länger, ich habe Angst, ihn zu verlieren. Verstehst du?
Wenn ich in der Schweiz lande und er bereits frei ist, können wir eine kurze Europa-Reise machen. Das hatte er mir mehrere Male versprochen.«
Ich gab ihr meine Handynummer und bat sie, mich rechtzeitig über ihre Ankunftszeit zu informieren.

Kapitel 16

Am nächsten Tag wurde ich aus einem tiefen Schlaf gerissen, als jemand im Wohnzimmer mit meiner Frau sprach.
Eigentlich war ich die ganze Nacht wach, unruhig und von diesem schrecklichen Ereignis erschüttert. Irgendwann hatte mich die Müdigkeit aber übermannt, und ich war in einen tiefen Schlaf gesunken. Die männliche Stimme im Wohnzimmer war mir bekannt, es war Kommissar Hendricks. Ich stand sofort auf, wusch mein Gesicht mit kaltem Wasser, zog meinen Bademantel an und betrat das Wohnzimmer. Der Kommissar begrüßte mich freundlich und wiederholte, was er bereits meiner Frau erzählt hatte:
»Wir haben bis jetzt keinen Anhaltspunkt, wo sich die Kidnapper mit Ihrem Freund verschanzt haben.
Wir haben bereits die Bilder von den Entführern an alle schweizerischen Grenzen übermittelt und hoffen, sie zu verhaften, wenn sie in Versuchung kommen, das Land zu verlassen.« Er hielt inne, sah mich eindringlich an und sagte weiter: »Aber ich muss betonen, dass meine Leute und ich völlig im Dunkeln tappen. Wir wissen nicht, welches Motiv der Auslöser für dieses Verbrechen war.
Gestern Abend habe ich stundenlang das Hotelzimmer Ihres Freundes gründlich untersucht und nicht ein einziges Element gefunden, das auf das Motiv der Entführung hindeutet.
Logischerweise waren sie entweder an seiner Person interessiert oder an etwas, das er möglicherweise in der Schweiz hatte und das sie unbedingt haben wollten.

Daher möchte ich Sie, um nicht unnötig Zeit zu verlieren, bitten, mir alles zu erzählen, was Sie über Ihren Freund noch wissen und was aufschlussreich sein könnte. Jede Kleinigkeit könnte für unsere Ermittlungen nützlich sein. Ich sage Ihnen im Klartext: Erfahrungsgemäß lebt Ihr Freund möglicherweise nicht mehr, wenn die Entführer an seiner Person interessiert waren. Aber wenn sie bei ihm einen bestimmten Gegenstand, ein Dokument, Geld etc. suchen, lebt er. Wir müssen daher wissen, was sie von ihm wollen, um uns auf ihr Motiv zu konzentrieren.
Ich möchte Sie darauf aufmerksam machen, dass Sie, wenn Sie in diesem Zusammenhang etwas bewusst verschweigen, nicht nur den Zustand Ihres Freundes noch verschlechtern, sondern auch eine Straftat begehen.«
»Was wollen Sie noch wissen?«
»Alles. Alles über seine Person, Tätigkeit, finanzielle Lage, religiöse und politische Aktivitäten, alles, was Sie über ihn wissen.«
Meine Frau schaute mich zustimmend an, motivierte mich mit einer Tasse Kaffee und setzte sich interessiert zu uns.
Innerhalb einer Stunde berichtete ich über Shapor: Was ich selbst mit ihm erlebt und was er mir einen Tag zuvor erzählt hatte, ohne Ashkani und seine großzügige Spende zu erwähnen. Ich verlor auch kein Wort über die Auseinandersetzung mit Fallah zwischen Ahwaz und Schuschtar. Denn das eine war unser Geheimnis und niemand dürfte davon erfahren, bei dem anderen war klar, dass Fallah, egal wie unschuldig ich Shapor darstellen wollte, seinetwegen getötet worden war.
Außerdem sah es nicht danach aus, dass seine Entführung mit dem Streit auf der Strecke zwischen Ahwaz und Schuschtar direkt zu tun hatte.

Die ganze Zeit hörte mir Kommissar Hendricks aufmerksam zu und ab und zu machte er sich Notizen.
Meine Frau, die zum ersten Mal einen Teil von Shapors Lebensgeschichte erfuhr, schien von diesen bewegenden Neuigkeiten blass, ja zeitweise fassungslos. Als ich endlich fertig war, sagte Kommissar Hendricks:
»Also, wie ich ahnte, geht es doch um Geld. Zweifellos glauben die Entführer, dass er Gorganis Geld mitgenommen hat; nun wollen sie es zurückhaben. Wissen die Täter, dass er mit Ihnen Kontakt hatte?«
»Ich weiß nicht. Vorgestern besuchte er uns hier gegen Abend und gestern waren wir den ganzen Tag in Zimmerberg. Ich habe keine verdächtige Person in unserer Nähe gesehen.
Gestern gegen 18:00 Uhr setzte ich ihn vor dem Hotel Krone ab, damit er seine Sachen packen, auschecken und dann bei uns einziehen könnte. Aber leider kam es nicht dazu. Nein, ich glaube, die Täter wissen nicht von mir, oder noch nicht.«
»Hat er hier in der Schweiz Verwandte?«
»Nein, seine Mutter lebt in Florida und seine Frau in Melbourne.«
»Das ist aus Sicht der Täter sehr schlecht.«
»Ich verstehe Sie nicht richtig. Warum schlecht? Was meinen Sie?«
»Was ich sagen will, klingt absurd. Aber leider gehört es zu dem Kidnapping Spiel, wenn man es überhaupt ein Spiel nennen darf.
Ein Entführer braucht einen Gesprächspartner, um mit ihm zu verhandeln. Sonst bleibt er nicht ein Entführer, sondern wird zu einem Killer.
Versetzen Sie sich in die Lage solcher Verbrecher.

Sie glauben, dass Shapor Gorganis Geld irgendwo in der Schweiz deponiert hat. Sie haben den Auftrag, dieses Geld zurückzuholen.

Sie gehen in sein Hotelzimmer und stellen fest, dass sich dort nicht ein Cent befindet. Er hat, wie Sie sagten, keine Verwandten oder Freunde in der Schweiz.

Wo könnte dann das Geld sein? Da die Entführer wissen, dass er in Ahwaz mehrere Male mit HSBC kommuniziert hat, gehen sie logischerweise davon aus, dass das Geld in der Schweizer Bank geparkt sein muss. Jetzt müssen sie eine Lösung finden, um an das Geld heranzukommen.

Sie haben ihn mit der Absicht aus seinem Hotel entführt, dass er in den nächsten Tagen seine Bank besuchen, das Konto auflösen und ihnen das Geld überlassen wird.

Aber gleichzeitig stellen sie fest, egal wie sie ihn unter Druck setzen wollen, dass dieser Plan zu risikoreich ist. Warum?

Ganz einfach, sie können ihn unmöglich zur HSBC begleiten. Wenn einer der Entführer neben ihm steht, weiß der zuständige Mitarbeiter von HSBC nach kurzer Zeit, dass diese Aktion Folge einer Erpressung sein muss. Er würde sofort die Polizei alarmieren.

Wenn sie ihn aber allein in die Bank schicken würden, um das Geld zu holen, besteht durchaus die Gefahr, dass er selbst die Polizei verständigt. Das heißt, in beiden Fällen würden sie ihr Ziel nicht erreichen.

Diese Tatsache dürfte den Entführern inzwischen wohl klar geworden sein.

Normalerweise setzen sie das Opfer mit der Geiselnahme seines Freundes, seiner Frau, Mutter, seines Kindes usw. unter Druck und drohen ihm, wenn er nicht tut, was sie von ihm verlangen, seine Familie umzubringen.

Aber er hat niemanden in der Schweiz, und wenn ich Sie richtig verstanden habe auch nicht im Iran. Daher können sie ihn nicht erpressen, sie können ihn nicht in die HSBC begleiten und ihn schon gar nicht allein in die Bank schicken.
Verstehen Sie, sie haben keine Mittel, ihn unter Druck zu setzen. Selbst wenn Shapor sein Leben retten und mit diesen Verbrechern zusammenarbeiten will, hat er dummerweise keinen Cent in Zürich, den er ihnen überlassen könnte. Sie haben eben gesagt, das Geld befindet sich im Iran. Wir nennen diesen Zustand in unserem Fachjargon eine *dead-looked Situation*.« Er blieb eine Weile still, stand dann auf und sagte weiter: »Da heute und morgen die Banken geschlossen sind, brauchen wir uns nicht auf die Überwachung der HSBC zu konzentrieren.
Wir sind dabei, mehrere Stadtüberwachungskameras in der Nähe des Hotels zu überprüfen und herauszufinden, wo diese Verbrecher sich versteckt haben könnten. Es ist eine mühsame Arbeit, aber, wenn wir Glück haben, können wir ihre Unterkunft lokalisieren. Zumal die Wohnung, in der sie sich befinden, möglicherweise auf den Namen eines Iraners registriert ist.
Noch etwas: Falls Ihnen in diesem Zusammenhang etwas einfällt, rufen Sie mich bitte an.«
Ich begleitete ihn bis zur Haustür und informierte ihn, dass in den nächsten Tagen Shapors Frau und sein Vater anreisen würden. Er bat mich, ihm ihre Ankunftszeit rechtzeitig bekannt zu geben und wies darauf hin, dass seine Familie im Hinblick auf das, was er vorher über die Erpressungsstrategie von Kidnappern gesagt hatte, Personenschutz bräuchte.

Am Samstag, dem 21. Juni, landeten mein Vater und seine Frau Nilufar in Zürich und am Sonntag, dem 22. Juni, kam auch Golineh an. Ich holte sie vom Flughafen ab, gefolgt von einem Polizeibeamten.

Mein Vater wirkte im Vergleich zum letzten Mal, als er mich in Deutschland besucht hatte, lebendiger und zu meinem Erstaunen ein bisschen amerikanisiert. Das war an seinem Haarschnitt und der bunten Kleidung zu sehen, die er trug. Dennoch war ihm und seiner Frau der Schock über Shapors Entführung ins Gesicht geschrieben.

Was Golineh betraf, hätte ich ahnen müssen, dass sie inzwischen eine Schönheit geworden war. Eine Traumfrau, unglaublich attraktiv: groß, schlank und mit einer atemberaubenden Aura, auch wenn ihre mandelförmigen schwarzen Augen vom Weinen rot umrandet waren.

Zu Hause musste ich nach Ankunft meiner Gäste zweimal die ganze Geschichte von Shapor vollständig erzählen, einschließlich seiner Millionenspende an Ashkani und dem schrecklichen Ereignis zwischen Ahwaz und Schuschtar, obwohl mein Besuch wegen der langen Reise und des Zeitunterschieds nicht richtig aufnahmefähig war.

Shapors Geschichte war tatsächlich so dramatisch, ja erschütternd, dass ich jedes Mal, wenn ich mich damit befasste, noch schockierter und fassungsloser war als meine Zuhörer. Was mein Freund in den letzten Jahren erlebt hatte, war in der Tat unerträglich, unfassbar. Und jetzt, nachdem er sich endlich von diesen Kriminellen in Ahwaz hatte befreien können, hatte man ihn in der Schweiz gekidnappt und er durchlebte eine noch dramatischere Zeit als im Iran.

Golineh, Nilufar und mein Vater stellten oft die gleichen Fragen und ich versuchte geduldig, verständliche und plausible Antworten zu geben. Trotzdem waren sie verwirrt und schauten mich immer wieder ungläubig an.
Während seine Mutter ihn für seine großzügige Spende an Ashkani lobte, beklagte Golineh sein leichtsinniges Verhalten gegenüber Dr. Nouri und Fallah. Sie sagte: »Was wollte er beweisen? Wollte er vielleicht die ganze Armut im Iran beseitigen? An seiner Stelle hätte ich das ganze Geld ihnen überlassen und mein eigenes Leben gerettet. Inzwischen haben Dr. Nouri und Co. wieder Millionen durch das Ölgeschäft in die eigene Tasche gewirtschaftet, während Hunderttausende von armen Iranern um ihre Existenz kämpfen müssen. Ich habe ihm häufiger gesagt, er soll so schnell wie möglich das Land verlassen, gegebenenfalls ohne sein eigenes Vermögen. Aber er wollte alles perfekt machen; sein eigenes Geld retten und, wenn ich dich jetzt richtig verstanden habe, das unterschlagene Geld spenden.« Dann weinte sie und verschwand in ihrem Gästezimmer.
Manchmal hatte ich Mitleid mit meiner Frau, die sich ständig bemühte, ihre Gäste zu trösten, obwohl sie sich einen ruhigen und erfreulichen Urlaub in unserem Ferienhaus gewünscht hatte.
Aber sie beklagte sich nicht, sie war die ganze Zeit am Kochen, Waschen und versorgte die Gäste in jeder Hinsicht.
Am Sonntag besuchte uns Kommissar Hendricks gegen 20:00 Uhr. Ich stellte ihm meine Gäste vor und erklärte, dass wir uns auf Englisch verständigen müssten.
Eigentlich gab es nicht viel Neues zu bereden und abzustimmen, denn Kommissar Hendricks war mit Informationen über die bisherige Untersuchung ziemlich sparsam. Er sagte:

»Wir haben alle Straßenvideo-Aufnahmen in der Umgebung des Hotels genau analysiert und die Gruppe tatsächlich auf mehreren Videos identifiziert.
Sie verließen das Hotel, gingen zusammen die Schaffhauserstraße entlang, bogen in die Regensbergstraße ein und ab der Kreuzung Schwamendingerstrasse gab es von ihnen keine Spur mehr. Entweder hatten sie dort ein Auto stehen und fuhren zu einem noch nicht bekannten Ort oder sie verschwanden in einem Apartment in dieser Gegend.«
»Wird die Polizei alle Häuser in diesem Bereich überprüfen?«, fragte mein Vater.
»Nein, das können wir nicht machen. Wir bekommen dafür keine Genehmigung von der Staatsanwaltschaft. Sie dürfen nicht vergessen, die Durchsuchung von Hunderten von Wohnungen wäre nicht nur aufwändig, sondern, wenn sie sich in einem dieser Häuser befänden und unsere Fahndung bemerkten, würden sie sich voraussichtlich irrational verhalten. Wir wollen daher niemanden in Gefahr bringen. Es reicht, wenn die Polizei diesen Bereich aufmerksam observiert und bei einem konkreten Verdacht gezielt eingreift.«
Er blieb eine Weile nachdenklich, schaute mich herausfordernd an und sagte: »Am Freitag habe ich Sie gebeten, mich zu informieren, falls Ihnen in diesem Zusammenhang noch etwas einfällt. Gibt es etwas, was ich noch wissen muss?«
Ich überlegte eine Weile. Nein, es gab nichts, was ich ihm noch über Shapor erzählen wollte. Doch plötzlich fiel mir etwas ein. »Als ich Shapor bei seinem Hotel absetzte, gab ich ihm meine Visitenkarte, damit er mich rechtzeitig anrufen könnte, wenn er beim Packen und Auschecken noch mehr Zeit bräuchte.

Auf der Visitenkarte stehen nicht nur mein Name und mehrere Telefonnummern, sondern auch meine Adresse in Deutschland und der Schweiz.
Ich denke, wenn die Kidnapper meine Visitenkarte bei ihm finden, wollen sie vielleicht wissen, welche Beziehung zwischen uns besteht. Oder tut dies nichts zur Sache?«
Kommissar Hendricks reagierte zuerst mit einem kurzen Aufschrei *„Oh, mein Gott!"* und dann blieb er eine Minute still. Er warf mir einen strengen Blick zu und sagte:
»Natürlich, das ist eine ernst zu nehmende, ja besorgniserregende Wendung. Denn in diesem Fall haben die Entführer eine weitere Möglichkeit, ihrem Ziel einen Schritt näher zu kommen. Ich schließe nicht aus, dass sie inzwischen den Inhalt seiner Jackentaschen, sein Portemonnaie etc. durchsucht und Ihre Visitenkarte gefunden haben. Eine Visitenkarte mit so vielen Daten ist für diese Leute sehr wertvoll. Sie werden annehmen, dass Sie sein Komplize in Zürich sind. Darüber hinaus wollen sie sicherlich wissen, wer Sie sind und was Sie in der Schweiz treiben, da Ihr Name persisch ist.
Wenn ich Sie richtig verstanden habe, ist Kamal Nouri ein Agent des iranischen Geheimdienstes. Er hat bestimmt mittlerweile herausgefunden, dass Sie ein Gegner des iranischen Regimes sind und möglicherweise Shapor helfen.
Das bedeutet, Sie und Ihre Familie sind auch in Gefahr. Verstehen Sie, was ich meine?«
Ja, ich hatte ihn verstanden, meine Frau, mein Vater und Golineh auch. Wir sahen alle sehr blass und ängstlich aus.
Kommissar Hendricks sprach jetzt mit ruhiger Stimme weiter:
»Ich werde ab sofort Ihr Haus observieren lassen. Sie sollten vorläufig nicht allein in der Öffentlichkeit auftreten.

Sind Sie einverstanden, dass wir eine Zeit lang Ihre Telefongespräche abhören und mit unseren technischen Möglichkeiten den Anrufer lokalisieren?«
»Ja, selbstverständlich.«
»Ich denke, falls sie Ihre Visitenkarte gefunden haben, werden sie Sie bestimmt anrufen.
Erfahrungsgemäß geben die Täter ihren Plan nicht einfach so auf. Sie versuchen mit Tricks, mit Gewalt oder weiteren Geiseln ihr Ziel zu erreichen.
Sie müssen mit ihrer brutalen Methode inzwischen herausgefunden haben, dass Shapor in den letzten Tagen mit Ihnen Kontakt hatte. Sie werden möglicherweise annehmen, dass das Geld, wenn Shapor es nicht im Hotel und nicht in der Bank deponiert hat, bei Ihnen zu Hause sein muss. In diesem Fall werden sie zuerst mit Ihnen telefonieren. Je nach Ergebnis dieses Gespräches werden sie versuchen, Sie in diese Sache hineinzuziehen.
Sie dürfen nicht vergessen, diese kaltblütigen Verbrecher tun alles für Geld.
Sechs Millionen Dollar sind eine hübsche Summe. Bereiten Sie sich auf ein Telefongespräch und den Kontakt mit dem Entführer vor. Ob Sie wollen oder nicht, der gewünschte Verbindungsmann, von dem ich gestern sprach, sind Sie. Die Entführer werden mit allen Mittel versuchen, den Beziehungsgrad zwischen Ihnen und Shapor festzustellen, und dann entsprechend
reagieren.«
»Verstehe ich Sie richtig, dass Sie von meinem Sohn erwarten, sich mit diesen Verbrechern in Verbindung zu setzen?«, fragte mein Vater irritiert.
»Nein, das habe ich nicht so gemeint. Ich sagte, wahrscheinlich werden sie ihn anrufen. Er soll daher im eigenen und in Shapors Interesse vorbereitet sein.

Ihr Sohn muss mit uns zusammenarbeiten, unsere Anweisungen genau befolgen, damit wir in der Lage sind, diese Verbrecher rechtzeitig zu schnappen.«
Er schaute mich auffordernd an und fügte hinzu: »Wir werden die Überwachung dieser Gegend, besonders die Observierung Ihres Hauses, mit mehreren Spezialisten verstärken. Ich werde alles daran setzen, dass Ihnen und Ihrer Familie nichts passiert. Aber dafür brauche ich Ihre uneingeschränkte Kooperation.
Wenn einer von diesen Entführern anruft, dürfen Sie weder euphorisch sein noch ablehnend reagieren. Sie benehmen sich so, als ob Sie Herrn Shapor Baastan nicht als besten Freund ansehen, sondern nur als einen Bekannten. Sie tun so, als ob Sie nicht wissen, dass er entführt ist.
Seien Sie sicher, dass Kamal Nouri bei diesem Telefonat nicht auf Ihre politischen Aktivitäten eingehen wird. Das wird er möglicherweise später tun, wenn er sein
erstes Ziel erreicht hat.
Wenn er seinen Besuch ankündigt, versuchen Sie ihn zu überreden, dass er tagsüber hierherkommt, weil Sie und Ihre Frau abends das Theater oder Konzert besuchen wollen.« In diesem Augenblick schaute ich meine Frau mit einem gewissen Schuldgefühl an, aber sie hatte längst diese ungewöhnliche Situation begriffen. Sie verstand meinen Blick, lächelte mir zu und schüttelte ihren Kopf als ein Zeichen, *„nicht daran zu denken"*.
»Ich habe das Gefühl, dass Sie mehr an den Kidnappern interessiert sind als an der Rettung meines Mannes,« brachte sich Golineh mit einer unüberhörbar vorwurfsvollen Nuance in ihrer Stimme in das Gespräch ein.
Sie fügte mit gleicher Schärfe hinzu: »Ich habe bisher von Ihnen nicht gehört, mit welchem Konzept Sie diese Verbrecher dazu bringen wollen, meinen Mann

freizulassen.«

Kommissar Hendricks blieb einige Momente still, dann erwiderte er mit ruhiger und fester Stimme:

»Ich kann verstehen, dass Sie aufgeregt sind und sich Sorgen über den Zustand Ihres Mannes machen. Selbstverständlich haben wir durchdachte Konzepte, wie dieser Fall unblutig zu Ende gebracht werden kann. Aber da wir annehmen, dass alle vier Männer bewaffnet sind, müssen wir dafür sorgen, dass ein Angriff gut organisiert ist und die Geisel nicht zu Schaden kommt. Wir müssen Geduld haben, auf eine passende Gelegenheit warten und dann eingreifen.«

»Was meinen Sie, wenn Sie sagen, dass Sie auf eine passende Gelegenheit warten und dann eingreifen? Heißt das, dass Sie schon wissen, wo sich die Kidnapper mit ihrer Geisel verschanzt haben?«

»Darüber kann ich Ihnen leider nichts sagen; jedenfalls nicht jetzt. Aber bitte haben Sie mit der Polizei etwas Geduld.«

Nachdem Kommissar Hendricks uns wieder verlassen hatte, brach zwischen uns eine hitzige Diskussion aus. Mein Vater war der Meinung, ich sollte sofort mit meiner Frau die Schweiz verlassen und vorläufig in seinem Haus in Florida wohnen. Er erwähnte zahlreiche Namen von iranischen Oppositionellen, die in den letzten Jahren im Ausland liquidiert worden waren. Er machte sich große Sorgen, dass Kamal Nouri, da kein Geld zu holen war, zuerst Shapor und dann mich erschießen würde. Sogar Nilufar bestätigte seinen Standpunkt.

Sie meinte, die Überlebenschance von Shapor hänge von der klugen und effektiven Arbeit der Polizei ab. Ich sollte mich völlig heraushalten. Meine Intervention könnte für uns beide lebensgefährlich sein.

Offenbar hatten mein Vater und Nilufar Angst, dass die Polizei mich als Köder für die Kidnapper benutzen und dadurch mein Leben in Gefahr bringen würde.
»Das erste Mal, dass ich Shapor allein lassen musste, war vor 24 Jahren«, sagte ich ganz ernst. »Ein zweites Mal wird es nicht geben. Er ist mein bester Freund, ja, mein liebster Bruder. Er ist in Lebensgefahr, zugegebenermaßen ich auch. Aber ich werde so lange in der Schweiz bleiben und mit der Polizei zusammenarbeiten, bis er endlich frei ist, auch wenn, wie ihr angedeutet habt, mein Leben auf dem Spiel steht.« Ich sah meine Frau flehend an und sagte weiter: »Ich hoffe, du wirst mich bei meiner Entscheidung unterstützen.«
Sie umarmte mich und erwiderte:
»Selbstverständlich, mein Lieber. Ich habe schreckliche Angst, aber du tust das, was du für richtig hältst.«
Ich sah Golineh aufmerksam an, um ihre Auffassung einzuschätzen. Sie war sichtbar aufgeregt. Ihre schwarzen Augen waren von Tränen verschleiert. Als sie meinen fragenden Blick bemerkte, sagte sie:
»Ich kann weder das amateurhafte Verhalten der Polizei verstehen noch eure peinliche Hilflosigkeit. Was ist los mit euch? Wir müssen alles tun, um das Leben von Shapor zu retten. Ich … ich.« Sie stockte und brach den Satz ab. Aber ihre Lippen bebten vom niedergepressten Zorn. Ich kniete neben ihr nieder und sagte ganz ruhig:
»Bitte, meine liebe Golineh, versuche, dich zu beruhigen. Selbstverständlich halten wir zusammen.
Ich habe das Gefühl, dass du mit uns oder der Polizei unzufrieden bist. Was sollen wir deiner Meinung nach noch tun?«
Sie wischte sich ihre Tränen von den Wangen und erwiderte:

»Ich bin der Meinung, wir verlieren zu viel Zeit. Mit jeder Minute wird die Überlebenschance von Shapor geringer. Ich glaube nicht, dass die Schweizer Polizei weiß, wo sich die Kidnapper befinden.
Auch wenn sie wüssten, wo sie sich verschanzt haben, sieht es nicht so aus, als ob sie um das Leben meines Mannes wirklich besorgt sind. Sie wollen lediglich bei einer passenden Gelegenheit diese Verbrecher erwischen, erschießen oder hinter Gitter bringen und damit ihre Erfolgsstatistik verbessern. Für sie ist es gleichgültig, ob bei dieser Fahndung mein Mann am Leben bleibt oder nicht. Ich denke, wir müssen sofort selbst etwas unternehmen.«
»Ich verstehe nicht ganz, was du meinst. Sollen wir sofort diese Verbrecher suchen und, wenn wir sie finden, Shapor mit bloßen Händen befreien? Kannst du mir sagen, wie das geschehen soll?«
»Das habe ich nicht gemeint. Wir können in der Tat in der Schweiz nichts ausrichten, aber im Iran.«
»Im Iran? Was meinst du? Sollen wir in den Iran reisen? Jetzt verstehe ich dich überhaupt nicht mehr.«
»Du hast erzählt, was die Mitglieder dieses verdammten Vereins in Ahwaz getrieben haben. Sie haben Millionen Dollars vom Ölgeschäft unterschlagen und diese Summen untereinander verteilt. Mindestens dreißig Prozent davon hat der Bruder des Kidnappers, Dr. Nouri,
einkassiert; so habe ich dich verstanden. Richtig?«
»Ja, das ist korrekt.«
»Okay, jetzt will Dr. Nouri noch Gorganis Anteile. Daher sind seine Killer in der Schweiz und haben meinen Mann in ihrem Gewahrsam.
Hast du einen Moment nachgedacht, ob wir ihre Forderung erfüllen können? Nein, das können wir nicht. Wir haben keine sechs Millionen Dollars, um Shapor

freizukaufen. Wenn wir dieses Geld nicht beschaffen, werden sie ihn aber töten.
Wenn sie uns so brutal behandeln, müssen wir genauso erbarmungslos mit ihnen umgehen. Ich meine, wir müssen sie auch erpressen.«
»Erpressen? Wie denn? Wie können wir diese kaltblütigen Verbrecher unter Druck setzen? Willst du einen von ihnen entführen?«
»Nein, wir entführen nicht, wir drohen. Wir setzen Dr. Nouri unter Druck. Wir wissen von seinem schmutzigen Geschäft und dieses Know-how ist das beste Druckmittel. Ich kann als Ehefrau von Shapor Dr. Nouri in Ahwaz anrufen und ihm die Hölle richtig heiß machen.
Ich werde ihm sagen, dass mein Mann nicht einen Cent vom Ölgeschäft mitgenommen hat. Das ganze Geld befindet sich in Ahwaz.
Allerdings hat er etwas Anderes mitgenommen: die Kopie aller manipulierten Umsatz-Dokumente der Barzahler.«
»Das hat er nicht. Er hat keine Dokumente mitgenommen.«
»Das weißt du, das weiß ich, aber nicht Dr. Nouri. Ich werde ihm sagen, dass mein Mann diese Dokumente als seine Lebensversicherung betrachtet. Die Veröffentlichung dieser Unterlagen hätte für alle Mitglieder des Vereins schlimme Folgen.
Ich werde Dr. Nouri drohen, dass ich, wenn mein Mann bis morgen früh nicht freigelassen wird, sämtliche Unterlagen sowohl an General Mohammad Jafari, Chef von Pasdaran, schicken, als auch der europäischen Presse zur Verfügung stellen werde. Er soll seinen Bruder und die anderen Killer sofort zurückpfeifen, sonst wird dies für ihn verhängnisvolle Folgen haben.

Ich bin sicher, er wird Panik bekommen und meine Forderung sofort erfüllen. Denn er weiß, dass er solche Skandale nicht überstehen kann.«
Ich war baff, die anderen auch. Wir dachten mehrere Minuten schweigend über ihren Vorschlag nach. Die Idee war gefährlich, aber gleichzeitig brillant. Mit begeistertem Ausdruck betrachtete ich sie bewundernd. Diese Frau war nicht nur wunderschön, sie war außerordentlich intelligent und mutig.
»Die Idee ist gar nicht schlecht Golineh, nein, sie ist gut, sehr gut«, sagte ich lobend und fügte hinzu: »Dennoch gibt es einen kritischen Punkt, den wir nicht außer Acht lassen dürfen.
Shapor hatte bei seiner Erzählung erwähnt, dass der Anteil der hohen Herren – Dr. Nouri und Gorgani – jeweils dreißig Prozent betrug, weil sie wichtige Leute in Schlüsselpositionen schmieren mussten. Ich hoffe, dass nicht einer dieser Herren General Jafari ist. In diesem Fall würde deine Drohung Dr. Nouri kaum
beeindrucken.
Ich bin der Meinung, wir dürfen nicht panikartig reagieren und alles durcheinanderbringen. Warten wir bis morgen, vielleicht wird alles wieder gut. Wir müssen jedenfalls diese Idee mit Kommissar Hendricks abstimmen.«
Sie sah mich eine Weile kritisch an, aber dann nickte sie zustimmend und sagte ernst:
»Okay, wir warten. Aber vergiss nicht: Abwarten erfordert oftmals mehr Stärke als das Handeln.«

Kapitel 17

Am Montag, dem 23. Juni, waren wir alle nervös und sichtlich gespannt. Jedes kleinste Geräusch im Haus, jedes Telefonklingeln löste bei uns hysterische Reaktionen aus. Ich musste meine Sekretärin in Deutschland bitten, bei Bedarf mit mir per E-Mail zu kommunizieren, um die Leitungen frei zu halten.
Die Polizei hatte nicht nur ein paar Beamte inner- und außerhalb der HSBC Bank positioniert, sie überwachte auch den gesamten Bereich unserer Siedlung, um die erforderlichen Maßnahmen zu ergreifen, wenn ein verdächtiges Auto oder eine Person erschienen.
Ich wusste nicht, was im Umkreis von HSBC ablief, aber bei uns passierte nichts: keine Anrufe, kein fremdes Auto, keine verdächtige Person.
Gegen Mittag fuhren meine Frau, Nilufar und Golineh auf meinen dringlichen Wunsch nach Zürich, um einige Lebensmittel zu kaufen und vor allem um ein paar Stunden abgelenkt zu sein. Alle drei Frauen schienen genervt, ja deprimiert. Ich hatte dadurch etwas Zeit, endlich mit meinem Vater allein zu sein und mich mit ihm zu unterhalten.
Im Wohnzimmer saß ein Beamter ziemlich gelangweilt mit einem Laptop auf dem Schoß und vor unserem Haus wachte ein weiterer Polizist in einem alten Opel.
Es herrschte im Haus eine ruhige und gleichsam angespannte Atmosphäre.
Es war knapp 15:00 Uhr, als mein Festnetztelefon begann zu klingeln. Alle Blicke richteten sich auf den Apparat.

Der Polizist im Wohnzimmer klappte sofort sein Laptop auf, drückte eine Taste und gab mir dann ein Zeichen, dass ich ans Telefon gehen sollte.
Ich musste mich zusammennehmen, als ich Shapors Stimme hörte. Er sprach Persisch:
»Hallo, ich bin es. Tut mir leid, dass ich am Wochenende nicht anrufen konnte. Ich hatte jede Menge Arbeit zu erledigen.« Ich hörte seine Stimme mit all meinen Sinnen, um herauszufinden, in welcher Verfassung er war.
Sein Ton war ziemlich emotionslos, nicht aufgeregt, aber auch nicht so verbindlich wie sonst, als ob er mit einem unbedeutenden Bekannten redete oder als ob ihm vielleicht jemand eine Pistole an seine Schläfe hielt. Er sagte weiter: »Ich muss heute und in den nächsten Tagen noch ein paar Leute besuchen. Daher habe ich leider keine Zeit, bei dir vorbeizukommen. Aber ich brauche meinen Koffer. Darin befinden sich einige wichtige Unterlagen, die ich dringend benötige.
Ist es dir recht, dass ich einen Dienstboten zu dir schicke, um meinen Koffer aus deinem Haus abzuholen und in mein Hotel zu bringen?«
Nie in meinem Leben hatte ich so viel Mühe, einen Sachverhalt wie diesen zu verstehen, blitzartig zu interpretieren und eine Entscheidung zu treffen. Was wollte er mir sagen?
Er redete von einem Koffer. Welcher Koffer? Offenbar hatte er seinen Kidnappern gesagt, dass sich das Geld in einem Koffer befand, der in meinem Haus deponiert war. Jetzt schrie er leise und verschlüsselt nach Hilfe. Was musste ich tun? Wie konnte ich ihm helfen?
Zumal er Persisch sprach, hatten die Polizisten, falls sie das Gespräch mithörten, keine Ahnung,

was er mir sagte. Daher konnten sie mir nicht ad hoc einen Tipp geben, wie ich mich zu verhalten hatte.
Ich versuchte, mit unverändertem Ton mit ihm zu sprechen, obwohl mein Herz mir aus dem Hals sprang. Ich nahm mich zusammen, atmete tief ein und sagte:
»Eigentlich bin ich jetzt nur zufällig hier. Ich komme gerade aus der Unfallklinik. Weißt du, heute Morgen hatte meine Frau einen Autounfall, nichts Schlimmes, aber sie muss leider einige Tage in der Klinik bleiben. Ich bin hier, um ihre Sachen – Schlafanzug, Bademantel, Zahnbürste etc. – mitzunehmen.
Ich weiß nicht, wann ich heute Abend nach Hause komme. Kannst du morgen gegen Mittag anrufen und mir sagen, wer der Kurier ist, wann er kommt usw.?«
Einige Sekunden hörte ich leises Flüstern im Hintergrund. Dann antwortete er:
»Was ist mit heute Abend? Wann kommst du nach Hause?«
»Ich weiß es nicht. Ich muss mich in der Klinik vergewissern, dass sie keine Gehirnerschütterung und innere Verletzungen hat. Bitte ruf mich morgen an, dann werden wir einen neuen Termin vereinbaren. Jetzt entschuldige mich bitte, ich muss los, ich bin noch völlig durcheinander.«
»Tut mir leid für deine Frau. Es geht in Ordnung, ich rufe dich morgen an.«
Ich hörte wieder leise Stimmen im Hintergrund, als ob seine Entführer mit meinem Vorschlag nicht einverstanden waren. Offenbar verlangten sie von ihm, weiterzureden. Aber ich konnte unser Gespräch nicht mehr fortsetzen. Ich hatte Angst, meine Beherrschung zu verlieren und unkontrolliert etwas zu sagen, das darauf hindeutete, dass ich von seiner Situation wusste.

Ich legte einfach auf und setzte mich schweißnass auf meinen Platz zurück. Dennoch hatte ich das Gefühl, dass es auch in seinem Sinn war, dass ich das Gespräch beendet hatte. Er hatte den letzten Satz *„Es geht in Ordnung"* mit einer gewissen Erleichterung ausgesprochen. Ja, ich war sicher, er war mit meiner kühlen Reaktion zufrieden. Vom Ton seiner Stimme bei den Worten *„in Ordnung"* bemerkte ich, dass er verstand, ich war über seine Situation informiert.
Es dauerte nur eine Minute, bis Kommissar Hendricks seinen Kollegen anrief und nach mir verlangte. Er sagte: »Wir haben alles mitgehört, aber kein Wort verstanden. Was hat er gesagt?«
Ich erzählte von allem, von seiner Forderung, meinem reservierten Verhalten und vor allem von meinem Eindruck über seinen psychischen Zustand.
»Das haben Sie sehr gut gemacht. Ich komme gleich zu Ihnen und wir reden darüber. Falls Ihr Telefon oder Handy wieder klingelt, heben Sie nicht ab. Sie haben ihm gesagt, dass Sie gleich zu Ihrer Frau fahren wollen. Ich schließe nicht aus, dass sie mit Ihrer ablehnenden Haltung nicht einverstanden sind. Sie wollen den Koffer so schnell wie möglich haben.«
Er hatte recht, bis Kommissar Hendricks bei uns war, gab es vier Anrufe auf meinem Handy und dem Festnetz.
Als Kommissar Hendricks kam, erklärte er mir, dass laut den Ermittlungen seiner Leute alle Anrufe von einem nicht identifizierbaren Prepaid Handy ausgegangen waren. Der erste stammte von einem Ort zehn Kilometer östlich von Zürich.
Sie riefen von einer Stelle an, wo keine Straßenkamera installiert war. Die anderen Anrufe hatten sie während der Fahrt getätigt.

Offenbar fuhren sie wieder ins Zentrum zurück.
»Was machen wir jetzt? Morgen wollen sie einen Koffer mit Millionen US-Dollar-Noten haben«, fragte ich völlig ratlos.
»Keine Bange, wir werden es schaffen«, antwortete der Kommissar mit gewisser Zuversicht. Dann schaute er meinen Vater, der ihn die ganze Zeit kritisch beäugte, mit einem Lächeln an. Er erklärte: »Die Entführer sind schlau. Entweder sie ahnen, dass die Polizei inzwischen eingeschaltet ist, oder sie wollen jedes unnötige Risiko vermeiden. Ich vermute, der Dienstbote, der den Koffer abholen soll, ist keiner von ihnen.« Dann flog ein amüsiertes Lächeln über sein Gesicht und er sagte weiter: »Ihr Freund, Herr Shapor Baastan, ist noch schlauer. Er ist sicher, dass Sie bereits die Polizei informiert haben. Er hat verstanden, dass ein deponierter Koffer in Ihrem Haus eine bessere Behauptung ist als ein Konto bei der HSBC. Er spielt auf Zeit und hofft, dass die Polizei mit der Übernahme des Koffers, egal ob durch die Entführer oder einen Dienstboten, eine Möglichkeit findet, sie festzunehmen. Er hat mit dieser Strategie seine Überlebenschancen drastisch erhöht.«
»Und wie schlau ist die Polizei?«, fragte mein Vater unüberhörbar ironisch.
»Die Schweizer Polizei ist auf keinen Fall dumm«, erwiderte er mit einem Lächeln. »Bitte haben Sie Verständnis dafür, dass ich Ihnen aus ermittlungstaktischen Gründen nicht sagen kann, was wir inzwischen herausgefunden haben und was wir tun wollen.
Aber seien Sie sicher, wir nehmen die Sache nicht auf die leichte Schulter.

Morgen früh werden wir einen großen Koffer hierher bringen. Der Inhalt muss vom Gewicht her ca. sechs Millionen Dollar entsprechen.
Er wird mit einem versteckten Sender und einer Kamera präpariert sein. Damit können wir sie einfacher lokalisieren und dieses Drama schnell und unblutig beenden.«
»Sie sagten, der Inhalt des Koffers muss das Gewicht von sechs Millionen Dollar haben. Was wird in dem Koffer sein? Geld?«
»Nein, jede Menge alte Telefonbücher.«
»Ich habe es vermutet. Was passiert, wenn der Dienstbote den Inhalt des Koffers sehen will?«
»Seien Sie unbesorgt, das wird nicht geschehen. Erstens kann man den Koffer nur mit den richtigen Geheimzahlen öffnen, diese Zahlen kennt der Kurier nicht. Der Dienstbote muss den Koffer ungeöffnet mitnehmen. Zweitens werden meine Leute die Entführer in Gewahrsam genommen haben, bevor die Überprüfung des Koffers stattfindet.«
In diesem Augenblick erschienen die drei Damen, begleitet von einem Polizisten in Zivil. Jede trug zwei Tüten Lebensmittel und Getränke, Gemüse etc. Die erste ungeduldige Frage kam von Golineh:
»Gibt es etwas Neues?«
»Ja, ich habe vor einer Stunde mit Shapor gesprochen.«
Ich berichtete von meinem Gespräch mit ihm und verwies auf die Aussage von Kommissar Hendricks, dass morgen diese schreckliche Geschichte ein Ende haben könnte.
»Habt ihr das Gespräch aufgenommen?«
»Ja, das haben wir«, antwortete Kommissar Hendricks und fügte hinzu: »Ich möchte das Gespräch auch noch einmal hören. Sie sollen es für mich Wort für Wort übersetzen.«

Er nahm den Laptop, tippte auf eine Taste und schon hörten wir den aufgenommenen Anruf.
Während des Stopp-Run-Verlaufs des aufgenommenen Telefongesprächs übersetzte ich jedes einzelne Wort und beobachtete dabei Golineh, wie sich ihre ängstlichen und angespannten Gesichtszüge verkrampften und sie den Tränen, die sie seit heute Morgen zurückgehalten hatte, freien Lauf ließ. Dies hatte auch Kommissar Hendricks bemerkt und sagte:
»Versuchen Sie, sich zu beruhigen, Madame. Es ist eine entsetzliche Situation, aber nicht aussichtslos.
Erfahrungsgemäß besteht keine Gefahr, dass ihrem Mann etwas Schlimmes passiert, solange die Entführer ihr Ziel nicht erreicht haben. Sie brauchen ihn für weitere Verhandlungen gesund und munter. Sie haben gerade gehört, er lebt und redet ganz normal.«
Golineh sah ihn regungslos an und ohne einen Kommentar ging sie in ihr Zimmer. Bevor Kommissar Hendricks uns verließ, sagte er:
»Aus Sicherheitsgründen müssen morgen alle drei Damen und Ihr Vater das Haus verlassen. Entweder wir bringen sie in die Polizeidienststelle oder, wenn sie Lust haben, können sie ein Museum besuchen oder sich einfach in der Stadt herumtreiben, bis wir ihnen grünes Licht geben.«
Ich glaube, in dieser Nacht konnte keiner von uns richtig schlafen. Obwohl die optimistische Haltung von Kommissar Hendricks einen Hauch von Hoffnung aufkommen ließ, bekam ich Angst und verzweifelte,
wenn ich auf die Gewalttaten von Kamal Nouri und seiner Mörderbande in den letzten Jahren zurückblickte. Ich malte mir einige denkbare Szenarien vor meinem geistigen Auge aus:

Ich stellte mir vor, der Dienstbote kommt und holt den Koffer, fährt in eine nicht feststellbare Richtung und die Polizei verliert seine Spur. Sie öffnen den Koffer, finden Dutzende von alten Telefonbüchern und als Rache bringen sie Shapor um. Oder alle vier bewaffneten Entführer kommen morgen früh in mein Haus, bevor die Polizei richtig reagieren kann, erschießen alle Anwesenden, nehmen den Koffer und fahren weg.
Jeder szenische Entwurf meiner Gedanken war schockierend und versetzte mich in Angst.
Ich fragte mich die ganze Nacht, ob die Strategie der Polizei richtig war, zumal es nicht so aussah, als ob sie wussten, wo die Entführer Shapor gefangen hielten.

* * *

Wie Kommissar Hendricks angekündigt hatte, kam er, begleitet von einem Polizisten in Zivil, gegen 9:00 Uhr mit einem großen Aluminiumkoffer.
»Wir haben alles bestens organisiert«, kündigte er an.
»In der Nähe Ihres Hauses haben wir vier Autos an verschiedenen Stellen positioniert, alle sind per Funk miteinander verbunden. In der Zentrale sitzt eine weitere Person vor einem speziellen Gerät und wird die ganze Aktion koordinieren.
Wir wissen nicht, wer der Kurier ist, aber das spielt auch keine Rolle.
Wenn er kommt, verstecken wir uns in einem Nebenraum, Sie geben ihm den Koffer und sobald er das Haus verlässt, werden meine Leute ihn unauffällig verfolgen.«
Ich sah ihn die ganze Zeit nachdenklich an, immer noch geprägt von meinen erschütternden Albträumen.

Gegen 10:30 Uhr verließen mein Vater und die drei Frauen das Haus auf wiederholte Aufforderung von Kommissar Hendricks. Sie wollten in einem Café in der Stadt auf meinen Anruf warten.

Die Zeit verging sehr langsam. Wir saßen angespannt im Wohnzimmer und warteten auf einen Anruf von Shapor oder möglicherweise einen Kurier. Der Koffer stand im Flur und alle Beamten im Haus oder in ihren Autos warteten auf den Beginn eines aufregenden Spiels, ein Spiel auf Leben und Tod.

Es war kurz vor 11:00 Uhr, als das Telefon klingelte. Ich war sichtlich nervös. Bevor ich den Hörer abnehmen durfte, drückte ein Polizist die Aufnahmetaste auf seinem Laptop.

»Hallo?«

»Ich bin es wieder. Ist es dir jetzt recht, dass der Botendienst bei dir vorbeikommt und meinen Koffer ins Hotel bringt?«, fragte Shapor. Seine Stimme klang dieses Mal etwas traurig, reserviert, ja es schwang eine merkwürdige Nuance mit.

»Wann kommt er? Ich habe wenig Zeit.«

»Wenn es dir nichts ausmacht, wird er bis 12:00 Uhr bei dir sein. Oder hast du heute keine Zeit?« In diesem Augenblick hörte ich deutlich jemanden im Hintergrund „keine Zeitverschiebung" flüstern. Kurz danach fügte Shapor verlegen hinzu: »Wie gesagt, er wird in einer Stunde bei dir sein, um den Koffer abzuholen.«

Ich hatte keine Zweifel, dass Shapor mit der Kofferübergabe nicht einverstanden war. Er wusste, dass er keinen Koffer bei mir hatte und dass, selbst wenn die Polizei einen beschafft hatte, dieser nicht einen einzigen Cent beinhalten würde. Ihm war klar, was das für ihn bedeutete.

Ich sah Kommissar Hendricks an. Obwohl er keine Ahnung hatte, was wir miteinander besprachen, drängte er mich mit einem scharfen Blick, Shapors Forderung zuzustimmen. Ich sagte:
»Okay. Wenn er aber bis 12:00 Uhr nicht hier ist, müssen wir morgen einen neuen Termin ausmachen.«
»Einverstanden. Aber ich denke, er wird vor 12:00 Uhr bei dir sein.«
»Ich bleibe bis 12:00 Uhr zu Hause. Ruf mich heute Abend an und sage mir, ob alles gut geklappt hat.« Dann legte ich den Hörer auf.
»Wann kommt der Dienstbote?«, fragte Kommissar Hendricks ungeduldig.
»Innerhalb der nächsten Stunde sollte er hier sein.«
Während er über sein Handy die Polizeizentrale über die bevorstehende Aktion informierte, blieb ich nachdenklich auf meinem Platz sitzen. Ich hörte mit all meinen Sinnen wiederholt das Echo Shapors trauriger und hilfloser Stimme. Der Schrei nach Hilfe war dieses Mal noch deutlicher als einen Tag zuvor. Seine Frage *„Oder hast du heute keine Zeit?"*, der von seinen Entführern widersprochen wurde, war eine Warnung, so hatte ich es wahrgenommen. Es sollte keine Kofferübergabe stattfinden. Das hatte er nicht gesagt, aber das hatte ich deutlich gespürt. Was sollte ich jetzt machen?
Kurz vor 12:00 Uhr war ich immer noch derart geistig abwesend und verzweifelt, dass ich zuerst nicht mitbekam, dass das Handy von Kommissar Hendricks läutete. Ich sah, wie er hastig eine Taste drückte, kurz seinem Partner zuhörte und dann das Handy wieder in die Tasche steckte. Er kam zu mir und sagte ziemlich aufgeregt:
»Jetzt geht es los. Man hat ein Taxi gesehen, das gerade in Richtung Ihres Hauses fährt.

Möglicherweise ist das der Kurier. Nehmen Sie sich zusammen und verhalten Sie sich ganz ruhig.
Mein Kollege und ich werden uns in einem Nebenraum verstecken. Sie machen wie besprochen die Tür auf, er fragt nach dem Koffer, Sie zeigen ihm, wo der Koffer steht, und lassen ihn ohne Diskussion und Zeitverlust den Koffer mitnehmen. Ab diesem Zeitpunkt werden meine Leute ihn verfolgen. Ist alles okay mit Ihnen?«
Ich nickte bestätigend, obwohl ich nicht davon überzeugt war. Nein, es war überhaupt nicht okay. Nein, nein, angesichts der Tatsache, dass der Ausgang dieses gefährlichen Spiels mir völlig undurchschaubar schien, war ich nicht einen Millimeter geneigt, einen Koffer, der zahlreiche alte Telefonbücher beinhaltete, dem Kurier zu überlassen.
Ich fragte mich, was passieren würde, wenn einer der Entführer sich im Taxi befand und schon während der Fahrt den Inhalt des Koffers prüfte und bemerkte, dass das eine Falle war. Er würde sofort Kamal Nouri informieren.
Vielleicht würden sie vorläufig auf Gorganis Geld verzichten, aber sie würden sich schleunigst irgendwo verstecken und mit Sicherheit Shapor nicht am Leben lassen.
In diesem Augenblick klingelte jemand an der Haustür - das war zweifellos der Taxifahrer.
Prompt verschwanden die beiden Beamten im Gästezimmer. Mit vermehrten Zweifeln ging ich langsam zur Haustür, öffnete sie und betrachtete einen schlanken, rothaarigen, jungen Mann, der mich freundlich anschaute.
Er sagte lächelnd in Schweizerdeutsch:
»Grüß Gott. Ich bin hier, um ein Paket abzuholen.«
Ich stand verkrampft und reglos da, immer noch kämpfte ich innerlich mit meinem Willen.

Das Echo von Shapors Stimme klang immer wieder in meinen Ohren: *"Oder hast du heute keine Zeit?"*. Ja, ich hatte keine Zeit. Ich hatte aber auch keine Absicht, dieses „Russisch Roulette" mitzuspielen. Ich sagte mit ernstem Ton:
»Es tut mir leid. Ich kann Ihnen den Koffer nicht geben. Sagen Sie Ihrem Auftraggeber: Wenn er den Koffer haben will, muss er selbst hierherkommen und ihn mitnehmen.«
Er sah mich mit seinen großen Augen eher verwirrt als enttäuscht an. Dann fragte er stockend:
»Aber warum? Man sagte mir, Sie würden ihn mir geben. Möchten Sie meinen Ausweis sehen oder meinen Namen und die Taxinummer notieren?«
»Nein, nicht nötig. Der Koffer bleibt hier. Er soll selbst hierherkommen und ihn abholen. Jetzt entschuldigen Sie mich bitte, ich habe zu tun. Auf Wiedersehen.« Dann machte ich die Tür zu.
Ich sah durch das Fenster neben der Haustür, dass der Taxifahrer seinen Kopf enttäuscht schüttelte und schimpfend zu seinem Wagen ging.
Eine Minute später startete er das Auto und fuhr mit überhöhter Geschwindigkeit davon.
»Was haben Sie gerade gemacht?«, fragte Kommissar Hendricks vorwurfsvoll. »Warum haben Sie sich geweigert, ihm den Koffer zu überlassen?«
»Es tut mir leid, ich konnte es nicht. Ich will nicht das Leben meines Freundes aufs Spiel setzen. Dieses Spiel kommt mir sehr gefährlich vor. Wenn sie den Inhalt des Koffers sehen, werden wir weder die Entführer erwischen noch Shapor lebend wiedersehen. Momentan ist Gorganis Geld seine Lebensversicherung und diese befindet sich angeblich immer noch in meinem Haus.

Sie haben selbst gesagt, solange sie ihr Ziel nicht erreicht haben, bleibt er gesund und munter.
Außerdem, wenn die Verfolgung des Taxifahrers erfolgversprechend ist, können Sie ihn immer noch jagen und Ihren Plan realisieren, mit oder ohne Koffer.«
»Die Verfolgung findet gerade statt«, antwortete er ziemlich wütend und fügte hinzu: »Sie haben unseren Plan völlig zerstört. Wir hatten vor, bei Übergabe des Koffers an die Entführer, aber spätestens während der Überprüfung seines Inhalts mit mehreren Beamten der Sondereinheit das Versteck blitzartig zu stürmen und sie zu verhaften.«
Er blieb eine Weile still, beruhigte sich und sagte mit milderem Ton weiter: »Aber es ist jetzt egal, es ist schon geschehen. Jetzt kommt es darauf an, wohin der Taxifahrer fährt; zu einem bestimmten Treffpunkt – in diesem Fall können meine Leute sie verhaften. Oder er ruft gleich seinen Auftraggeber an und informiert ihn darüber, was gerade passiert ist. In diesem Fall werden sie sich sofort in ihr Versteck zurückziehen.
Dann müssen wir abwarten und sehen, wie sie auf Ihre unkooperativen Haltung reagieren.«
Er musste seine Erklärung unterbrechen, weil sein Handy vibrierte. Er drückte eine Taste und fragte:
»Was ist passiert? Wo seid ihr?«
Ich schaute sein Gesicht neugierig an, bekam aber keine Andeutung, was er erfuhr. Nach einer Minute beendete er das Gespräch und sagte:
»Laut Aussage meiner Leute war der Kurier ein normaler Taxifahrer und offenbar stand er in keiner direkten Beziehung zu den Entführern.
Er handelte aber in deren Auftrag. Man hatte ihm 200 Schweizer Franken versprochen, wenn er hierher fährt,

den Koffer abholt und zu einem Treffpunkt transportiert, wo angeblich ein anderer Kurier auf ihn warten wollte.«
»Woher wissen Sie das?«
Meine Leute haben ihn rechtzeitig angehalten, ein Beamter stieg in sein Taxi ein und erfuhr, was ich Ihnen gerade erzählte.«
»Wo ist der Treffpunkt?«
»Er sollte den Koffer in die Zürichbergstraße, 200 Meter entfernt vom Zoo, zu einem parkenden italienischen Lastwagen mit Aufschrift „Frutta Italiana" bringen.«
»Glauben Sie im Ernst, dass vier Entführer und eine Geisel in einem Lastwagen sitzen und auf den Taxifahrer warten?«
Zum ersten Mal sah er mich etwas verlegen an, blieb einige Sekunden nachdenklich und antwortete:
»Ich weiß es nicht. Wir werden in fünfzehn bis zwanzig Minuten mehr erfahren.«
Es stellte sich heraus, dass der Lastwagenfahrer ein italienischer Obsthändler war, der in der Schweiz Obst und Gemüse transportierte und sich genau wie der Taxifahrer über 200 SFR Nebeneinkommen freute.
Er sollte den Koffer von dem Taxifahrer übernehmen und nach Rom bringen. Ob während der geplanten Kofferübergabe einer der Entführer irgendwo in der Nähe vom Zoo stand und diesen Vorgang beobachtete, konnte man nicht feststellen.
Wahrscheinlich wollten sie, wenn deren Plan funktioniert hätte, den Koffer zwischen der Schweiz und Italien bei einer passenden Gelegenheit übernehmen.
Jedenfalls musste die Polizei nach einer Stunde die Aktion abbrechen. Denn nachdem der Taxifahrer den Fahrer des Lastwagens darüber informiert hatte, dass er keinen Koffer für ihn hatte, war er ebenfalls enttäuscht, setzte sich

in seinen Wagen und fuhr in Richtung Süden, verfolgt von einem Kriminalbeamten.

An diesem Tag wurde mein großes Problem – die Entführung meines Freundes Shapor – auf keinen Fall gelöst, aber ich war mit meiner spontanen Entscheidung zufrieden.

Ich denke, ich hätte meinem Freund keinen großen Gefallen getan, wenn ich dem Kurier einen Koffer voll mit alten Telefonbüchern überlassen hätte. Denn die Entführer würden bestimmt über diesen schlechten Scherz nicht lachen, sondern als Vergeltung Shapor misshandeln.

Kommissar Hendricks war der Meinung, dass nach der fehlgeschlagenen Aktion an diesem Tag nichts passieren würde. Er wies seine Mitarbeiter an, zur Polizeizentrale zurückzufahren. Nur ein Polizist, der nicht weit von meinem Haus in einem alten Opel saß, musste weiterhin die Siedlung im Blick behalten.

Gegen 13:00 Uhr kehrten meine Frau und die Gäste ins Haus zurück.

Ich hatte sie angerufen und darüber informiert, was passiert war.

Sie stimmten mir zu, dass meine Entscheidung richtig gewesen sei. Golineh war immer noch der Auffassung, dass die Fahndungsstrategie der Polizei nicht professionell war. Sie beklagte:

»Das ist ein Katz-und-Maus-Spiel. Mit dieser Methode kann man nicht das Leben von Shapor retten. Die Polizei gibt nicht zu, dass sie völlig im Dunkeln tappt.

Sie wissen gar nicht, wo sich die Entführer mit ihrer Geisel verschanzt haben. Nein, so kommen wir nicht weiter.

Ich bin nach wie vor der Meinung, wir müssen Dr. Nouri wegen seines krummen Ölgeschäfts unter Druck setzen und ihn zwingen, seinen Bruder zurückzupfeifen. Das ist die einzige Möglichkeit, diesen schrecklichen Zustand positiv zu beenden.«
Meiner Meinung nach war ihr Urteil über die Polizeiarbeit nicht ganz gerecht. Sie taten ihr Bestes.
Mehrere Beamte arbeiteten intensiv an diesem Fall. Auch wenn sie wussten, wo die Entführer sich versteckten, mussten sie, um das Leben von Shapor nicht zu gefährden, Distanz wahren. Andererseits konnte ich Golinehs Unmut verstehen, sie war die ganze Zeit verängstigt und besorgt. Ich sagte:
»Shapor ist mein Freund, aber viel wichtiger, er ist dein Ehemann. Du kannst entscheiden, was wir tun sollen. Wenn du diese Möglichkeit für wirksam und ungefährlich hältst, bin ich damit einverstanden. Aber lass uns genau überlegen, was wir Dr. Nouri sagen wollen.«
Fast zwei Stunden diskutierten wir über die Formulierung unserer Forderung und was wir tun würden, wenn er sich weigerte, mit uns zu kooperieren.
Schließlich suchten wir im Internet die Telefonnummer der National Iranian South Oil Company (NISOC) in Ahwaz, die 0098-611-4447094, heraus.
Wegen des Zeitunterschieds konnten wir Nouri an diesem Nachmittag nicht in seinem Büro erreichen. Wir entschieden, es gleich am nächsten Tag wieder zu versuchen.

Kapitel 18

Wir aßen gerade zu Abend, als das Telefon klingelte. Mir war klar, dass die Polizei in der Zentrale meine Telefongespräche weiterhin mithörte und versuchte, den Anrufer zu lokalisieren. Ich nahm den Hörer ab und beim ersten Ton erkannte ich Shapors Stimme:
»Hallo, ich bin es noch mal. Kannst du mir erklären, warum der Kurier meinen Koffer nicht mitnehmen durfte? Ich habe dir doch gesagt, dass sich in dem Koffer einige Dokumente befinden, die ich dringend brauche.«
»Ja, das hast du gesagt.« Es war verdammt schwierig, mich zu beherrschen und mit einer emotionslosen Stimme zu sprechen. »Ich muss gestehen, ich bin ein bisschen verwirrt. Ich kann nicht verstehen, warum du den Koffer nicht selbst abholen willst und habe das Gefühl, du bist böse auf mich.
Was habe ich dir getan, dass du nichts mehr mit mir zu tun haben willst?« Ich sah zu Golineh, die mir gegenüberstand und mich mit einem Zeichen fragte, ob sie mit ihm reden könnte. Ich schüttelte meinen Kopf ablehnend und hörte, was er sagte:
»Nein, ich bin dir nicht böse. Ich habe einfach viel zu tun. Wie geht es deiner Frau? Ist sie noch in der Klinik oder schon wieder zu Hause?«
Ich war auf diese Frage nicht vorbereitet und antwortete spontan:
»Sie ist wieder zu Hause.«
Er blieb einige Sekunden still. Offenbar hatte er eine andere Antwort erwartet.

»Das heißt, der Kurier kann jederzeit bei dir vorbeikommen und meinen Koffer mitnehmen?«
Verdammt, ich hatte nicht aufgepasst, es gab jetzt für die Kofferübergabe keine Hindernisse mehr.
»Nein, abgesehen davon, dass wir heute Abend nicht zu Hause sind, mache ich die Tür nicht auf, wenn irgendein Kurier kommt. Ich gebe dir den Koffer ausschließlich persönlich. Komm morgen gegen Mittag vorbei, lass uns ein paar Stunden miteinander reden und dann nimm deinen hässlichen Koffer mit. Okay?«
Einige Sekunden hörte ich ein leises Flüstern im Hintergrund, bis er antwortete:
»Okay, vielleicht schaffe ich es morgen Mittag, bei dir vorbeizukommen. Wirst du zu Hause sein?
Hast du überhaupt…« Er wurde plötzlich unterbrochen. Offenbar war seine letzte abgebrochene Frage nicht mit den Entführern abgesprochen gewesen. Ich hörte wieder deutlich jemanden im Hintergrund flüstern. Nach einer Weile sagte er weiter: »Okay, dann bringen wir morgen die Sache hinter uns. Einverstanden?«
Dann legte er auf. Ich hatte jetzt keinen Zweifel mehr, dass er auf Zeit spielte. Die abgebrochene Frage sollte eigentlich bedeuten: „*Du sollst dafür überhaupt keine Zeit haben.*" Da war mir klar, dass wir beide wussten, dass es keinen Koffer gab und keine Übergabe stattfinden sollte.
Kaum war das Gespräch zu Ende, rief Kommissar Hendricks an:
»Was gibt es Neues? Was hat er gesagt?«
Ich berichtete über unser kurzes Gespräch, vor allem, dass er mich morgen Mittag widerwillig besuchen würde.

»Ist Ihnen klar, dass er, wenn er tatsächlich zu Ihnen kommt, nicht allein sein wird? Alle vier Killer werden ihn begleiten. Das heißt, wir müssen uns auf eine gewalttätige Auseinandersetzung vorbereiten.
Wir werden die Entführer schon vor der Haustür überwältigen, wenn wir eine Möglichkeit finden, dabei das Leben Ihres Freundes nicht zu gefährden. Aber wenn nicht, müssen wir in Ihrem Haus eingreifen.
Das heißt, dass Ihr Vater und die drei Damen morgen früh wieder das Haus verlassen müssen, um den möglichen Schaden zu begrenzen.
Wir werden den ganzen Tag in jeder Ecke Ihres Hauses einen Scharfschützen positionieren. Wir müssen auch mit Ihnen üben, was Sie tun müssen, wenn sie kommen, und vor allem, wo Sie stehen sollen während deren Anwesenheit.
Ich schließe nicht aus, dass dabei einiger Sachschaden entstehen wird. Ich rate Ihnen daher, alle kostbaren Gegenstände aus Ihrem Wohnraum zu entfernen.
Heute Abend schließen Sie die Haustür ab und nehmen keine Anrufe mehr entgegen. Sie dürfen für niemanden erreichbar sein, bis wir zu Ihnen kommen.«
An diesem Abend gab es wieder heftige Diskussionen zwischen meinen Gästen und mir. Am zornigsten und redegewaltigsten war Golineh. Sie schimpfte über den amateurhaften Umgang der Polizei mit den Entführern. Sie glaubte nicht, dass die Polizei in der Lage sei, die Entführer zu erwischen, und dass ihr Mann unbeschadet davonkäme. Sie kritisierte die Polizei wegen ihrer Konzeptlosigkeit und sagte:
»Ich kann nicht begreifen, warum die Polizei noch nicht weiß, wo die Entführer sind.

Mit so vielen technischen Möglichkeiten müssen sie mittlerweile fähig sein, diese Verbrecher zu lokalisieren. Shapor hat bis heute mehrere Male angerufen und jeder Anruf hat mindestens drei Minuten gedauert. Es muss verdammt noch mal möglich sein, diese Leute zu finden und professionell einzugreifen. Es scheint mir, dass die Schweizer nur Geld zählen und Käse produzieren können.«

»Jetzt bist du aber ungerecht«, sagte mein Vater mahnend. »Wir wissen, dass die Polizei versucht, die Entführer im Glauben zu lassen, dass kein Mensch bisher die Entführung bemerkt hat. Sie sollen keinen Grund haben, nervös zu werden und irrational zu handeln.
Die Polizei muss sich daher so lange unauffällig im Hintergrund halten, bis sich die Verbrecher sicher fühlen, hierherkommen und dann überwältigt werden können. Sie legen Wert darauf, dass Shapor bei einem spontanen Angriff unbeschadet davonkommt. Wir müssen geduldig bleiben, dürfen nicht hysterisch reagieren, irgendeinen Fehler begehen und damit die ganze Aktion in Gefahr bringen.«

»Wenn deine These stimmt, dass die Entführer glauben, kein Mensch hätte die Entführung registriert, warum scheuen sie sich, hierherzukommen und ihren Koffer selbst mitzunehmen?«, fragte Golineh ärgerlich.

»Ich habe nicht gesagt, dass die Entführer glauben, niemand hätte ihre Aktion bemerkt.
Ich sagte, die Polizei möchte, dass die Entführer so denken. Sie sollen sich sicher fühlen und sich uneingeschränkt frei bewegen.
Um zu prüfen, ob die Strategie der Polizei funktioniert, müssen wir bis morgen warten und sehen, ob sie tatsächlich keine Angst spüren und hierherkommen.«

Sie schüttelte enttäuscht ihren Kopf und sagte stockend: »Das ist keine Strategie, das ist ein Ausdruck von Hilflosigkeit.« Dann verschwand sie verärgert in ihrem Zimmer. In dieser Nacht schlief meine Frau mit in Golinehs Zimmer und versuchte, sie einigermaßen zu beruhigen.

* * *

Am nächsten Tag erschienen Kommissar Hendricks und sein Team schon um 7 Uhr. Sie fertigten eine Skizze an, wo welcher Polizist unsichtbar positioniert werden sollte. Den Koffer stellten sie in die Mitte des Wohnzimmers.
Mit einem Filzstift markierten sie die Stelle, an der ich während der Anwesenheit der Entführer stehen sollte. Im Fall einer gewalttätigen Auseinandersetzung sollte ich die Sicht der Scharfschützen nicht behindern. Vier weitere bewaffnete Polizisten in Zivil patrouillierten außerhalb des Hauses.
Wie bereits besprochen, mussten meine Frau und die Gäste das Haus verlassen.
Dummerweise herrschte an diesem Mittwoch ungemütliches Wetter. Es war regnerisch, windig, jedenfalls kein Wetter für einen langen Spaziergang in der Stadt oder um irgendwo im Freien herumzusitzen und zu warten.
Ich weiß nicht, wie meine Familie diesen Tag erlebte, für mich war er der längste und eintönigste Tag meines Lebens.
Die Zeit verging zu langsam. Schon um 10 Uhr hatte ich das Gefühl, dass ich seit Tagen auf Shapors Anruf oder seinen Besuch wartete.
Trotz der ruhigen Atmosphäre waren wir alle sichtlich nervös.

Wenn wir hörten, dass ein Auto in unsere Siedlung fuhr, kehrten alle Polizisten auf ihre festgelegten Positionen zurück, warteten minutenlang gespannt und reglos an ihren Stellen, bis ein Kollege von draußen Entwarnung gab. Offenbar gehörte das Auto einem Nachbarn, der Post oder irgendeinem Lieferanten.

Den ganzen Tag saßen wir gelangweilt herum und es passierte nichts. Nie hatte ich in meinem Leben eine Tageszeitung so oft gelesen und nichts von ihrem Inhalt mitbekommen. Meine Gedanken kreisten auch um meine Familie. Ich fragte mich, was sie bei diesem scheußlichen Wetter draußen machte.

Zu unserer großen Enttäuschung kamen Shapor und seine Entführer nicht; es erfolgten auch den ganzen Tag keine Anrufe.

Allmählich wurde mir bewusst, dass die Entführer bei dieser Partie ein eigenes Spiel spielten. Offenbar hatten sie alle Zeit der Welt und waren ungemein geduldig. Entweder sie wussten, dass die Polizei bei mir war, oder sie wollten bei ihrem eigenen Konzept bleiben und mich mit ihrer nervigen Methode so weit bringen, dass ich den Koffer doch einem Kurier überließ.

Wir warteten vergeblich bis 20 Uhr und dann entschieden wir, die Aktion abzubrechen. Ich rief meinen Vater an und bat ihn, mit den drei Frauen nach Hause zu kommen. Nach ihrer Ankunft verließen die Polizisten enttäuscht das Haus.

Kommissar Hendricks gab mir einen Pager und sagte, dass ich, wenn es ein Zeichen von den Entführern gab, einfach die rote Taste drücken sollte. Er würde mit seinen Leuten sofort zu uns kommen.

Beim Abendessen traute ich mich nicht, in Golinehs Augen zu blicken.

Sie war ungewöhnlich verschlossen und still. Ich kannte ihr passives Verhalten aus unserer gemeinsamen Zeit in Shiraz und wusste, dass das die Ruhe vor dem Sturm war. Man musste jederzeit mit einem heftigen Gewitter rechnen.
Nilufar war im Gegensatz zu den Tagen zuvor genauso gereizt wie Golineh. Sie meinte, wir sollten auf eigene Faust etwas unternehmen, um ihren Sohn zu retten.
Außerdem wollte sie als amerikanische Staatsbürgerin bei der US-Botschaft um Hilfe bitten. Sie erwog auch, einen Privatdetektiv zu engagieren und gleichzeitig die Presse zu informieren.
Diese nicht sonderlich vielversprechenden Vorschläge stachelten Golinehs Laune an und wie erwartet begann sie wieder, die Strategie der Polizei heftig zu kritisieren:
»Ich bin auch der Meinung, dass die europäische Polizei zu weich, ja zu inkompetent ist und man bei einer raffinierten Entführung wie dieser mit keinem Happy End rechnen kann.
Wenn diese Art von Verbrechen in Australien passierte, würde die Polizei mit allen Mitteln versuchen, die Entführer zu lokalisieren, professionell eingreifen und den Fall schnell zu einem Ende bringen. Mir scheint, Kommissar Hendricks erwartet von den Entführern eine schriftliche Einladung. Merkwürdigerweise muss immer der Entführer den ersten Schritt machen, nicht umgekehrt.
Wir können nicht, nein, nein, wir dürfen nicht so lange warten. Wenn ich euch richtig verstanden habe, ist einer der Entführer, Kamal Nouri, brutal und gewalttätig. Wenn er erkennt, dass bei dieser Aktion kein Cent zu holen ist, wird er Shapor gnadenlos liquidieren.
Ab sofort will ich nichts mehr dem Zufall überlassen.

Shapor ist mein Mann und ich werde daher Himmel und Hölle in Bewegung setzen, um ihn zu befreien. Ich werde morgen meinen Plan konsequent umsetzen.«
Nach einer Stunde heftiger Diskussion und Meinungsaustausch waren wir mit ihrer Absicht einverstanden.
Wir beschlossen, gleich früh am nächsten Tag NISOC anzurufen und Dr. Nouri zu erpressen.
Ich hatte ein mulmiges Gefühl dabei, konnte aber keinen besseren Vorschlag anbieten.
Sie hatte recht, wir mussten jede Möglichkeit nutzen, um Shapors Leben zu retten.

Kapitel 19

𝕬m Donnerstag, dem 26. Juni, setzten wir uns gleich nach dem Frühstück alle im Wohnzimmer zusammen. Wir wollten Golineh bei der Umsetzung ihrer Idee unterstützen, obwohl ich gestehen muss, dass ich dabei kein gutes Gefühl hatte. Ich befürchtete, dass sie mit ihrer aggressiven und aufdringlichen Art die Situation noch bedrohlicher machen würde. Ich war mir nicht sicher, ob sie von dieser Entfernung aus einen kaltblütigen Verbrecher wie Nouri dazu zwingen könnte, seinen Plan aufzugeben. Aber ich hatte keine bessere Alternative. Es kam noch dazu, dass die Polizeiarbeit nicht Erfolg versprechend schien.

Wir beobachteten, mit welcher ungeduldigen Entschiedenheit Golineh die Telefonnummer der National Iranian South Oil Company in Ahwaz mit ihrem eigenen Handy wählte. Sie benutzte ganz bewusst nicht unseren Festnetzanschluss, weil wir wussten, dass unsere Telefonate von der Polizeizentrale belauscht werden konnten. Kaum hatte sie die Nummer gewählt, meldete sich eine männliche Stimme:

»Guten Tag, NISOC. Wie kann ich Ihnen helfen?«

»Ich möchte mit Dr. Nouri sprechen.«

»Einen Moment bitte, ich verbinde.«

Nach einigen Sekunden antwortete eine weibliche Stimme:

»Sie wollen mit Herrn Dr. Nouri sprechen? Leider ist er nicht in seinem Büro, er hat eine Sitzung.«

»Ich rufe gerade aus der Schweiz an und muss dringend mit ihm sprechen.

**Dieses Gespräch ist für Herrn Dr. Nouri sehr wichtig. Holen Sie ihn sofort aus seiner Sitzung.
Es dauert nur ein paar Minuten.«**
»Um was geht es? Kann ich Ihnen helfen?«
»Es geht um Leben und Tod. Wie gesagt, ich muss mit ihm persönlich sprechen, und zwar sofort.«
»Bleiben Sie am Apparat, ich sehe, ob er das Gespräch annehmen will.«
Was für eine selbstbewusste Frau diese Golineh war. Ich glaube, ich war nicht der Einzige, der ihren starken Willen und ihre unglaubliche Entschlossenheit schweigend lobte. Mein Vater, meine Frau und Nilufar betrachteten sie bewundernd, wie sie mit diesem Selbstbewusstsein auf das Gespräch wartete.
Es dauerte fast fünf Minuten, bis man im Hintergrund eine laute Stimme hörte.
»Hallo, wer ist da?«, fragte Nouri mit seiner tiefen und metallischen Stimme. »Was wollen Sie?«
»Hören Sie genau zu, Dr. Nouri. Wir haben beide wenig Zeit, aber wir müssen sofort eine wichtige Entscheidung treffen.
Ich bin die Ehefrau von dem Mann, der in Ihrem Auftrag entführt wurde und sich zurzeit in Gewahrsam ihres Bruders befindet.«
»Wer? Ich verstehe Sie nicht. Reden Sie von Shapor Baastan? Ich dachte, seine Frau hat ihn verlassen.«
»Ich habe ihn nicht verlassen, wir wurden zwangsweise getrennt.
Hören Sie genau zu, ich habe Sie nicht angerufen, um meine Lebensgeschichte zu erzählen, sondern um mit Ihnen eine Vereinbarung zu treffen.

Ich weiß, Sie haben diese Entführung selbst angeordnet, weil Sie glauben, dass mein Mann das Geld Ihres Kollegen Djawad Gorgani ins Ausland mitgenommen hat.«
Plötzlich hörten wir, dass er zu seiner Sekretärin leise sagte: »Gehen Sie raus. Keiner darf mich stören.« Er wartete, bis sie ihn allein gelassen hatte, dann sagte er mit seiner energischen Stimme:
»Ihr Mann ist ein Schwindler. Er hat das Geld meines verstorbenen Kollegen Gorgani gestohlen und ist heimlich ins Ausland geflohen. Hat er Ihnen nichts davon erzählt?«
»Nein, das hat er nicht. Ihre Annahme ist absolut falsch. Das Geld befindet sich immer noch im Bundesland Khuzestan. Fragen Sie Ihren Kollegen Herrn Fallah, er kann es Ihnen bestätigen.«
Ich schaute Golineh besorgt an, denn das war ein riskantes Ablenkungsmanöver. Wenn ich Shapor richtig verstanden hatte, war Fallah einer der engsten Kumpel von Nouri und lebte jetzt nicht mehr.
»Dieses verdammte Miststück ist auch seit einer Woche verschwunden. Hat er mit Ihrem Mann zusammengearbeitet?«
Ich war erleichtert. Offenbar war seine Leiche noch nicht entdeckt worden. Ihr Bluff war nicht schlecht. Golineh erwiderte kühl:
»Nein, soweit ich weiß, hatte mein Mann keine besondere Beziehung zu Herrn Fallah. Er sagte, dass Fallah seit Monaten wusste, dass Gorgani sein Geld bei einer Frau, wahrscheinlich seiner Geliebten, in Pardis deponierte. Möglicherweise unterhielten sie eine intime Beziehung. Aber das spielt hier keine Rolle.

Sie müssen mir glauben, mein Mann hat bei seiner Reise nach Europa nicht einen Cent mitgenommen, nicht einmal sein eigenes Geld.« Sie hielt inne und sagte mit geheimnisvoller Stimme weiter:
»Allerdings brachte er aus Ahwaz etwas Wichtiges mit, nämlich die Kopien aller manipulierten Öl-Rechnungen von Barzahlern.
Aus diesen Unterlagen kann man deutlich erkennen, dass in den letzten Monaten Millionen Dollar aus dem Ölgeschäft in die Taschen der Mitglieder Ihres Vereins geflossen sind.
Dabei war auch eine interessante Verteilungstabelle, die zeigt, dass Ihr Anteil dreißig Prozent betrug.
Diese Dokumente befinden sich in meinem Besitz und ihre Veröffentlichung hätte für Sie verheerende Folgen. Ich möchte Ihnen daher einen Deal vorschlagen:
Weisen Sie Ihren Bruder an, meinen Mann unverzüglich freizulassen. Als Gegenleistung werde ich diese Dokumente vernichten.«
Fast eine Minute hörten wir von ihm keinen Ton. Aber dann sagte er kurz:
»Sie bluffen!«
»Das tue ich nicht. Wenn innerhalb der nächsten Stunden meine Forderung nicht in die Tat umgesetzt wird, werde ich die Kopie dieser Dokumente an General Dschafari, Chef von Pasdaran, und eine weitere Kopie an die europäische Presse schicken. Sie können sich vorstellen, welche Konsequenzen die Veröffentlichung für Sie und Ihre Mitarbeiter nach sich ziehen würde.«
Wieder war er ganz still. Man hörte nur seinen unregelmäßigen Atem.

Allmählich spürten wir deutlich, dass der kompromisslose und überzeugende Tonfall von Golineh bei Dr. Nouri totale Unsicherheit und Verwirrung auslöste. Nach ein paar Minuten Stille fragte sie:
»Hallo, sind Sie noch da?«
»Ja, ja, ich bin noch da. Ich denke darüber nach, was Sie gerade gesagt haben. Sie haben behauptet, dass Ihr Mann kein Geld in die Schweiz mitgenommen hat. Entweder er hat Ihnen nicht die ganze Wahrheit erzählt oder Sie versuchen, mich an der Nase herumzuführen. Soweit ich informiert bin, hat er das Geld in einem Koffer bei seinem Freund in Zürich deponiert.«
»Der Koffer, von dem Sie gehört haben, ist Eigentum der Schweizer Polizei und beinhaltet unzählige alte Telefonbücher, einen Sender und zwei versteckte Kameras. Das ist eine Falle, um Ihren Bruder und seine Komplizen zu erwischen.«
Jetzt starrte ich Golineh besorgt an, sie war dabei, die Taktik der Schweizer Polizei zu verraten. Wenn Kommissar Hendricks davon erfahren würde, könnte die Situation für uns noch schwieriger werden. Aber das interessierte Golineh überhaupt nicht. Sie hatte nur eine Idee im Kopf, und zwar alles daran zu setzen, Shapor zu retten. Sie fügte hinzu:
»Sie müssen mir glauben, Sie haben die ganze Zeit die falsche Person verdächtigt, verfolgt und entführen lassen. Wenn Sie ihren Irrtum nicht sofort korrigieren, kann das für Sie, Ihren Bruder und sein Team schlimme Folgen haben.«
»Woher wissen Sie von dem Inhalt des Koffers?«
»Woher ich das weiß? Ich stehe gerade neben diesem Koffer.

Seit mein Mann sich im Gewahrsam Ihres Bruders befindet, bin ich in diesem Haus Gast und kriege dieses Katz-und-Maus-Spiel mit.
Die Polizei versucht, Ihren Bruder hierher zu locken, um ihn zu verhaften.
Und Ihr Bruder hat Angst, sich hier blicken zu lassen, weil er vermutet, dass etwas nicht stimmt. Stattdessen schickt er einen Taxifahrer als Kurier, um den Koffer abzuholen, was natürlich nicht den Vorstellungen der Polizei entspricht. Es ist inzwischen eine chaotische, aber auch gefährliche Situation entstanden.
Herr Dr. Nouri, ich sage Ihnen die Wahrheit. Niemand weiß, dass ich gerade mit Ihnen telefoniere, weder die Polizei noch meine Gastgeber. Ich handle im Interesse meines Mannes. Ich dachte, es wäre vernünftig, wenn ich mit Ihnen rede und wir dann möglicherweise eine gemeinsame Lösung für diese schwierige Situation finden.
Sie müssen schnell umdenken. Die Lage ist sehr ernst; gefährlich für meinen Mann, selbstmörderisch für Ihren Bruder und vor allem verhängnisvoll für Sie persönlich. Ich schlage vor, dass Sie meinen Mann freilassen, ich die Unterlagen vernichte und dann wieder alles gut wird.
Rufen Sie sofort Ihren Bruder an, sagen Sie ihm, er soll meinen Mann freilassen und unauffällig aus der Schweiz verschwinden. Denken Sie daran: Wenn die Polizei ihn und seine Mitstreiter erwischt, landen sie für mehrere Jahre im Gefängnis. Entführung und Freiheitsberaubung werden in der Schweiz hart bestraft.
Ich möchte noch einmal betonen: Sollten die Entführer meinen Mann umbringen oder ihn misshandeln, schwöre ich bei Gott, dass ich noch heute die Dokumente per Einschreiben an die jeweiligen Adressaten schicken werde.

Lassen Sie sofort meinen Mann frei, dann retten Sie das Leben Ihres Bruders und seines Teams und Sie sichern Ihre eigene Karriere.«

Wieder blieb Nouri stumm. Ich hatte jetzt keinen Zweifel mehr, dass er von ihren Argumenten sehr beeindruckt war und genau überlegte, was er tun müsste.

Er merkte sehr wohl, dass das kein höfliches Ersuchen war, sondern eine knallharte Erpressung. Plötzlich ergriff er wieder das Wort:

»Sie haben von Umsatzpapieren gesprochen. Wie sehen die aus?«

Offenbar wollte Nouri bei dieser Partie ihre Karten sehen. Ich beobachtete Golineh, sie war nach wie vor beherrscht und aufmerksam. Mit überzeugendem Ton erwiderte sie:

»Wenn Sie sicher sind, dass die Kommunikation Ihres Bereiches nirgendwo dokumentiert wird, würde ich Ihnen gern gleich einige Kopien der Unterlagen, die mein Mann aus seinem Büro mitgenommen hat, faxen, damit Sie sehen, dass ich nicht bluffe. Aber das muss sofort passieren.«

»Nehmen wir an, dass ich Ihnen glaube, genau das tue, was Sie von mir verlangen. Welche Garantie habe ich, dass Sie die Dokumente sofort vernichten?«

Bingo! In diesem Augenblick sah ich alle Anwesenden an, jeder von uns schien von Golinehs Beharrlichkeit fasziniert. Sie hatte tatsächlich geschafft, ihn in die Knie zu zwingen. Sie antwortete kalt:

»Wie kann ich Ihnen eine Garantie geben? Weder kennen Sie mich noch haben Sie die Möglichkeit zu prüfen, ob ich die Dokumente tatsächlich vernichten werde. Zeigen Sie Ihren guten Willen, ich werde mein Versprechen einlösen.

Denn danach brauchen mein Mann und ich diese Dokumente nicht mehr. Wir werden dankbar sein, wenn wir in Ruhe und Frieden zusammenleben können.
Ja, ich werde alle Dokumente vernichten, vorausgesetzt, dass mein Mann innerhalb der nächsten Stunden unbeschadet freikommt.« Jetzt schwang eine Spur Sanftheit in ihrer Stimme und sie sagte weiter:
»Sie müssen manchmal im Leben Anderen Glauben schenken, auch den Frauen, Herr Dr. Nouri. Denken Sie daran, dass Sie bei diesem Deal mehr profitieren werden als ich.
Ihr Bruder und seine Leute werden unbeschadet davonkommen. Sie werden keine Schwierigkeiten in Ihrem Ministerium haben und vor allem können Sie weiterhin mit dem Öl-Geschäft viel Geld verdienen.
Ich verspreche Ihnen, Sie werden in Zukunft von mir und meinem Mann nichts mehr hören.
Irgendein kluger Mensch hat einmal gesagt: ‚*Einseitige Wahrheit ist die ergiebigste Quelle des Irrtums.*‘
Sie haben sich geirrt, jetzt versuchen Sie, Ihre Fehler zu korrigieren.«
»Können Sie mir ehrenhaft versprechen, dass Sie die Dokumente unverzüglich vernichten werden?«
»Ich werde Ihnen ehrenhaft versprechen, die Dokumente zu zerreißen, und zwar unmittelbar nach der Freilassung meines Mannes. Ja, davon können Sie ausgehen.
Versuchen Sie zuerst, Ihren Teil der Vereinbarung zu erfüllen, dann bin ich an der Reihe. Glauben Sie mir, das ist die beste Lösung für unsere gemeinsamen Probleme.«
»Rufen Sie mich in einer Stunde an, vielleicht habe ich dann eine gute Nachricht für Sie.«

Golineh legte ihr Handy auf den Tisch. Während sie uns lächelnd und mit einem triumphalen Blick anschaute, fragte sie:
»Wie war ich? Glaubt ihr, dass er alles geschluckt hat, mit was ich ihn gefüttert habe?«
»Du warst großartig«, antwortete mein Vater völlig begeistert. »Du hast ihn mit Zuckerbrot und Peitsche grundlegend umgeschwenkt.
Deine Ablenkung war wirksam, deine Drohung war nachdrücklich und dein Angebot verlockend. Dennoch müssen wir abwarten und sehen, ob er in der Lage ist, seinen Bruder davon zu überzeugen, die Geisel freizulassen und ohne das erhoffte Geld mit seinem Team aus der Schweiz zu verschwinden.«
»Ich halte es für angemessen, dass wir Kommissar Hendricks darüber informieren,« sagte ich immer noch gefesselt von dieser spektakulären Verhandlung. »Denn mit dieser Vereinbarung hat sich die Situation völlig verändert.
Falls die Entführer bis zu diesem Zeitpunkt nicht gewusst haben, dass die Polizei hinter ihnen her ist, werden sie es in kurzer Zeit von Dr. Nouri erfahren. Er wird auch seinem Bruder vom Inhalt des Koffers berichten.
Angesichts der Tatsache, dass man nicht weiß, wie die Entführer auf diese Neuigkeiten reagieren werden, muss die Polizei rechtzeitig ihre Strategie grundlegend modifizieren.«
»Ja, du hast recht. Ruf Kommissar Hendricks an«, erwiderte Golineh. »Erzähl ihm alles, was ich mit Nouri vereinbart habe.«
Dieses Gespräch war für mich sehr peinlich. Wie ich geahnt hatte, reagierte er mit einer gewissen Distanz.

Er war allerdings dankbar, dass ich ihn unverzüglich informiert hatte.

Die vereinbarte Stunde Wartezeit kam uns wie eine Ewigkeit vor. Wir wollten aber nicht vorzeitig anrufen und Dr. Nouri einen unsicheren, ja ängstlichen Eindruck vermitteln.

Nach 70 Minuten rief Golineh wieder in Ahwaz an und kam dieses Mal ohne Vermittlung durch.

Offenbar hatte Nouri ungeduldig auf ihren Anruf gewartet. Kaum hatte Golineh ihre Frage »Haben Sie Ihren Bruder erreicht?« gestellt, antwortete er unüberhörbar freundlich:

»Ja, ja, ich habe vor einer Stunde mit meinem Bruder gesprochen. Es war nicht leicht, ihn davon zu überzeugen, seinen Plan aufzugeben. Aber er ist bereit, Ihren Mann freizulassen, jedoch nicht in Zürich.

Er hat schon geahnt, dass die Polizei seine Unterkunft observiert. Wahrscheinlich haben sie bis jetzt nicht eingegriffen, weil sie kein Risiko eingehen wollten.

Mein Bruder will Ihren Mann jetzt als Schutzobjekt benutzen, und zwar, bis er die Schweiz verlassen hat. Er verlangt, dass Sie die Polizei auffordern, sich zurückzuziehen und ihn auf keinen Fall zu verfolgen. Auf dem Weg nach Italien, wenn er sicher ist, dass keine Polizei ihn verfolgt, wird er Ihren Mann freilassen.

Es tut mir leid, ich konnte nicht mehr machen. Aber ich denke, das ist eine gute Lösung, um diesen nervenraubenden Zustand zu beenden, sowohl für Ihren Mann als auch für meinen Bruder.

Jetzt liegt alles in Ihrer Hand. Sprechen Sie sofort mit der Polizei.

Versuchen Sie, die Polizei – so wie Sie mich überzeugt haben – zu überreden, ihre Verfolgung einzustellen.
Ich muss gestehen, dass mein Bruder leider ziemlich dickköpfig und nicht so beherrscht ist wie ich. Wenn er unter Druck steht, reagiert er impulsiv. Es wäre vernünftig, wenn die Polizei ihn in Ruhe ließe und nicht provoziert. Sonst schließe ich nicht aus, dass er Gewalt anwendet und dabei möglicherweise etwas Schlimmes passieren wird. Sie verstehen wohl, was ich meine.
Bitte machen Sie für die Polizei deutlich, dass die Freilassung Ihres Mannes von deren Verhalten abhängt.
Handeln sie schnell. Sagen Sie als Ehefrau von Shapor, dass Sie keine weitere Verfolgung wünschen.
Nach Ihrem Gespräch mit der Polizei lassen Sie mich wissen, ob ich meinem Bruder grünes Licht geben kann.«
Golineh blieb eine Weile nachdenklich, dann sagte sie: »Okay, ich werde sofort mit dem zuständigen Beamten sprechen. Ich bestehe darauf, dass die Polizei ihre Aktion abbricht. Ich hoffe, dass Ihr Bruder nicht lebensmüde ist und das Leben meines Mannes, seines Teams und schließlich sein eigenes in Gefahr bringt.
Sagen Sie Ihrem Bruder, er soll beherrscht bleiben, nicht übermütig werden und so schnell wie möglich meinen Mann freilassen. Erklären Sie ihm deutlich, dass, wenn dabei mein Mann zu Schaden kommt, nicht nur sein eigenes Leben in Gefahr ist, sondern auch Ihre fantastische Karriere zu Ende sein wird, möglicherweise müssen Sie auch mehrere Jahre in einem dunklen Loch verbringen.
Also, ich werde die Polizei bitten, sich komplett zurückzuziehen, und Sie weisen Ihren Bruder an, meinen Mann so schnell wie möglich freizulassen. Okay?«

»Erst sprechen Sie mit der Polizei und lassen mich wissen, ob wir überhaupt mit einer friedlichen Lösung rechnen können. Dann werde ich von meinem Bruder verlangen, die Aktion sofort zu beenden und, wie Sie gesagt haben, Ihren Mann freizulassen.«
»Okay, wir haben uns richtig verstanden. Bleiben Sie im Büro, ich werde gleich mit der Polizei sprechen. Sie können davon ausgehen, dass ich mein Bestes geben werde. Nach dem Gespräch mit der Polizei werde ich Sie sofort informieren.«
Dann legte sie auf.
Golineh bestand darauf, selbst mit Kommissar Hendricks zu sprechen. Sie sagte:
»Wir müssen dieses Drama heute beenden. Wer weiß, vielleicht findet Nouri morgen heraus, dass sein Kumpel Fallah ermordet wurde, und dann wird er seine Meinung ändern. Ich werde Kommissar Hendricks alle meine Argumente vortragen und als Ehefrau von Shapor darauf bestehen, dass er seinen Plan entsprechend ändern muss.«
Mit solcher Entschlossenheit wie zuvor rief sie Kommissar Hendricks an und ging sofort zur Sache. Sie berichtete von ihrem zweiten Telefonat mit Dr. Nouri, vor allem, was sie mit ihm vereinbart hatte. Sie beharrte darauf, dass die Polizei, solange ihr Mann nicht freigelassen worden war, Kamal Nouri und seine Bande nicht weiterverfolgen sollte; keine Observierung von seinem Versteck und keine Provokation. Was die Polizei danach mit ihnen machen würde, interessierte sie überhaupt nicht.
Ich hatte schon geahnt, dass die Polizei von unserem Alleingang nicht sonderlich begeistert sein würde.
Die Reaktion von Kommissar Hendricks war zuerst heftig. Er war nicht laut, aber ziemlich verärgert.

Er meinte, die Schweizer Rechtsordnung dulde keine Erpressung, schon gar nicht von einem Verbrecher.
Kamal Nouri und seine Bande müssten für ihre Verbrechen bestraft werden.
Er beklagte, dass sein Team die letzten Tage viel Zeit und Energie investiert hatten, um die Geiselnehmer zu verhaften und zu bestrafen. Golineh antwortete diplomatisch: »Dafür bin ich Ihnen und Ihrem Team dankbar. Doch angesichts der Tatsache, dass Sie mit Ihrer bisherigen Strategie nicht weitergekommen sind, halte ich meinen Weg für vernünftig und sehr Erfolg versprechend.
Außerdem wissen Sie nach meiner Einschätzung sowieso nicht, wo sich die Entführer versteckt halten.«
»Natürlich wissen wir, wo sie sind. Sie stehen seit drei Tagen unter unserer Beobachtung.
Sie müssen verstehen, dass wir kein Risiko eingehen wollen. Alle vier Kidnapper sind bewaffnet und stehen immer dicht neben ihrer Geisel. Aus Rücksicht auf das Leben Ihres Mannes haben wir bis jetzt auf einen gewalttätigen Eingriff verzichtet.«
Ich bemerkte an seinem Ton, dass er verstimmt war, weil wir auf eigene Faust etwas unternommen hatten, was mit seinem Plan nicht konform ging. Aber nach und nach wurde er etwas milder, ja verständnisvoll. Entweder hatte er erkannt, dass mit dieser Vereinbarung das Leben von Shapor gerettet werden konnte, oder er entwickelte im Hinterkopf schon eine neue Strategie.
Er sagte zu Golineh, dass er mit ihrem Vorgehen einverstanden sei, sie solle sofort Dr. Nouri zurückrufen und ihm versichern, dass die Polizei mit der Observierung der Unterkunft seines Bruders aufhören würde, wenn er verspräche, Shapor sofort freizulassen und aus der Schweiz zu verschwinden.

Machen Sie ihm aber deutlich, dass er erst, wenn Shapor unbeschadet nach Hause gekomen ist, das Land verlassen darf.

In diesem Fall wird die Polizei an der Schweizer Grenze die Anweisung geben, Kamal Nouri und sein Team anstandslos passieren zu lassen.

Weigert sein Bruder sich, dieses einmalige und nicht verlängerbare Angebot zu akzeptieren, wird die Polizei heute Abend diesen nicht hinnehmbaren Zustand mit Gewalt beenden.«

»Glauben Sie, Kamal Nouri wird Ihr Angebot annehmen?«

»Er hat keine andere Wahl. Er muss inzwischen begriffen haben, dass er dieses Spiel nicht gewinnen kann. Denn seit einer Stunde ist ihm klar geworden, dass es keinen Cent zu holen gibt. Was er gewinnen kann, ist nur sein Leben.«

»Heißt das, Sie würden ihn, wenn er Ihr Angebot akzeptiert, einfach gehen lassen?«

Die letzte Frage ließ Kommissar Hendricks unbeantwortet. Er sagte lediglich:

»Rufen Sie Dr. Nouri an und sagen Sie ihm genau, was ich als Bedingung festgelegt habe. Ich warte hier auf das Ergebnis Ihres Gesprächs.«

* * *

Der Verhandlungsprozess zwischen Dr. Nouri und Kommissar Hendricks gestaltete sich sehr schwierig. Golineh musste mehrere Male beide Parteien anrufen und ihre neuen Forderungen miteinander abstimmen.

Der Knackpunkt war der Ort, an dem Shapor freigelassen werden sollte. Kamal Nouri wollte ihn zuerst nach Italien mitnehmen und in Rom freilassen, aber das wurde von Kommissar Hendricks kategorisch abgelehnt, weil die Entführung in der Schweiz geschehen war und dort beendet werden musste. Er musste Shapor in der Schweiz freilassen.

Dann modifizierte Kamal seine Bedingung, ließ über seinen Bruder mitteilen, dass er Shapor kurz vor der italienischen Grenze (Varese) absetzen werde. Dieser Vorschlag hatte bei Kommissar Hendricks auch keine Chance, weil sie gemäß seiner Forderung das Land nur verlassen dürften, nachdem Shapor gesund und unbeschadet nach Zürich zurückgekommen wäre.

Allerdings lehnte Kamal diese Bedingung wiederum ab, weil er nach Shapors Freilassung mehrere Stunden auf der Schweizer Autobahn warten müsste, bis Shapor zurück in Zürich wäre. Erst dann würde Kommissar Hendricks der Grenzpolizei erlauben, sie passieren zu lassen. Erst ein Kompromissvorschlag von Golineh wurde endlich von beiden Parteien akzeptiert.

Sie schlug vor, dass Kamal Nouri Shapor an der ersten Tankstelle auf der Autobahn absetzen sollte, da die Polizei das Auto der Entführer nicht verfolgen würde. Dann sollten die Entführer langsam Richtung Italien weiterfahren. Shapor würde von dort mit einem Taxi oder per Anhalter nach Zürich zurückkommen. Dieses Verfahren verursachte wenig Zeitverlust. Sobald er in Zürich ankäme, würde Kommissar Hendricks der Behörde an der Schweizer Grenze grünes Licht geben.

Wie ich ein paar Tage später erfuhr, hatten Kamal Nouri, sein Team und Shapor in einem Appartement eines Agenten des iranischen Geheimdienstes in der Schwamendingerstrasse gewohnt.

Sie waren die ganze Zeit sehr vorsichtig, aufmerksam und geschickt gewesen.

Immer wenn Sie mit uns telefonieren wollten, begleiteten alle vier Shapor mit ihren Schusswaffen dicht an seinen Rücken gepresst in die Tiefgarage ihres Wohnhauses. Dort stand ein VW-Passat mit Schweizer Kennzeichen, der auch dem Agenten des iranischen Geheimdienstes gehörte. Damit die Polizei ihren Anruf nicht lokalisieren konnte, fuhren sie weg, erledigten ihre Telefonate irgendwo außerhalb von Zürich und kehrten wieder mit den gleichen Vorsichtsmaßnahmen in die Wohnung zurück.
Obwohl sie während dieser Tage dort keine Polizisten gesehen hatten, waren sie die ganze Zeit misstrauisch.
Ihre Ahnung war allerdings nicht falsch. Denn schon am dritten Tag der Entführung hatte die Polizei ihr Versteck entdeckt und heimlich einen satellitengesteuerten Sender unter dem Kofferraum angebracht, sodass die Beamten in der Zentrale jederzeit die Bewegungen der Verbrecher außerhalb der Wohnung beobachten konnten.
Außerdem saßen zwei Polizisten in Zivil ca. 100 Meter weit von dem Haus entfernt in einem Auto und warteten auf eine günstige Gelegenheit, einzugreifen.
Nach der endgültigen Vereinbarung beendeten die Polizisten ihre Observierung. Der unter dem VW-Passat angebrachte Sender war für die Beschattung ausreichend.
Obwohl der vereinbarte Kompromiss Erfolg versprechend schien, hatte ich ehrlich gesagt immer noch ein mulmiges Gefühl, dass es schiefgehen könnte.
Denn inzwischen waren mir die Eigenschaften des Polizeiinspektors auf der einen und die der Täter auf der anderen Seite gut bekannt: Einer war ein zielbewusster, pflichtgetreuer Beamter und die anderen waren unberechenbare Verbrecher. Dennoch gab es eine kleine Hoffnung.

Kapitel 20

Das Ergebnis von zwei Stunden mühsamer Verhandlungen zwischen Golineh, Dr. Nouri und Kommissar Hendricks ließ uns ruhiger und zuversichtlicher werden, obwohl uns klar war, dass das Drama noch nicht vorbei war und keiner von uns dem Hauptprotagonisten dieses Verbrechens, Kamal Nouri, vertrauen konnte.
Dennoch wurde unsere Stimmung noch besser, als gegen 20:00 Uhr ein Polizist bei mir zu Hause anrief und berichtete, dass die Entführer ihre Wohnung mit Shapor verlassen hatten und der VW-Passat in Richtung Autobahn fuhr.
Wir setzten uns alle gespannt und schweigend ins Wohnzimmer und hofften auf ein Wunder, auf die Beendigung dieser nervenaufreibenden Angelegenheit. Niemand von uns wollte mit einer Bemerkung, nicht einmal mit einer positiven Beurteilung der Sachlage, die anderen in ein Gespräch verwickeln. Die Besorgnis und Ungewissheit waren auf unseren Gesichtern zu sehen.
Die Zeit verging und wir warteten vergeblich auf einen Anruf, eine Nachricht, dass die Entführer Shapor vereinbarungsgemäß bei der ersten Tankstelle abgesetzt hätten. Diese unendliche Wartezeit verlangte eiserne Nerven und viel Geduld.
Allmählich hatte ich das Gefühl, dass Kamal Nouri das vereinbarte Vorgehen nicht einhalten wollte. Denn um 23:10 Uhr gab es immer noch kein Zeichen von der Freilassung Shapors. Sie müssten inzwischen bei mindestens zwei Tankstellen vorbeigefahren sein. Warum hielt er die Vereinbarung nicht ein und ließ ihn nicht frei?

Kamal Nouri musste wohl wissen, dass er ohne Anweisung von Kommissar Hendricks keine Chance hatte, die Schweizer Grenze problemlos zu passieren. Das hatte Golineh seinem Bruder unmissverständlich zu verstehen gegeben.

Ich warf einen kurzen Blick auf Golineh, sie war sichtlich aufgeregt. Sie saß nicht mehr, sie lief unruhig hin und her. Manchmal murmelte sie etwas Unverständliches vor sich hin, dann stand sie wieder am Fenster und beobachtete den Himmel, der inzwischen dunkel geworden war. Sie wusste, dass sie, wenn die Entführer sich nicht an die Abmachung halten würden, keine Möglichkeit hätte, ihre Drohung gegen Dr. Nouri wahr zu machen. Es gab keine Beweise für die Unterschlagung im Öl-Geschäft. Das machte sie besonders nervös. Plötzlich griff sie zum Telefon und rief Kommissar Hendricks an:

»Was ist los? Gibt es keine Tankstelle an einer schweizerischen Autobahn? Warum lässt er meinen Mann nicht frei?«, fragte sie wütend.

»Laut Aussage meiner Leute ist er an mehreren Tankstellen vorbeigefahren, ohne anzuhalten. Offensichtlich hat er Angst, dass die Polizei sie angreift, wenn er ihn freilässt.«

»Kein Wunder, sie haben bestimmt inzwischen bemerkt, dass die Polizei ihnen folgt.«

»Nein, das ist ausgeschlossen. Acht Männer von der Spezialeinheit befinden sich auf der gleichen Strecke in mehreren Autos, und zwar dreihundert Meter vor bzw. zweihundert Meter hinter ihrem Wagen. Er kann sie unmöglich sehen.

Mithilfe des an ihrem Auto angebrachten Senders passen unsere Leute ständig ihre Geschwindigkeit an, sodass die

Entführer keine Möglichkeit haben, ihre Verfolger zu entdecken. Glauben Sie mir, wir wissen, was wir tun müssen.
Bitte haben Sie etwas Geduld, Madame. Wir hatten schon geahnt, dass sie sich nicht an die Vereinbarung halten würden. Ich vermute, er möchte Ihren Mann nach wie vor als Schutzobjekt benutzen, möglicherweise auch beim Grenzübergang. Aber wir haben auch an diese Option gedacht und einen Plan B vorbereitet.«
»Wissen Sie, wo sie sich gerade befinden?«
»Sicher, sie fahren weiterhin auf der A2 und befinden sich gerade in der Nähe von Luzern. Schätzungsweise in fünf Minuten werden sie die nächste Tankstelle erreichen. Wenn sie dort nicht anhalten, müssen wir mit Plan B beginnen.«
»Was ist Plan B? Greift die Polizei sie an?«
»Darüber kann ich Ihnen zurzeit keine Auskunft geben. Aber seien Sie sicher, wir haben die Situation unter Kontrolle.
Wenn sie an der nächsten Tankstelle nicht anhalten, werden wir mit der Ausführung von Plan B beginnen. Haben Sie bitte noch etwas Geduld. Wenn es Neuigkeiten gibt, werde ich Sie sofort informieren.«
Golineh setzte sich verdrossen hin. Die grausam brennende Angst und die wachsende Ungewissheit hatten eine lähmende Wirkung auf uns alle. Wir waren still, besorgt und ungeduldig.
Man konnte auf unseren Gesichtern leicht ablesen, dass jeder von uns sich mit dem Gedanken befasste, was das Ergebnis dieser Verfolgung und vor allem der angekündigte Plan B sein könnten.
Würde Shapor aus dieser gefährlichen Situation unbeschadet entkommen?

Es war knapp 23:50 Uhr, als das Telefon begann zu klingeln. Erstaunlicherweise hatte keiner von uns den Mut, den Hörer abzunehmen. Wir schauten uns gegenseitig besorgt an, bis Nilufar den Hörer abnahm und leise sagte: „Ja?" Wir starrten sie mit forschenden Blicken an. War er frei oder... Sie hörte dem Anrufer mit einer gewissen Irritation zu, plötzlich strömten Tränen über ihr Gesicht und dann schrie sie stockend:
»Oh mein Gott, oh mein Gott, er ist frei ... mein Sohn ist frei!«
Golineh sprang hoch, schnappte den Hörer aus ihrer Hand und fragte ungeduldig:
»Hallo? Wer ist da?«
»Ich bin es, Kommissar Hendricks. Es ist vorbei. Ich freue mich sehr, Ihnen mitzuteilen, dass Ihr Mann frei ist. Er sitzt gerade in einem Hubschrauber und wird nach Zürich gebracht.«
»Danke, danke. Ich werde Ihnen mein ganzes Leben dankbar sein. Wo kann ich meinen Mann sehen?«
»Haben Sie bitte etwas Geduld. Wir werden uns wieder melden.«
Plötzlich erfüllten Freudenschreie, herzliches Lachen und Jubel den dunklen, stillen und bedrückenden Raum, in dem wir uns mehrere Stunden verdrossen aufgehalten hatten.
Wir umarmten uns wie an einem Silvesterabend mit Tränen des Glücks in den Augen und einem breiten Lächeln auf den Lippen.
Ich möchte behaupten, dass diese gewaltige Explosion der Gefühle, dieser Jubel und die glücklichen Schreie lauter

und lebhafter waren als das Triumphgeschrei der gesamten Mannschaft des NASA Mission Control Centers nach der Mondlandung 1969.
Ja, wir waren in der Tat erleichtert, beseligt, glücklich, sehr glücklich.

* * *

Ich erfuhr am nächsten Tag, dass Kamal Nouri Shapor auf keinen Fall an einer Tankstelle auf der A2 absetzen wollte, wie Golineh mit seinem Bruder vereinbart hatte.
Er hatte vor, ihn weiterhin als Geisel zu benutzen und eiskalt die Grenze zwischen der Schweiz und Italien zu überqueren.
Er wollte auf keinen Fall in der Schweiz verhaftet werden.
Offenbar hatte er in Italien bessere Möglichkeiten, ungestraft davonzukommen, zum Beispiel mit seinem Diplomatenpass und seiner Zugehörigkeit zur iranischen Botschaft in Rom. Es bestand damit eine kleine Chance, ungestraft in den Iran abgeschoben zu werden.
Er fuhr daher nonstop und direkt nach Italien. Aber er wusste nicht, dass es noch einen raffinierten Plan B gab.
Ab Luzern wartete auf ihn und sein Team eine trickreiche und böse Überraschung.
Wie Shapor uns später erzählte, saß Kamal Nouri selbst am Steuer und fuhr vorsichtig und konzentriert in Richtung Italien.
Er versuchte, jede Art von Ordnungswidrigkeit zu vermeiden, um nicht bei der Autobahnpolizei auffällig zu werden. Trotz aller Vorsichtsmaßnahmen passierte etwas Unerwartetes.

Auf der A2 zwischen Altdorf und Attinghausen stand ein orangefarbener Lastwagen der Autobahnmeisterei mit mehreren eingeschalteten Warnscheinwerfern und einem großen, hell beleuchteten Schild mit der Aufschrift *„Achtung Unfall! Bitte auf der rechten Spur langsam fahren"* in deutscher, italienischer und französischer Sprache.
Plötzlich reduzierten alle Autofahrer ihre Geschwindigkeit und lenkten ihre Fahrzeuge vorsichtig in die rechte Spur.
Ab dieser Stelle standen mehrere Polizisten mit einem Lichtstock in der Hand an der Strecke und forderten die Autofahrer auf, noch langsamer zu fahren und die linke Spur frei zu lassen.
Jetzt konnte man höchstens mit 10 km/h fahren. Auf der linken Spur stand alle 20 Meter ein gelbes Signallicht auf dem Boden.
Dieses unerwartete Ereignis passte Kamal Nouri überhaupt nicht. Er wurde noch wachsamer, noch vorsichtiger, ja noch misstrauischer als zuvor.
Damit keiner der zahlreichen Autobahnpolizisten die Geiselnahme in seinem Auto bemerken könnte, forderte er seine Leute auf, ihre Schusswaffen unter den Beinen zu verstecken und sich normal zu benehmen.
Er schaute Shapor im Rückspiegel herausfordernd an und sagte:
»Wenn du noch am Leben bleiben willst, keine Dummheit, kein Hilferuf, bleib weiterhin friedlich. Sonst werden wir dich sofort erschießen.«
Shapor bestätigte seinen Befehl mit einem Kopfnicken.
Dann kamen die Autos einige Minuten völlig zum Stehen, um einen Sattelschlepper und zwei Ambulanzen vorbeifahren zu lassen.

Es war eine gruselige Atmosphäre, man rechnete mit einer fürchterlichen Massenkarambolage, doch wegen der kurvigen Fahrbahn und der nächtlichen Finsternis war die Unfallstelle nicht zu sehen. Jetzt konnten die Autofahrer nur noch Stop-and-go fahren und eine Minute später ging nichts mehr. Alle Autos mussten anhalten. Es sah von Weitem so aus, als wenn ein Unfallwagen auf den Sattelschlepper geladen werden würde.
Plötzlich und unerwartet stürmten vier Polizisten der Spezialeinheit den VW Passat. Sie rissen gleichzeitig die vier Türen des Wagens auf, stürzten sich auf die Männer auf den Sitzen und zogen sie blitzschnell aus dem Auto. Sie warfen sie auf den Boden und fesselten schleunigst ihre Hände hinter ihrem Rücken. Eine professionelle Aktion, die weniger als eine Minute dauerte.
Die Attacke war so überraschend und effektiv, dass keiner der vier Entführer auch nur eine Sekunde die Chance hatte, von seiner Schusswaffe Gebrauch zu machen.
Sie wurden gleich zu einem parkenden Kombiwagen geschleppt und in die Untersuchungshaft nach Zürich befördert.
Shapor wurde, begleitet von zwei Polizisten, zuerst nach Attinghausen gebracht, wo ein Hubschrauber auf ihn wartete.
Sie brachten ihn in ein Züricher Hospital, um seinen Gesundheitszustand zu untersuchen.
Der Plan B war tatsächlich sehr intelligent geplant und professionell durchgeführt.
Ja, unser Shapor war frei, aber immer noch nicht bei uns zu Hause.
Kommissar Hendricks rief uns noch einmal an und sagte, dass wir Shapor erst am nächsten Tag besuchen dürften.

Das war uns nicht recht, aber immerhin hatten wir keine Sorgen mehr.

* * *

Ich erinnere mich, dass Golineh schon um 6:00 Uhr morgens den Frühstückstisch für alle gedeckt hatte. Sie war äußerst ungeduldig, Shapor zu sehen.
Gegen 8:00 Uhr besuchten wir das Stadtspital Triemli in der Birmensdorfstraße. Dort wartete schon Kommissar Hendricks und begleitete uns in die dritte Etage.
Er hatte Shapor bereits bei seiner Einlieferung ins Krankenhaus gesehen und sich über den Verlauf seiner Gefangenschaft bei den Entführern informiert.
Als wir vor seinem Zimmer standen, sagte er mit einem glücklichen Lächeln zu Golineh:
»Ich freue mich sehr, dass ich mein Versprechen einhalten konnte. Jetzt ist der ersehnte Augenblick gekommen, Ihren geliebten Mann zu sehen. Bitte treten Sie ein, er wartet ungeduldig auf Sie und Ihre Familie.«
Ungeduldig trat jedoch ich als Erster in sein Zimmer und sagte:
»*Ich schrieb auf die Stirn des Himmels: Wo bist du?*
Eine Stimme brauste durch den Wind ...«
Golineh trat ins Zimmer und sagte:
»*Horchst du deinem Herzen.*«

Ich kann kaum beschreiben, was für eine unvergessliche und emotionale Szene wir dort erlebt haben. Die sehnsüchtigen Blicke, stürmischen Umarmungen, leidenschaftlichen Küsse, strahlenden Gesichter, glänzenden Augen, viele Tränen und rasend pochende Herzen.

Bemerkenswert war die rührende Begegnung Shapors mit Golineh und mit seiner Mutter. Er sah die eine nach vier und die andere nach fast sieben Jahren wieder. Die beiden Frauen hielten ihn fest und weinten vor Glück. Zum ersten Mal in meinem Leben begriff ich richtig, was das Wort Glück bedeutet.
Allerdings kann ich es nicht zutreffend beschreiben. Ich finde die These des russischen Schriftstellers Iwan Turgejuw für meine Empfindung passend:
„Willst du glücklich sein, dann lerne erst zu leiden."
Wir erfuhren, dass Shapor von seinem Kidnapper mehrfach geschlagen worden war. Er hatte mehrere tiefe Kratzer auf seinem Gesicht, mehrere blaue Flecken auf seinem ganzen Körper, die auf andauernde qualvolle Misshandlung deuteten.
Laut Aussage seines Arztes hatte er erhebliche Kreislaufstörungen, da seine Füße und Hände während der letzten Tage fast ständig gefesselt gewesen waren. Er empfahl, Shapor einige Tage unter Beobachtung im Krankenhaus zu behalten. Aber Shapor lehnte dies entschieden ab, er wollte raus. Er sah mich flehend an und sagte, dass er sich wünschte, einige Tage mit uns zu verbringen, bevor er Europa verlassen würde.
Das war auch das, was wir alle uns wünschten. Nach schneller Erledigung aller erforderlichen Formalitäten nahmen wir ihn mit nach Hause.
Drei Tage lang genossen wir unser Zusammensein. Am letzten Tag lud ich Kommissar Hendricks ein, mit uns zu speisen. Shapor wollte sich für seine Hilfe noch einmal bedanken.
»Bedanken Sie sich bei Ihrer Frau«, sagte Kommissar Hendricks zu Shapor.

Er sah Golineh lobend an und fügte hinzu: »Sie ist eine Kämpferin, ohne ihren unnachgiebigen Einsatz und clevere Verhandlung mit Dr. Nouri wären wir nicht in der Lage gewesen, so schnell und relativ unproblematisch erfolgreich zu sein.«
Shapor buchte sein Ticket nach Australien um. Gemeinsam mit Golineh und seinen Eltern reiste er für eine Woche nach Venedig, um sich von diesem tiefgreifenden Schock zu erholen.
Meine Frau und ich kehrten nach Deutschland zurück, weil ich mehrere bereits festgelegte Gerichtstermine wahrnehmen musste.
Leider kam in dieser Juniwoche der von meiner Frau gewünschte ruhige und erholsame Urlaub nicht zustande. Stattdessen erlebten wir eine turbulente und beängstigende Zeit. Niemals werde ich diese Ereignisse vergessen. Es waren in der Tat schreckliche Zeiten, aber auch außergewöhnliche Erlebnisse, geprägt von Überraschungen, Leid, aber auch glückliche Momenten.
Seit diesen Ereignissen in 2008 telefoniere ich mindestens zweimal im Monat mit Shapor. Leider war bisher ein Wiedersehen nicht möglich, da wir beide in den letzten Jahren sehr beschäftigt waren.
Als Rechtsanwalt habe ich fast jede Woche Gerichtstermine und Shapor muss mit seiner neuen Tätigkeit als Winzer im Barossa Valley hart arbeiten.
Wie ich von ihm erfuhr, stellte er sich gleich nach seiner Ankunft im Barossa Valley voller Motivation und Ehrgeiz seiner neuen Herausforderung.
Er ist inzwischen ein erfolgreicher Weinbauer und Vater von zwei wunderschönen Kindern.

Soweit ich weiß, arbeitet Golineh – mit Ausnahme ihrer Schwangerschaften – in ihrem Betrieb als Marketing-Managerin. Sie führen ein glückliches und zufriedenes Leben. Ich kann es kaum abwarten, Golineh, Shapor und deren Söhne zu sehen und sie herzlich zu umarmen.«

Epilog

Es hätte mir überhaupt nichts ausgemacht, wenn die lange Flugreise nach Australien noch weitere Tage gedauert hätte. Denn die spannende und faszinierende Geschichte meines Mitreisenden, Kamran Shahriyar, hatte mich die ganze Zeit gefesselt und zugleich begeistert.
Er hatte die Geschichte so bildhaft und authentisch erzählt, als ob er nicht nur einzelne Szenen, sondern die gesamte Lebensgeschichte von Shapor miterlebt hätte.
Ich empfand, dass die Beziehung zu seinem Freund Shapor keine „normale" oder oberflächliche Freundschaft war, sondern eine Art Seelenverwandtschaft.
Eine Männerfreundschaft, die ich früher öfter im Iran erlebt hatte. Wegen der veränderten kulturellen und gesellschaftlichen Bedingungen erfährt man dies immer weniger.
Kurz vor der Landung in Sydney schlug ich ihm vor, dass ich ihn, wenn er wegen der Hochzeitsfeier meines Neffen einige Tage mit mir in Sydney bleiben würde, in den Süden Australiens begleiten würde. Denn ich hatte sowieso vor, ein paar Wochen die berühmte australische Südküste zu besuchen. Außerdem muss ich zugeben, dass ich sehr neugierig war, seine Freunde Shapor und Golineh kennenzulernen. Ihre außergewöhnliche Lebensgeschichte hatte mich in der Tat ungemein fasziniert. Er war mit meinem Vorschlag sofort einverstanden.
Er sei sogar dankbar dafür, da die Fahrt von ca. 1.400 Kilometern von Sydney bis zum Barossa Valley für ihn zu

lang und einschläfernd wäre. Zu zweit hätte man mehr Sicherheit und Freude während der Reise.

* * *

Die Hochzeitsfeier meines Neffen Cyrus mit seiner schönen Frau Haily fand in einem Luxushotel statt.
Sein Schwiegervater hatte alles bestens organisiert. Ich war äußerst glücklich, dass mein Neffe nach den schrecklichen Erfahrungen mit dem Tod seiner Eltern und dem anschließenden ziellosen Herumtreiben im rauen Australien endlich seinen Weg zu einem geordneten Leben gefunden hatte. Er war sehr erfreut, dass ich seiner Einladung gefolgt war. Denn zwischen 150 eingeladenen Gästen war ich sein einziger Verwandter.
Wir blieben vier Tage in Sydney und waren vom Flair dieser schönen Metropole hellauf begeistert.
Sydney ist in der Tat eine der tollsten Städte der Welt, für mich noch attraktiver als New York oder San Francisco. Das berühmte Opernhaus, die fantastischen Hafenfähren, die elegante Harbour Bridge und unzählige traumhafte Parks vermitteln eine warme und fröhliche Atmosphäre.

* * *

Am 19. Januar 2016 traten Kamran Shahriyar und ich unsere lange Reise an.

Wir fuhren mit einem Mietwagen knapp 1.400 Kilometer auf einem endlosen, einsamen Highway in Richtung South Australia.
Wir hatten keine Eile und keinen Grund zu rasen. Die ungewöhnliche Landschaft dieses jungfräulichen Kontinents verdient in der Tat große Aufmerksamkeit und Bewunderung.
Jeden Tag legten wir höchstens 500 Kilometer zurück. Wir übernachteten in Wagga Wagga und Mildura und hielten in jedem einladenden Ort oder in ungewöhnlichen Landschaften an.
Am dritten Tag erreichten wir endlich das Barossa Valley. Ich war überwältigt, nach kilometerlanger roter und gelblicher Landschaft plötzlich in einem Garten Eden zu stehen. Ja, man muss im Leben einmal Barossa Valley mit seinen grünen Hügelketten und seiner geradezu mediterranen Atmosphäre sehen.
Vor uns erschienen Weinberge, Zitrusfrüchte-Plantagen und Gemüsefelder, soweit der Blick bis zum fernen Horizont reichte.
Ich erfuhr, dass die meisten Weinbauern im Barossa Valley deutscher Abstammung waren und Cabernet Sauvignon, Chardonnay und Shiraz produzierten.
Das Weinbaugebiet von Shapor Baastan und seinem Partner Mr. James Rosenberg Junior (der alte Rosenberg war vor drei Jahren gestorben) war nicht schwer zu finden. Inzwischen kannte jeder in diesem Ort die beiden.
Offenbar hatten Shapor und seine Familie den ganzen Tag auf uns gewartet.

Die Begegnung dieser Freunde oder – wie Kamran sagte – der Zwillingsseelen war unsagbar rührend.
Man sah auf einmal eine Explosion von Emotionen; Tränen in den Augen, glückliches Lächeln auf den Gesichtern und eine lange, herzliche Umarmung. Ich hörte gern ihren eigenartigen Begrüßungsspruch:
„Ich schrieb auf die Stirn des Himmels: Wo bist du? Eine Stimme brauste durch den Wind. Horchst du deinem Herzen."
Shapor wusste Bescheid, dass ich bei dieser Reise seinen Freund Kamran begleiten würde, und empfing mich überaus freundlich.
Nicht weit von seinen Weinfeldern wohnte er mit seiner Frau Golineh und seinen zwei Söhnen im Alter von drei und fünf Jahren in einem großen Haus. Hinter dem Gebäude stand ein schöner Gästebungalow, der bereits für uns sehr komfortabel eingerichtet worden war.
Dann hatte ich die Ehre, seine Frau Golineh und die Kinder kennenzulernen.
Ich muss sagen, dass Kamran bei der Beschreibung dieser Dame nicht übertrieben hatte. Sie war in der Tat hinreißend; sehr attraktiv, äußerst intelligent, herzlich und charmant. Auch seine Jungen waren außerordentlich hübsch.
In der ersten Stunde unseres Aufenthalts erfuhr ich von Shapor, dass das Geschäft mit Wein hervorragend lief. Sein Partner Mr. Rosenberg Jr. war für die Verwaltung verantwortlich, Golineh war für das Marketing zuständig und er kümmerte sich um sämtliche Aufgaben in der Produktion. Sie hatten inzwischen 25 Festangestellte.
Nach dem Abendessen drehte sich unser Gespräch um seine Lebenszeit im Iran.

Ich musste endlich eine Frage loswerden, die mir wie eine scharfe Gräte in der Kehle steckte. Ich sagte etwas verlegen:
»Während der langen Flugreise nach Australien erzählte mir Kamran von Ihrer Tätigkeit in Ahwaz und Ihrer Entführung in der Schweiz. Ich bin von Ihrer Lebensgeschichte erschüttert. Was mich aber sehr beeindruckte, war Ihre großzügige Spende an Ashkani für sein Projekt. Ich muss gestehen, dass ich mich angesichts Ihres zutreffenden Urteils über das egoistische Verhalten unserer Landsleute nach der sogenannten Revolution des Öfteren gefragt habe, ob dieser Herr Ashkani seiner Absicht treu geblieben ist und inzwischen das geplante Projekt „Kinderausbildung" realisiert hat. Oder hat er sich über das Geschenk von Millionen Dollar gefreut und zelebriert jetzt ein Luxusleben im Iran oder anderswo?«
Ein amüsiertes Lächeln flog über Shapors Gesicht, er schüttelte den Kopf und erwiderte:
»Die Frage wurde mir schon öfter gestellt. Nein, er führt kein Luxusleben. Er hat keinen Cent für sich in Anspruch genommen, im Gegenteil, er arbeitet intensiv für seine Projekte, und zwar jeden Tag mehr als zwölf Stunden.«
Dann stand er auf und bat uns, ihm zu folgen. Er führte uns in sein Arbeitszimmer und zeigte drei Bilder, die nebeneinander an der Wand hingen.
Mit großer Neugier betrachtete ich die Bilder. Es waren farbige Aufnahmen von drei unterschiedlich großen Gebäuden. Über dem Eingang des jeweiligen Bauwerks hing ein großes Messingschild mit der Aufschrift:
„Die Bildungsanstalt Shapor".

Auf dem Hof der Bildungsanstalt standen unzählige Kinder im Alter von zehn bis 15 Jahren, alle in blauen Jeansoveralls. Sie hielten ein Plakat in den Händen, auf dem auf Persisch stand:
„Danke für die Unterstützung, Shapor".
Ich sah meinen Gastgeber überrascht an und er sagte stolz:
»Diese Bilder sind für mich wertvoller als die Gemälde von da Vinci. Sie dokumentieren den Sinn meines Lebens.« Er blieb eine Weile nachdenklich und fügte mit ernster Stimme hinzu: »Ich bin so stolz, aber auch glücklich, dass Ashkani sein Versprechen wahr machen konnte.
Glücklicherweise hat man bis heute nicht erfahren, woher das Geld stammt. Wie Sie sehen, hat er inzwischen drei Bildungsanstalten in Ahwaz, Abadan und Schuschtar gegründet.
In jeder Berufsschule werden zwischen 50 und 80 Kinder unterrichtet und in jeder Hinsicht versorgt. Ashkani selbst und weitere 15 fest angestellte Fachkräfte unterrichten die Kinder 36 Stunden pro Woche und weitere drei Personen kümmern sich um die Verpflegung und die Unterkunft.
Nächstes Jahr wird eine weitere Berufsschule mit ausreichenden Schlafräumen in Mahschahr eröffnet. Ja, er ist mit Herz und Seele dabei, um sein Projekt, das er jahrelang geplant hat, zu realisieren.

Er schrieb mir letzten Monat, dass inzwischen 245 Kinder ausgebildet wurden und in verschiedenen
Werkstätten in Ahwaz und Abadan berufstätig sind. Vier davon haben sich sogar selbstständig gemacht.«
Jetzt funkelten seine Augen triumphierend und er fügte hinzu: »Ist das nicht großartig, dass die armen Straßenkinder von gestern inzwischen Fachkräfte geworden und in der Lage sind, ihren Lebensunterhalt selbst zu verdienen?
Ja, ich bin stolz, ich bin glücklich, dass diese in der Gesellschaft verlorenen Menschen einen vielversprechenden Anschluss ans Leben gefunden haben. Diese würdevolle Entwicklung verdanke ich besonders Ebrahim Ashkani.«
»Denken Sie auch an Ihre großzügige Spende«, sagte ich lobend.
»Nein, das war nicht mein Geld. Ich habe die Rolle eines Verbindungsmannes gespielt. Ich bin inzwischen überzeugt, dass jeder Mensch mindestens einmal in seinem Leben einen Auftrag vom Allmächtigen bekommt, um etwas Gutes für seine Mitmenschen zu tun. Manchmal verstehen wir den Sinn dieses Auftrages nicht und oft ignorieren wir ihn.
Ich bin äußerst zufrieden, dass ich meinen Auftrag ehrenhaft bewerkstelligen konnte.
Es mag sein, dass ich für diese Tätigkeit meine Würde und mein Leben aufs Spiel gesetzt habe, wenn man aber das Resultat dieser Anstrengung bewertet, kommt man zu einem erstaunlichen Ergebnis.

Man erkennt voller Freude, dass eine einfache, aber auch mutige Entscheidung das Leben und die Zukunft Hunderter armer Kinder verändert.«
Er blieb eine Weile still, aber dann sagte er mit einem charmanten Lächeln weiter: »Leon Bloy, ein französischer Schriftsteller, sagte einmal:
,Das Schlimmste ist nicht, einmal zu versagen, sondern das Gute nicht zu tun, das man tun könnte.'«

Hassan M.M. Tabib, 1940 in Teheran geboren, studierte im Iran Literaturwissenschaft. Er arbeitete als Journalist für mehrere Tageszeitungen.
Seine Veröffentlichungen erregten den Unmut des Schahs Regimes.
1964 verließ er seine Heimat und blieb ein Jahr in Frankfurt/M.
Danach lebte und studierte er mehrere Jahre in den USA.
Zurückgekehrt nach Deutschland arbeitete er hier als Berater und Führungskraft in verschiedenen Unternehmen.
Seit 1995 ist er zu seinen Wurzeln, zu seiner Liebe, dem Schreiben, zurückgekehrt. Er hat mehrere Bücher in Deutsch, English und Persisch geschrieben.

Weitere Werke von Hassan M.M. Tabib:

⇨ *Von orientalischen Träumen Zur Tragödie im Westen*

⇨ *Auftrag in Teheran*

⇨ *Der Plan eines Terroranschlags*

⇨ *Zermahlt zwischen CIA und Pasdaran*

⇨ *Irreale Wahrnehmung und weitere Erzählungen*